君を
さがして
パク・サノ
柳 美佐訳
日之出出版

# 君を<br>さがして

contents

# プロローグ

シルバーのメルセデスが一台、古い木造ヴィラの前に止まった。輝くメルセデスとは対照的に建物はかなり傷んでいる。屋根はところどころ朽ちて、左手に見える窓はほこりまみれだった。平家建てのヴィラを囲んでいるウッドフェンスのペンキもあちこち剥がれている。きちんと管理されていないのは明らかだ。運転席のドアが開き、サングラスをかけた男が降りた。フェンスまで大股で歩いて行きゲートを開ける。背は一七〇センチあまりで肩幅が広く、がっしりとした体格。ジーンズとラウンドネックの白い半袖Tシャツに艶のある黒いレザージャケットをはおっていた。普段から鍛えているのか、歩き方に活気がある。

男はフェンスに触れた手についた汚れを軽く払ってからサングラスを外した。四十代後半に見えるが、端正な目鼻立ちはひと目で人々の視線を引きそうだ。だが、どことなく卑劣で冷酷な印象が漂っている。冷たい風に肩をすくめた男は運転席に戻り、ヴィラの庭の方へと車を進めた。庭といってもただ広いだけで、芝生や敷石もない殺風景な空間だ。

玄関から少し離れた場所に止めた車から、先ほどの男と助手席に乗っていた若い女が降りた。年の頃は二十四、五で、黒いレザーのアンクルブーツを履き、グリーンのチェック柄のフレアスカートに黒いダウンパーカを着ている。小柄な女の背中で長い黒髪がなびいた。ヒーターの効いた車から降りて寒いのか、小さな体を震わせている。男が無言で車のトランクを開け、ボストンバッグ二つと食料を詰め込んだバスケットを降ろして建物の中へ入って行った。その後ろを歩いていた女は玄関の前で立ち止まり、振り返って荒れ果てた庭を見渡した。

「早く入れよ、風邪引くぞ」

男のぶっきらぼうな声で女は夢から覚めたようにはっとした。男は中に入るとすぐに暖房をつけてバッグを床に置いたあと、キッチンへ行ってバスケットをテーブルの上に置いた。建物は横に長い構造で、玄関を入って左側はシンクとガスコンロと冷蔵庫があるキッチン、中央は革張りの黒い大型ソファとガラスのテーブルを置いたリビング、その隣はカーテンで仕切った寝室とバスルームになっている。

「コーヒーが飲みたい」

女がパーカを着たまま言った。長期間暖房を使っていなかったせいで、部屋の中はまるで外のように冷えきっている。

「そうだな、飲むか」

男は白い電気ケトルに水を入れてスイッチを押し、シンクの上のキャビネットから黄色いスティックコーヒー二本とマグカップを二つ取り出した。

「案外うまいんだよな、これが」

男は笑いながら沸騰したお湯をマグカップに注ぎ、コーヒーの袋で適当に混ぜてから女に持って行ってやった。ソファに座っていた女は、熱いコーヒーに息を吹きかけながらゆっくり飲んだ。それからカップをテーブルに置きパーカを脱いだ。中には白いアンゴラのセーターを着ている。

温かいコーヒーを飲むうちに、青白かった女の顔に血色が戻ってきた。男がその横にどっかりと腰を下ろし、女の艶やかな髪をなで始めた。女がコーヒーを飲み干すと、男はすかさず女のセーターの中に手を滑り込ませた。いつもどおり何の反応もない。

男は女が持っていたカップをテーブルに置き、女のあごをつかんで自分の方に向けた。

「ついてくると言い張ったのは君だよ。なのにそのむっつりした顔は反則だろ？」

「むっつりしてないけど」

「してるだろ？　車の中でも黙ってたし、サービスエリアで水も飲んでない。いつもの君らしくないよ」

「いつもの私って？」

「よく笑って、よく食べて、たくましくて、何より色気があって」

男が声を上げて笑った。そして女を荒々しく抱きしめながら唇を重ねた。わずかにためらっていた女がキスに応じると、スカートをまくり上げてショーツを脱がせ部屋の隅に放り投げた。

「ベッドがいいわ。ソファは硬くていや」

「そうか？」

男が軽々と女を抱きかかえてカーテンを開けると、雪のように白いベッドカバーと二つの枕が並んだベッドが現れた。男は女を乱暴にベッドに下ろし、そそくさとジーンズを脱ぎ始めた。無表情な目つきでそれを見ていた女は、ジーンズを脱ぎ終えてすぐ何の躊躇もなく自分の中に入ってくる男の背中に強くしがみついた。事が終わると、男が息を切らしながら身を離し、隣に横たわった。女が黙って起き上がろうとするのを男が後ろから抱きしめて言った。

「なんだよ、もう起きるのか？」

「お腹空いたからラーメンでも作ろうと思って」

「ははっ、それでこそ君だ」

女はわずかに微笑んで、男が脱いだTシャツを着てキッチンの方へ歩いていく。男も起き上がって裸のままソファへ行き、放り投げてあったレザージャケットのポケットを探ってたばこの箱を取り出した。だがライターが見あたらない。おかしいな、確か今朝ライターも一緒に入れたんだが。気に入っているものだから、その辺に置きっぱなしにはしていないはずだ。

キッチンで鍋に水を入れている女に向かって男が訊いた。

「俺のライター見なかったか？」

「ううん、ポケットに入ってない？」

「ないなあ」

「ここにはマッチもないわよ」

「まあなんとかするか」

男はたばこをくわえたまま、鍋をガスコンロに載せている女に近づき後ろから抱きしめた。

振り向いた女が男の顔をまっすぐに見つめる。

「私のこと、愛してる？」

「君を愛してるかって？」

「うん、答えて」

「なんだよ今さら。俺がそういうの嫌いだって知ってるだろ」

「でも知りたいの。愛してる？」

「意味のないことに執着するなって。言葉なんて口に出した途端、霧のように散ってしまうんだ。この世で一番虚しいのが言葉さ。君のことが嫌いなら、こうして一緒にいるわけないだろ。俺の性格分かってるくせに」

再びガスコンロに向き直った女の目は潤んでいた。

「そうね、あなたの性格はよく分かってる」

「いい子だ、聞き分けのいい女だな」

男は女の尻を軽くたたいた。そして左腕で女を抱き、コンロの火をつけて口にくわえたたばこを近づけた。その瞬間、ボンッ！　という爆発音とともに、大きな炎が一気に上がって二人の上半身を飲み込んだ。狂ったような炎に覆われて、火だるまになりながら身もだえる二人は、まるで互いを強く抱きしめているようにも、押し合っているようにも見えた。

# 一章　ソヌ

## 一

鏡に映った自分を見る。深みのあるネイビーブルーのトム フォードのスーツ。白いシャツにロイヤルブルーのネクタイを合わせ、ベストの上にスリーボタンのジャケットをはおった。研いだナイフのようにぴたりと体に沿ったスーツは、空気のように軽く、鎧のようにしっかりと全身を包んでくれる。住み込みの家政婦パクさんの仕事は非の打ち所がない。特に洋服を扱う腕前は一級品だ。その辺のクリーニング店に預けるよりもきれいにシャツを洗い、正確な折り目をとってアイロンをかけ、色別に分けたスーツとシャツはひと目で見渡せるよう完璧に整理されている。なんとなく気持ちがざわつくときでも、整然としたクローゼットを眺めていれば落ち着いてくるほどだ。

新学期の講義初日。このいでたちなら学生たちに適切な第一印象を与えることができるだろう。昨年に続いて僕の授業を受講する学生はもちろん、今年入学した学生とも適度な距離を保ちたい。それにはかちっとした服装の方がいいことをこれまでの経験から知った。実年齢より若く見られがちな外見が近づきやすそうな印象を与えるせいか、学生たちから必要以上に興味を持たれることがある。だが面倒なことはごめんだ。童顔だと言われようが、鏡に映る三十四歳の自分は年相応に見える。

幼い頃から幾度となく聞かされてきた。影のある深い瞳。筋の通った高い鼻。すっきりとしたあごのライン。そして白い肌。自分の顔を見ていると、不意にあの人のことが思い出されて口の中が苦くなる。

「この子はまったく、なんてきれいな顔してるんだい。血は争えないっていうけど、ここまで父親にそっくりだなんて。お前はね、さかりのついた犬みたいになるんじゃないよ」

母方の祖母は僕を見るたび同じ台詞を口にした。そういうとき彼女の視線は、僕ではなくいつも自分の娘に向かっていた。孫は目に入れても痛くないと言うが祖母は違った。突然僕という厄介者ができたせいで一人娘の人生が台無しになったと信じる老人は、どこまでも冷たかった。祖母が一切恋しくないのはそのせいだ。僕の存在を災いだと考える相手を憐れんでやるほど、僕の器は大きくない。

鏡に映る自分の顔に、あの男の面影が重なる。今でも憎んでいるくせに、あの男が遺した金はしっかり使っているわけか。我ながら呆れて鏡から顔を背けた。去年、運良く大学に採用されて韓国に戻ってきたが、ソウルで家政婦付きの広い戸建てに住むなど、一介の教員にはとうてい無理だ。

枯れない泉のごとく毎年振り込まれる出版社からの印税がなければ、今僕が享受しているいくつかの贅沢を楽しむ余裕などなかっただろう。例えばシーズンごとに購入するトムフォードのスーツのようなもの。

全身をもう一度チェックしてから、フランス「ファイエ」社製の杖を手に取った。あの事故のあと、リハビリが終わる頃にオーダーしたもので、黒水牛の角を細工した優雅なデザインのグリップが特徴だ。長年使い込んだ今では、僕の手にすっかりなじんでいる。今日に限ってなんとなく脚がうずくところをみると、このあと雨でも降るのだろうか。窓の外の空は泣きたくなるくらい透きとおっている。

愛車のボルボは定期点検でディーラーの整備工場に預けているため、仕方なく通りに出てタクシーをつかまえた。初講義は午前十一時から。三十分もあれば余裕で着く距離だ。少しくらい渋滞しても大丈夫だろう。シートに身を預けてしばらく目を閉じていると、いきなりトタンを打ち付けるようなけたたましい音がして目が覚めた。大粒の雨がタクシーの窓をたたきつけている。どうりで朝から脚がうずいたわけだ。

乗り込んだ瞬間から僕が目を閉じていたせいか、ずっと黙っていた同い年くらいの運転手が話しかけてきた。

「いきなり降ってきましたね。にわか雨のようですけど、傘はお持ちですか？」

「いえ、雨が降るとは思わなかったので。これくらいなら濡れて行きますよ」

「今朝のニュースで雨の予報が出てはいたんですけどねえ。すぐにはやみそうにないですね。でもまあ走って行けば大丈夫だと思いますよ。校門の前で止めましょうか？」

そう言って何げなく僕の方を見た運転手は、膝に立てかけた杖が目に入ったのか、しまった、という顔をした。僕は気づかないふりをして窓の外に顔を向けた。

にわか雨ではなく台風だったとしても、運転手が言うように走って行くことはできない。それとも、杖をつきながら壊れたロボットのようによたよたと走ってみるか？　そんな自分の姿を想像して苦笑がもれそうになったが、ぐっと唇を噛んだ。事故に遭って十五年だ。これくらいは笑いとばせるようになった、というより、平然としていられる程度には強くなった。タクシーのドアが開いて雨が降り込んでくるにもかかわらず、運転手は早く降りろとせかさなかった。さりげない気遣いがありがたくて釣りはいらないと言い、杖を持って車から降りた。雨はタクシー運転手とは違い、こちらの事情なんておかまいなしに激しく降り続いている。

左手にブリーフケースを持ち、右手で杖をついて雨の中を一歩ずつ歩き始めた。人文学部の講義棟までは校門から歩いて十五分。その中に僕の研究室があるのは不幸中の幸いだ。タオルで拭けば濡れねずみのような姿にはならずに講義室に向かえるだろう。僕は冷たい雨に打たれながらキャンパスのグラウンドを横切って歩いた。周囲に誰もいないのがせめてもの救いだ。

あちこちにできた水溜まりを避けながらゆっくり歩いていると、後ろから声がした。

「あの、よかったら傘、一緒に入りませんか？」

驚いて声のする方を振り返ると、頭上にさっと傘がさしかけられた。曇ったグレーの空にいきなり現れた真っ赤な傘のおかげで、僕の周りだけが突然明るくなった。その下に一人の女性が立っている。少女から大人の女性へと変わる境目にいるような初々しい雰囲気。

だが、ふんわりとウェーブのかかったロングヘアとほっそりとしたその顔を目にした瞬間、僕の全身から血の気が引いて、つい杖を手放してしまった。

「あっ」

彼女が落ち着いた様子で腰をかがめて杖を拾い、僕に渡してくれた。

「いきなり声をかけちゃって驚かせてしまいましたね。すみません」

「い、いや」

震える手で杖を受け取った僕は努めて平気なふりをしたが、動悸は激しくなるばかりだった。頭の中は真っ白で言葉が出ない。ご親切に、ありがとうございます、そう言いたくても声にならない。

「急に降ってきましたね。失礼な人間だと思われそうだが硬直して何も言えなかった。講義室に向かってたんですけど、雨に濡れながら歩いていらっしゃるのが見えて。どちらの建物まで行くんですか？　私は人文学部の方なんですが」

ふらつきながら歩いている僕の何倍もはきはきと話す彼女は、ブラックジーンズに白いセーターを着て、真っ赤なコートをはおっている。足元はスニーカーなのに、身長一七八センチの僕がかがまなくても大丈夫なくらい傘を高く掲げているのを見ると、相当背が高い。一重の大きな目は澄んでいて、少し丸い鼻先も愛嬌があった。

なんとか平静を取り戻した僕は礼を言った。

「同じ建物に向かっています。助かりました。ちょうど困っていたところです……」

彼女はにっこり笑った。

「同じ建物なんですね。私、入学したばかりでよく分からないんですが、場所を教えていただけますか？」

そう話す彼女の眼差しは、これまで会った他の女たちとはどこか違うような気がした。例えば、僕の顔を見て輝いた目が、そばにある杖を見たとたん急に冷ややかになったり、さらには哀れむような一瞥を投げたりした女たちとは明らかに違った。限りなく透明な彼女の眼差しからはどんな感情も読み取れない。

「あそこの、グラウンドの観客席と向かい合っている建物です。ここをまっすぐ行ってください」

「あ、思ったより近いんですね」

会話はそこで途切れた。ぎこちない会話を無理に続けたところで雨の音にかき消されるのが関の山だ。雨足は徐々に強くなり、無言で歩く僕たちの周囲が暗くなっていく。大きくて赤い傘の下で、僕たち二人だけがいるような気がした。雨で緩んだ土の上に杖をつくと、ずぶりと中に沈み込む。それを引っ張り上げて、また同じ動作を繰り返す。今にもあふれそうな感情を僕はやっとのことで抑えていた。

「ここです。ありがとうございました」

建物の入り口に到着すると同時に礼を言った。彼女から一刻も早く離れたい気持ちと、もう少し一緒にいたい気持ちが交互に湧いてきて僕を揺さぶった。彼女は笑顔を見せた。笑うと鼻に縦じわができる。思わず触れてみたいと考えた自分に驚いた。

「いえ、それでは、風邪引かないようにしてくださいね」

彼女は傘の水気を何度か払ってから、講義室に向かって歩いて行った。

研究室に入ると、机の前に座っていた助手のソンチョルが驚いた顔で立ち上がった。

「先生！　大丈夫ですか？　ずぶ濡れじゃないですか」

「ああ、いきなり雨に降られてね。ドライヤーか何か置いてあったかな？」

「確かあったと思います。探してみますね。それより、まずはお茶でも淹れましょうか？」

「助かるよ。ちょっと寒けがする」

ソンチョルは濃い眉をひそめながらすぐにタオルを持ってきた。僕より背は低いが頑丈そうなソンチョルは、昨年から僕の助手として働いている。山賊のような外見とは違って繊細で優しく真面目な性格だ。去年の春、彼が学費を稼ぐためにアルバイトを三つも掛け持ちしていることを偶然知った僕は、彼の事情をくんで助手として雇うことにした。そのためか、必要以上に忠誠を尽くそうとする彼に困惑することも時々あるが、基本的に善良で礼儀正しい青年なので目をかけている。

ソンチョルが見つけてくれたドライヤーで濡れた髪と服をある程度乾かしてから、僕は出席簿と教材を持って講義室へと向かった。ドアを開けて中に入ると、それまで騒がしかった講義室が一瞬にして静かになった。

「わ、すごいイケメン！」という声が聞こえた。あちこちでクスクス笑う声やささやき声がしたが、僕は気にせず教卓まで歩いた。つまらないリアクションには慣れている。陳腐な評価だ。若い頃はこんなことを言われると顔が赤くなり、多少は自惚れたりもしたものだが、年を重ねてそういうこともなくなった。

　僕は教卓に出席簿と教材を置いて言った。

「十九世紀の英詩を読む授業を始めます。僕の成績評価が厳しいことを知らずに来た人も多いと思いますが、難しい授業にチャレンジするみなさんのやる気は高く評価します。では、みなさんの顔と名前の確認がてら、出席からとりましょうか」

　学生たちは自分の名前が呼ばれると、そっと手を上げたり、ひょこっと頭を下げたりした。英文科の選択科目は受講生のほとんどが女子学生で、その中に何人か男子学生が交じっている。

「キム・ジア」

　僕がそう呼ぶと、後ろから二列目に座った学生が手を上げた。遠くて顔がよく見えない。

「キム・ジアさん？」

　もう一度呼んで出席簿から顔を上げた僕は、息が止まりそうになった。先ほどグラウンドで傘をさしてくれた彼女だった。長い髪に白いセーターと真っ赤なコート。彼女も僕を見て驚いた様子だったが、すぐに笑顔になった。だが僕の方はそれに応えることはできなかった。狭い傘の下ではなく、こうして正面から彼女を見てしまうと、もはや否定することは不可能だった。僕は心の中で叫んだ。

「アラン、どうして君がそこにいるんだ！」

# 二

グレンフィディックの十八年をグラスに注ぎ、窓辺に向かった。カーテンを開くと、向かいの家の二階が見える。僕の部屋から真正面の位置だ。明かりの消えたその部屋の窓を見ながらウィスキーを口に含んだ。ひと息つくとようやく、自分が一日中動揺していたことに気づいた。グラスを傾けるたびに少しずつアルコールが体にしみ渡り、胃袋が熱くなった。

本を取りに入った書斎でこのボトルを見つけたので持ってきたが、結果的には完璧な選択だった。腹の底から頭のてっぺんまで瞬く間に熱くなり、わずかに目まいがした。考えてみると今日一日何も食べていない。そんな余裕などなかった。

ジアという学生に出会ったせいでまたアランのことが頭から離れない。アランは今どこにいるのだろう。僕より十歳年上だから、もう四十四歳か。華奢な体と芯の強い性格はそのままだろうか。僕だけに見せてくれたあの謎めいた微笑も。

今もどこかで、あの曲を小さな声で歌いながらお茶を淹れているのだろうか。アランに会いたい。今日に限って会いたくてたまらない。

＊

アランに出会ったのは、僕がまだ十代半ばの頃だった。夏から秋へと季節が移り始めたある日の夕方、塾から自転車に乗って自宅のある通りに差しかかると、家の前に引っ越し用のトラックが一台止まっていた。正確にはうちではなく向かいの家で、作業員がトラックから荷物を降ろしていた。今朝家を出る時にはなかったはずだから、そのあとに引っ越してきたようだ。ひと通り荷物を運び終えたのか、そろそろ片付けが始まる雰囲気だったが家の主が見えなかった。普通は越してくる人が作業員にあれこれ指示するのでは？　家族が少ないのかな。深く考えずに自転車を押して歩いていると、近所のおばさんたちの立ち話が耳に入った。

「あら、あそこのお宅、今日越してきたみたいね」

「そうなの。トラックが来て荷物を降ろしてたわ。こんなに大きなお宅なのに小さいトラックが一台しかないから荷物が少ないみたいね。ほとんど赤ちゃんのものだったわよ」

「赤ちゃんの？」

「ほら、ベビーベッドとかベビーカーとか、そんなの」

「へぇ、私も赤ちゃんの匂いが懐かしいわ。ベビーパウダーの匂いとかさあ。それはそうと、どんな人が越してきたの？」

「それがね、ちょっと変なの。トラックが着いてすぐあとにタクシーも来たんだけど、若い奥さんが赤ちゃんを抱っこして降りたのよ。他には誰もいなかったわ」

「まさか。ご主人はお仕事で奥さんだけ先に来たんじゃないの？」

「そうかもね。さっき買い物に行く時にちらっと見ただけだから。でもなんだかその奥さんが寂しそうだったのよ。哀愁が漂ってるっていうか」

「そのうち分かるでしょ。ところでお向かいのお宅の作家さん、今日見かけた？」

「もちろんよ。この町一番のいい男じゃないの！　見るたびに後光がさしてるもの」

「ほんとよね、映画俳優顔負けなんだから」

「でもさあ、見た目だけ良くてもねぇ。女遊びがひどくて奥さんが首吊ったたって話じゃない」

「表向きは持病で亡くなったってことになってるけど、そんな噂があったわよね。息子さんが一人いるでしょ？　確かあの時はまだ小さかったはずだけど、ほんと気の毒よねぇ」

　他人の噂話に花を咲かせている人たちのせいで、僕は自宅のすぐそばまで来ているのに、自転車のハンドルを握ったままぼんやり立ち尽くすしかなかった。いつしか日も沈み始め、ひんやりとした風が吹いてきた。日中はまだ暑いからと半袖を着ている人たちの腕にも鳥肌が立ったようだ。ゴシップに夢中だった人たちは、突然夢から覚めたようにうつろな顔で散らばっていった。

　若い奥さんと赤ちゃんの二人か。所詮他人のことだ。二人で住もうが十人で住もうがどうでもいいが、寂しそうだったという言葉がなんとなく気になった。自転車を押して自宅の前まで来ると、向かいの家の門が開いて女性が出てきた。例の奥さんのようだ。白いコットンパンツにデニムシャツを着て、その上に白のカーディガンをはおっていた。長い髪はキュッと一つに結んであり、白くて丸い額の下には澄んだ瞳が輝いていた。

何げなく目が合った。彼女は一瞬怪訝な表情を見せたあと、すぐ笑顔になった。僕は反射的に頭を下げたが、なぜか、カーッと顔が熱くなった。彼女が何か言いかけたようだけど、耳まで赤くなるのが自分でも分かって、あたふたと自転車を押して門の中に入ってしまった。引っ越してきましたとか、よろしくとか、そんなあいさつをしようとしたのだろうか？　失礼なやつだと思われたかな。ずいぶん若そうだけどいくつなんだろう。そんなどうでもいいことが、なぜ気になってしまうんだろう。

数日後、意外なタイミングであの人の話を聞く機会があった。学校から帰るとテーブルの上にお餅が一皿置いてあった。父も僕もお餅は好きじゃない。父に弟子入りする形でうちにやってきた小説家志望のスジンさんは、いつの間にか家事までするようになったが、僕の好き嫌いもちゃんと把握しているから、おやつにはパンやフルーツを用意してくれることはあってもお餅を出すなんてことはなかったのに。そんなことを考えているとスジンさんがキッチンに入ってきた。

「あ、それ、お向かいさんが引っ越しのあいさつでお餅を持ってきたのよ。食べてみて」

「僕がお餅を嫌いなの、知ってるくせに」

「だからって食べられるものを捨てるわけ？　だったら私が食べなくちゃ」

テーブルの前に腰掛けたスジンさんは、ちぎったお餅を口に運びながら、聞いてもいないのに向かいの家のことを話し始めた。僕がいると、聞いていようがいまいがお構いなしにしゃべる人だ。今思えば彼女も寂しかったのだろうか。だからあんなふうにいつも次から次へとしゃべり続けたのかもしれない。たとえ相手が、ほとんど反応を示さない無愛想な十代の男であっても。

「その人ね、新婚の奥さんっぽかったんだけど、なんとなく不思議な雰囲気だったのよね。男性には魅力的に見えるかもしれない。どこか物憂げというか、何か事情がありそうな感じ。赤ちゃんもいたんだけど、夫らしき人は見えなくてさ。年は私よりいくつか上だと思うけど、もう離婚したのかな。とにかく、一人で赤ちゃんを育てるのは大変だろうね」

スジンさんはそう言いながら休みなくお餅を口に運んでいた。彼女はいくら食べてもまったく太らない。いつもまめまめしく動いているからだろうか。身長は一六〇センチに満たないが、整った顔立ちといきいきした表情が印象的で、二人で道を歩いていても、彼女のことをちらちら見る男たちは結構多かった。そんな時スジンさんは、相手がバツ悪そうに目をそらすまで堂々と見つめ返すような人だった。

その夜、スジンさんが作ってくれたカレーを食べてから二階の自室に戻った僕は、さっさと宿題を片付けた。学校の勉強はつまらない。いや、つまらないのは学校だ。世の中の全てがつまらなくて耐えられないが、無駄飯を食わずにすべきことはちゃんとやれという父の言葉を無視することはできない。小学生の頃から学年トップを逃したことはなかった。しかし、この前の学期に四十位まで順位が下がった僕を心配した担任が、どうやら父に電話をしたらしい。父は、僕を書斎に呼びつけて思いっきり頬をひっぱたいた。そして何度も僕を殴りつけながら言った。

「俺の家で、俺の金で、飯を食わしてもらいながら、もらってくる成績がこれか？　頭が悪いってわけでもないのに、なんだ？　反抗してるつもりか？　くだらない反抗するなら、俺の家からさっさと出て行け！　思春期？　まさかそんなことほざくんじゃないだろうな？　贅沢ざんまいしやがって。俺がお前くらいの年の頃は、新聞配達と中華料理屋の出前をしながら学校に通ったもんだ！」

この男は、僕に何があったかなんて絶対に聞こうともしない。聞かれたところで、勉強が、学校が、世の中がつまらなくて、などと正直に答えようものなら、ビンタどころか部屋の隅に立てかけたバットを振り回しただろう。それでも、もしかすると一度くらいは尋ねてくれるかもしれないと期待していた僕がバカだった。結局そんなことは一度もなかったじゃないか。そろそろ諦めた方がいいのかもしれない……。

書斎を出ると、ドアの外で心配そうに立っていたスジンさんが、腫れ始めた僕の頬に冷やしたタオルを当てようとした。僕はそれを振り払って自分の部屋に戻った。もうだめだ。降伏するしかない。

家を出たところで自分には何もできないことぐらい僕にも分かる。コツコツ貯めておいたお金はあるが、それだけじゃ一週間ももたないだろう。

その日以降、また元どおりのうんざりするような優等生に戻った。学年トップというポジションについていれば、つまらない学校でもそれなりに楽に過ごせることは事実だ。学校という世界で、一位はある種のフリーパスと同じ意味を持つ。教師たちは安心し、同級生にちょっかいを出されることもない。それに何よりも、自分一人で気ままに過ごすことができる。勉強すると言って本さえ手に持っていれば。

この前の誕生日、好きなものを買えと父からクレジットカードを渡された。僕は学校の休み時間に、オーディオ好きのクラスメイトを廊下に呼び出し、一番高価なヘッドホンは何かと尋ねた。普段まったく話したことがない僕にいきなり呼び出されて驚いていたそいつは「バング&オルフセン」と即答した。彼の名前はその日初めて知った。そいつはミョンスと名乗った。チェ・ミョンス。

週末、市内のデパートにあるオーディオ売り場に行って、バング&オルフセンの白いヘッドホンを買った。父は領収書に印字された金額を見てにやりとした。

「こいつ、俺に似て見る目はあるな。そうだ。男はスケールだ。手に入れるなら常に最高を狙え。一度でも本物を味わえば、二度と偽物に目をくれることはないからな」

見栄っ張りの父親の糞みたいな哲学を聞き流して自室に戻った。僕はただあいつの金を湯水のように使ってやりたかっただけだ。

明かりもつけずにベッドに寝転がり、買ったばかりのヘッドホンでラフマニノフのプレリュードを聴いた。緩やかに流れる二長調の旋律に浸っていると、暗い部屋にいつしかぼんやりと明るい光がさし込んでいるのに気がついた。ベッドから起き上がって窓の外を見やった。夜空に丸い月が浮かんでいる。五百ウォン玉のような月を眺めてふと視線を動かすと、向かいの家の窓に、数日前に会ったあの女性の姿が見えた。

彼女は立ったまま赤ちゃんを抱いていた。ヘッドホンをつけていて聞こえないが、どうやら泣いている赤ちゃんをあやしているようだ。その人は部屋の中をゆっくりと行ったり来たりしながら、赤ちゃんに向かって何か話しかけているようだった。なんて言ってるのだろう。僕は気になってヘッドホンを外した。かといって何も聞こえないのは分かっている。しばらくあやしても赤ちゃんが泣きやまないのか、彼女は窓辺に置いた椅子に腰を下ろし、着ていたシャツのボタンを外し始めた。あっと思ったが、僕は目をそらすことができなかった。

彼女がシャツのボタンを外し、白い乳房を赤ちゃんの口元に近づけた。子どもはしばらく手足をばたばたと動かしてむずかっていたが、乳首をくわえるとすぐに目を閉じた。力いっぱい母乳を吸う我が子を見て、彼女が笑みを浮かべる。顔に明かりが灯ったかのようだった。数日前に見た時とはまるで違う、少女みたいな笑顔だ。赤ちゃんの背中を優しくたたきながら、ずっと話しかけているように見える。多分子守唄でも歌っているのだろう。

赤ちゃんを抱いたその人は幸せそうでありながら、同時に猛々しさを秘めているようにも見えた。誰かが我が子に手を出そうものなら、すぐさま猛獣と化してしまいそうな覚悟が漂っている。僕の胸がドクンと音を立てた。心臓がスーッと地面に吸い込まれていくようだ。きっと僕はこれから、何度もあの顔を見たくなるのだろう。なぜかそんな予感がした。

# 三

気が滅入るような長雨がやみ、何くわぬ顔で太陽が顔を出した。こんな日には、雨の間中うずいていた脚を少しでも動かしてやらなければ。僕はジーンズと白いシャツの上にブラウンのセーターを身につけ、杖を持って外へ出た。週末は家政婦のパクさんが休めるように、近所のカフェでブランチをとることにしている。家を出て何歩か歩いたところで、門を開ける音が聞こえた。無意識に振り返った僕は、意外な人物を見て立ち止まった。

門の前にジアと中年女性が立っていた。ジアも僕を見てびっくりした表情だった。互いに言葉を失って顔を見合わせていたが、隣にいた女性がその沈黙を破った。

「知り合いなの？　ジア」

「あ、うん、うちの学科の先生よ、ママ。先生、こんにちは！」

電柱のように突っ立っているのも失礼だと思い、会釈をして近づいた。

「こんにちは。ジアさん、だったよね？　こちらはお母さん？」

「はい。先生、ここにお住まいなんですか？」

「うん。君もここに住んでるんだね」

　そこへ母親という人が会話に加わった。身長は一六〇センチあまりで細身だが、普段から鍛えていそうな体格だ。ショートヘアがよく似合う中性的なイメージの女性だった。大学生の娘がいる母親にしては驚くほど若く見える上、じっとしているだけでもエネルギーが満ちあふれている。その明るい笑顔を見ていると、こちらまで元気になれそうだ。

「初めまして。ジアの大学の先生でいらしたんですね。私たち、ここに引っ越してきたばかりなんです。実は先日、近所にペインクリニックを開業しまして、なるべく近くに住みたいと思っていたらちょうどいい物件があったので。先生がお向かいに住んでらっしゃるなんて、偶然にしても嬉しいです」

　初対面の保護者とこんな話をすることはあまりないが、相手は自然に会話をリードした。いつもクリニックで患者と接しているからか、さすがに人の扱いに慣れている。

「そうでしたか。引っ越してこられたことも気づかずに申し訳ありません。これからよろしくお願いします」

「こちらこそ。それでなくてもお向かいに一度ごあいさつに行かなきゃと思いながら、片付けに忙しくてつい。先生、うちのジアをよろしくお願いします。体ばかり大きくて、まだまだ子どもなんです」

　彼女は持っていた黒いハンドバッグから名刺を一枚取り出した。

「うちのクリニックです。もし気になることがあればいつでもいらしてください。私、こう見えてもけっこう腕はいいんですよ。クリニックはここから五分ほど歩いたところにありますから」

僕の杖を見たからか。だが、彼女はそんなそぶりを一切見せず、自然にクリニックの紹介をした。不快ではなかった。

「そうですか。ご近所さんにもなったことですし、そのうち一度伺います」

「ええ、ぜひいらしてください。では、またお目にかかります」

そばで僕たちの会話を聞いていたジアは、頭を下げてあいさつし、母親と腕を組んで歩いて行った。今日は膝丈のデニムスカートに白いニットシャツとバーバリーのコートを着ていた。再び会ったジアは驚くほどアランにそっくりだったが、違う点もあった。アランよりわずかに背が高い。鼻先が少し丸いせいか、ずいぶん穏やかな印象だ。だがアランと同じで、見る人の心を揺さぶるような不思議な空気をまとっている。

雨の日にグラウンドで初めてジアに会った時も、そのあと講義室でもう一度見た時も、僕はアランが帰ってきたのかと思った。アランがそんなに若いはずがないことは分かっている。それでもやはり考えてしまう。そしてふとヨヌの存在を思い出した。もしかしてヨヌがジアなのか？　しかし今日ジアを見て、それは僕の思い違いだったことに気づいた。記憶の中にかすかに残る幼いヨヌは、くっきりとした二重の大きな目を持ち、目鼻立ちは全体的に丸かった。それにジアはさっきの母親ともかなり似ていて、誰が見ても親子だと分かる。ありえない勘違いだな、そう思いながらもまた胸が高鳴った。

「ウェンズデー」という名のカフェに入ると、ブランチを楽しむカップルや、自宅で朝食を作るのが面倒な家族づれで賑わっていた。静かではないが、本が読める程度のざわめきの中でエッグサンドイッチとアメリカーノのセットを注文し、英詩選集を開いた。しばらくして店員がサンドイッチセットを持ってきた時、ずっと同じページを見ていたことに気づいた。僕は軽くため息をついて、濃いめのコーヒーをひとくち飲んだ。なぜだか今日は苦く感じる。

本を読むのを諦めて、パーカーの万年筆を取り出し、無地の黒い手帳を開いた。十五年前交通事故に遭って以来、手帳と万年筆を持ち歩くのが習慣になった。留学して四カ月だった。事故については正直言ってあまり覚えていない。

アメリカに着いて間もない頃、僕はこれまでとはまったく違う生活になかなか慣れることができず、いつも本の中に逃げた。あの土曜日もそうだった。週末も狭い寮の部屋にこもっている僕を気の毒に思ったのか、ルームメイトで中国人留学生のトミーが気晴らしにでも行こうと誘ってくれた。

街へ出て毎週土曜日に開かれるフリーマーケットを冷やかすのはどう？　いろんな国の屋台で食べ物をつまんだり、珍しい雑貨を見たり、かわいい女の子を探したり、まあ目の保養も兼ねて行ってみようよ、韓国のお店もあるし、トッポッキも売ってるんだ、とトミーがしつこく誘ってきた。トッポッキは好きじゃないし、トミーに付き合うのも面倒だった

# ○ 3 ○

が、社交性に欠ける僕をルームメイトとして気遣ってくれる彼の好意をむげに断ることはできなかった。キャンパスの外に出て目にした四月の街は華やかで、週末を楽しむ人たちで通りは賑わっていた。

留学生の僕たちは知らなかったが、近くのチャイナタウンで何かのお祭りが行われているようだった。道路を渡ろうと二人で信号の前に立っていると、いきなり大勢の人が群れをなして通りに押し寄せた。道の向こう側では、赤い龍の仮面をつけた仮装行列が練り歩いている。信号が青に変わるが早いか、群衆は行列に追いつこうと一斉に動き出し、そのはずみで僕の体がはじき飛ばされた。

そのあとの記憶はない。僕が車道に押し出された瞬間、キィーッという音が聞こえたような気もするし、絹を裂くような鋭い女性の叫び声とともに自分の体が宙に浮いたような気もする。スイッチが切れたように周囲が真っ暗になって、目覚めると病院のベッドの上だった。隣の補助ベッドに丸くなって寝ていたトミーが、僕の様子に気づいてガバッと起き上がった。

「ナース！　ドクター！　誰か！　誰か来てください！」

事故から五日経っていた。トミーは自分が無理やり連れ出したせいだと責任を感じて、毎日病室に来ていたという話を、ナースからあとで聞いた。見舞いに来たのはトミーだけだった。僕は身寄りのない孤児だから。家族のような付き合いをしてきたカン弁護士がアメリカに到着したのは事故から一週間後だった。

その事故が原因で僕は右脚を一生引きずることになった。記憶障害も残った。アメリカに来る前の一年間の記憶が、カミソリで切り抜いたように消えてしまった。父が亡くなったことも、アランが煙のように消えたことも忘れてしまったのだ。

事故の知らせを聞いてアメリカまで駆けつけてくれたカン弁護士は、父親の大学時代の友人だった。あの男に友達がいたこと自体に驚いたが、人でなしでも友人の一人くらいはいるものなのか。カン・ジェヨン弁護士は、僕が幼い頃から家によく遊びに来た。会えばいつもかわいがってくれて、本当の叔父のように遊んでくれたので、僕もおじさんと呼んでよくなついていた。

いつだったか、勇気を出して、どうして父と友達になったのかと訊いたことがある。彼は悲痛な面持ちで僕を見つめてからこう言った。あいつは欠点の多い人間だけど、魅力的なところもたくさんある。それに、あいつが犯した全ての悪行をなかったことにしたいほど飛び抜けた文学的才能を持っている、とも付け加えた。そう言って僕を見つめるおじさんがあまりにも悲しげだったので、それ以上訊くのをやめた。

おじさんは、父の生前の印税と著作権収入に関わる些細な訴訟を引き受けてくれた上、父が亡くなったあとの相続問題も全て片付けてくれた。僕が留学したあと誰も住まなくなった実家の管理や、定期的に入ってくる印税と二次的著作物などの契約も僕に代わって処理してくれている。

おじさんは実の父親以上に親身になってくれる人で、事故当時も手を尽くしてくれた。入学したばかりの大学を休学し、現地の病院で治療とリハビリを受けられるように手配してくれたのも彼だ。幸い留学が決まったと同時に入っておいた保険もあったし、事故を起こしたトラック運転手の保険会社が、病院での治療費とリハビリ代を全て支払った。おじさんは有能な弁護士で、僕の青春を台無しにした事故について、金銭的な補償だけは絶対にとってやると誓い、実際にその約束を守ってくれた。

お金の問題はそれでなんとかなったが、事故のあと完全に、つまりは杖をついて歩けるようになり、昨日のことですら思い出せないという状態から、なんとか普通の生活を送れるようになるまで丸一年かかった。

そして大学に戻った。もともと僕は激しいスポーツを好まない。特に、他人と体をぶつけ合うような球技は苦手だ。それよりは一人で自転車に乗ったり、プールで泳いだり、ランニングで汗を流したりしてエネルギーを発散するタイプだった。だが、僕はもう二度とあの頃のように地面を蹴りながら走ることはできない。それどころか、思いどおりに体を動かすことすら叶わないという現実は、覚悟していたとはいえ簡単には受け入れ難かった。

記憶を失くしたことはそれ以上に残酷だった。事故のあと、リハビリと同時に精神科も受診した。うつ状態だったため定期的にカウンセリングも受けていたが、何かとてもだいじなことを忘れているような暗い気持ちがずっと影のようにつきまとった。医者は、記憶がこの先も戻らないかもしれないし、ある日突然戻るかもしれないと言った。重要なのは過去ではなくこれから、などと、いつも慰めにもならない陳腐な言葉を並べるのを、僕はあくびを噛み殺しながら聞き流した。

手帳を持ち歩くようになったのはその頃からだ。過去の記憶が指の間から砂のようにこぼれ落ちるのは避けられないとしても、この先ずっと記憶を失いながら生きるわけにはいかない。それに体調が悪いと、前日の出来事も思い出せないことが何度かあって怖くなった。この世界に僕という人間が存在することを誰も知らない状況で、僕まで自分のことを忘れてしまうのではないかと心細くなったのだ。

退院後、大学の近くに小さなアパートメントを見つけて暮らし始めた日、日誌のようにその日の出来事を書いた。何時に起きて、どんな講義を聴いて、夕食に何を食べて、どこをどれだけ散歩したのか。一生懸命思い出そうとしても、日付さえ間違えることが何度もあってパニックになった。そのたびに手帳を開き、最初からもう一度読み返す。すると激しい動悸や浅い呼吸が落ち着いてくる。記憶は信じられなくても、記録は信じられる。そうやって少しずつ記録し続けた手帳を拠り所にして、僕はこれまで生きてきた。

## 四

いつしか習慣になった。ある種の儀式のように。塾から帰って夕食を済ませ、自室で本を読むか音楽を聴き、九時になると必ず窓辺に立ってあの人を見つめることが。アランはいつもきっかり九時になると二階の部屋で子どもを寝かしつけた。おむつが濡れていないか確かめてから授乳をし、お腹が満たされた赤ちゃんを抱いて歌を歌った。何を歌っているのか知りたくてたまらなかった。「眠れよい子よ」のようなモーツァルトの子守唄だろうか。それとも他の歌だろうか。

アランは赤ちゃんが眠るとベビーベッドに下ろしてブランケットをかけ、しばらくそばにいる。子どもは眠りが浅いのか、ベッドに寝かせるとすぐに目を覚まして泣き出すことが多かった。だから赤ちゃんがぐっすり眠るまで、アランはそばで洗濯物を畳んだり、縫い物をしたり、本を読んだりする。僕はその時間が一番好きだった。まるで赤ちゃんにとられていたアランの関心を取り戻したような不思議な錯覚に陥った。

僕は毎晩アランの顔を食い入るように見つめた。赤ちゃんを抱いているときに見せる温かさや、何があろうとこの子を守るという覚悟を感じさせる表情のほかにも、不安や、悲しさや、つかみどころのない謎めいた表情が見え隠れした。この手で触れてみたい。数えきれないほどたくさんの表情が浮かんでは消える、複雑で神秘的なその顔に。

彼女の名前がアランだということは、スジンさんから聞いた。アランと知り合いになってから、スジンさんはよく向かいの家に遊びに行っている様子だ。彼女の話では、二十歳の自分とせいぜい二、三歳しか離れていないだろうと思っていたアランは二十代半ばで、赤ちゃんと二人だけで暮らしていて、夫はいないらしい。

ただ、未婚の母なのか、離婚したのかまでは、何でもストレートに訊くスジンさんも質問できなかったようだ。スジンさんは、愚痴を言ったりおしゃべりをしたりする相手が近くにできて嬉しそうだった。夕飯を食べる僕の横に座って、あれやこれやとしゃべり続けるスジンさんの話の中に、アランの名前がよく出るようになった。

僕は本を読んでいるアランを見つめながら小さな声でつぶやいた。

「アラン。アラン。アラン」

アランは良い母親だった。僕の母は、人前ではベストセラー作家の妻という立場を意識して、教養あるふりで優雅に振る舞い、僕の頭をなでてみせたりもした。しかし誰もいないところでは僕の頭をこづいて「このクソガキ！」と罵声を浴びせる人だった。小さい頃は僕の鼻を拭いてくれたり、魚の身を食べやすくほぐしてくれたりすることもあったが、同じ手で突然僕の頰をひっぱたいたりもした。お前がいるから生きていけると言ったかと思えば、お前のせいで死ぬほどつらいと嘆いた。あるときは息が詰まるほど僕を抱きしめ、愛しているよ、お前は世界で一番大切な宝物だよと小さな声でささやき、翌日には、また抱きしめてくれることを期待しながら近づく僕を乱暴に突き放した。要するに母も不安だったのだ。

だがアランは、他人に好奇の目で見られようと、自分の心情がどうであろうと、いつも子どもを優先した。夜中に赤ちゃんが泣き出すたびに飛んできて、抱き上げ、あやしてやり、お腹が空いていないか、おむつが濡れていないかを確かめた。そんな夜が続けば睡眠不足でイライラしそうなものだが、泣いている赤ちゃんをアランが放っておくことは一度もなかった。赤ちゃんは母親と一緒に寝るのが普通だと思っていたので、自分の部屋からわざわざ駆けつけるアランが不思議でもあったが、なぜか僕にはそれが好ましく思えた。赤ちゃんとアランの二人は完璧なペアで、そこに夫や父親がいないことが何かの欠陥のようには見えなかった。むしろ父親などいない方がずっと幸せだと、僕は二人を見ながら独りごちた。

彼らの日常を見つめる間にいくつかの季節が駆け抜けていった。再び秋が巡ってきたある日、ついにアランが僕の目をまっすぐ見て声をかけてくれた。塾が終わって家に帰る途中だった。新しく通い出した塾は以前のように自転車で通うには不便なところにあったため、僕はバスで通っていた。正直なところ塾なんてどこでもよかったが、先日ヘッドホンの話をきっかけに友達付き合いをするようになったミョンスが、同じ塾に通おうと誘ってきたから変えたのだ。自宅最寄りのバス停で降りた僕がぼんやり歩いていると、前方にスジンさんが見えた。

少し距離があったため、買い物袋を持ったまま誰かと話すスジンさんの姿しか見えなかったが、近づいてみると一緒にいる相手が誰か分かった。ベビーカーの横にアランが立っていた。彼女を見た途端、心臓の鼓動が一気に早まった。この音が聞こえたらどうしようとばかみたいな心配をしてしまうほどだった。

僕はわざと下を向き、誰も見なかったふりでゆっくり通り過ぎようとした。だが、なんとなく胸騒ぎがしたので、目線を上げてスジンさんとアランの方を見た。深刻そうに話し合う二人の隣で、止めてあったベビーカーが少しずつ動き始めている。ストッパーが故障しているようだった。二人はそれに気づいていないが、まあ大丈夫だろう、ベビーカーがもう少し動けばアランが気づいて止めるだろう。

そう思っている間にも、ベビーカーが少しずつ二人から離れていく。会話に集中していたアランがふとそちらに顔を向け、慌ててつかもうとした瞬間、角から車が一台、猛スピードで飛び出してきた。スジンさんとアランの顔が真っ青になるのとほぼ同時に、僕はベビーカーと車の間に飛び込んだ。地面に転がった僕のすぐ手前で、キーッとブレーキ音を立てて車が急停車した。アランが必死でベビーカーをつかみ、乗っていた我が子を抱き上げると、耳をつんざくような赤ちゃんの泣き声がした。

道路に転がった僕の脚と腕は傷だらけになった。車からは誰も降りてこない。皆がショックのあまり凍りついた状況で、最初に我に返ったのはスジンさんだった。彼女は買い物袋を持ったまま車に近づき、こぶしで窓をガンガンとたたいた。

「ちょっと、あんたなんなの！　出てきなさいったら！　人が怪我してるじゃないの！」

しばらくして車のドアが開き、若い男が一人ぐずぐずと降りてきた。ジーンズに白と黒のストライプ柄のTシャツを着ていて、もやしのようにひょろっとしている。大学生とおぼしきその男から酒の臭いがした。酔いのせいかふらつきながらうなだれているそいつの顔を、スジンさんがひっぱたいた。

「お酒飲んで運転したわけ⁈　頭おかしいんじゃない？　うちのソヌが死にかけたじゃない！　ヨヌだって危なかったのよ。昼間っからお酒飲んでんじゃないわよ！」

警察を呼んで状況を説明し、飲酒運転をした愚かな大学生を引き渡して僕たちは家に帰った。病院に行った方がいいとスジンさんが心配したが、大丈夫、ちょっとヒリヒリするだけだと返事をした。ハーフパンツと半袖だった僕は、肘とふくらはぎを地面にいやというほど打ち付けたせいで、あちこち血がにじんでいた。

僕の家までついてきたアランは、お湯で濡らしたタオルで傷を拭いて消毒したあと、薬を塗ってくれた。それくらいはしたかったようだ。アランの気持ちをスジンさんも察して、ずっと赤ちゃんを抱いていた。

アランは傷の手当てを終えると、僕の手を握ってこう言った。

「ソヌって言ったわね？　ありがとう、ソヌ。うちのヨヌを助けてくれて。この子は私の命より大切な存在なの。だから君は今日、二人の命を救ったのよ。この恩は必ず返すから。よかったらうちに遊びに来て。君はいつでも歓迎だから」

僕はアランと目を合わせることもできずに、ただうなずくだけだった。アランとヨヌが帰ったあと、スジンさんがそばに来て、他に怪我をしたところがないかと気にかけながら僕を見て笑った。

「こいつ、アランさんのこと、好きでしょ？　いくら片思いでも年上すぎない？　あははは」

「なに言ってんだよ。好きなわけないだろ」

図星を突かれた僕は、焦っているのを悟られたくなくてすぐに立ち上がり、脚を引きずりながら二階へ向かった。

「夕飯は部屋に持ってってあげるわよ、片思いの少年！　あはは」

階段を上がる僕の耳に、スジンさんの笑い声が聞こえた。

## 五

雨は嵐を連れてきたかのように激しさを増していた。暗闇を抜けてドアを開けると、僕の全身からぽたぽたと水が滴った。アランがそんな僕を見てクスクスと笑い、バスルームからタオルを一枚持ってきた。お気に入りらしい茶色の水玉模様のワンピースに白いカーディガンをはおっている。

「ひどい雨ね。これで拭いて。ヨヌは寝ているわ。寒いでしょ？　お茶でも飲む？」

僕がうなずくと、アランはキッチンへ向かった。黒い電気ケトルに水を入れスイッチを押したあと、パントリーからガラスのキャニスターとガラスのカップ二つを取り出した。キャニスターにはティーバッグが入っていた。アランはそこからティーバッグを二つ取り出して、ガラスのカップに一つずつ入れ、沸騰したケトルのスイッチを切ってカップにお湯を注いだ。しばらくして中身が薄緑色になり始めると、両手にカップを一つずつ持って振り向いた。

すぐ後ろに立っていた僕を見て驚いた彼女がカップを落としそうになったので、慌てて受け取った。

「なんだ、びっくりしたじゃない。こぼしたら大変だったわ」

僕は彼女に向かって微笑んだ。今こうして見ているのに、もっと、ずっと、見つめたくなるアランの顔。

「ねぇソヌ、君が寡黙なのは知ってるけど、私が言うことに返事くらいしたら？　黙りこくっていたら口臭がするわよ」

アランはいたずらっぽく僕の肩をぽんとたたき、カップを手にダイニングテーブルの方へ向かった。向かい合って座った僕たちの間に、しばしの沈黙が流れた。僕の顔をしげしげと見つめていたアランが言った。

「何か話があって来たんでしょ？　こんな夜更けにまさかにらめっこでもするつもり？」

僕はごくりとつばを飲み込んだ。勇気を出して口を開こうとした時、二階からヨヌの泣き声が聞こえてきた。アランが困った顔をした。

「ヨヌが泣いてるわ。ちょっと見てくるね」

アランが立ち上がるのと同時に僕も立ち上がった。自分でも分からない。アランをそのまま行かせたくなかった。僕はアランの腕をつかんだ。階段に向かっていたアランが振り返り、いぶかしげな表情で僕を見た。

「どうしたの？　ヨヌが泣いてるのよ」

「行かないで。僕と一緒にいて」

「なに言ってるの、ヨヌがあんなに泣いてるのに」

僕を振り切って行こうとするアランの腕をいっそう強くつかんだ。

「行かないで。少しだけでいいから僕と一緒にいて」

「どうしたの。ヨヌの様子を見たらすぐ戻るから」

アランが僕の手を振り切って階段に足をかけた瞬間、ガタガタと階段が崩れてアランがその中に消えた。

「アラン！」

僕は大声で叫んだ。

「アラン！」

自分の声で目が覚めた。朝の光がまぶたを刺すように眩しい。夢だったのか……。またこの夢だ。毎回アランはすがりつく僕を振り払って消えてしまう。せめて夢の中だけでも彼女を捕まえることができたなら、このやるせない気持ちがなくなるのだろうか。

＊

今日は講義がある日だ。昨夜の夢のせいか食欲が湧かず、コーヒーだけ飲んでかばんと杖を持ってガレージへ向かった。ディーラーから戻ってきた青いボルボはぴかぴかに磨かれていた。

「今日も頼むぞ」

ボンネットを軽くたたいて運転席に乗り込み、ガレージから車を出した。狭い道を徐行していると前方に黒い革のトートバッグを右肩にかけて歩く女性の姿があった。後ろ姿に見覚えがある。至近距離まで近づいたあたりで、自分でも驚くほど胸の鼓動が速くなった。アランが消えたあと、こうして誰かの姿に胸が高鳴るのは初めてだ。

ウィンドウを下ろして顔を出した。

「ジアさん？」

イヤホンをつけたまま歩いていた彼女は、少し驚いた様子だったが、僕の顔を見て明るく笑った。その笑顔にまたどきりとした。この子を見るたびに、自分でも意外な反応をしてしまう。

「先生、おはようございます」

ジアはあいさつしながら車にちらっと目をやった。

「わぁ、これボルボですよね？　私この車好きなんです。ブルーがとっても素敵ですね」

「そうかな。あ、もし学校に行くなら乗って行きますか？」

「えっ、いいんですか？　実は今日みっちり授業があってかばんが重かったんです」

勇気を出して声をかけて断られたらどうしようと心配したが、ジアは拍子抜けするほどあっさりと車のドアを開けて助手席に座った。

「新車ですか？」

「あ、去年帰国した時に買ったから、そんなに経ってないかな。僕もボルボが好きで」

「そうなんですね。私、車のことはよく分からないんですが、ボルボって頑丈そうでかっこいいから好きです。いつか私もこんな車を買えたらなあ。憧れの車なんです！」

「運転は？」

「免許は持ってます。よく母と車で出かけるんですけど、母が疲れたりお酒を飲んだりしたら私が運転します。でもまだ車を買う年じゃないって母に言われています。ちょっと過保護ですよね？　あはは」

たわいのない話をしているだけで、知らないうちに口元が緩む。誰かとこんなふうに笑い合ったのは前世のことのように感じられた。以前よく一緒に酒を飲んでいたミョンスは最近授かり婚をして、生まれたばかりの子どもの世話に忙しい。ほとんど毎日顔を合わせる助手のソンチョルもどちらかといえば無口な方で、一日中一緒にいても交わす言葉は数えるほどだ。

「そういえばさっき何か聴きながら歩いてたようだけど？」

「あ、私が好きな曲なんですけど、先生も聴いてみます？」

ジアは僕の返事も聞かず、かばんからスマホとイヤホンを出して、いきなり片方のイヤホンを僕の耳につけて再生した。流れ出したメロディーを耳にしたとたん激しく動揺した僕は、咄嗟にブレーキを踏み込んでしまった。車がガクンと止まったと同時に、二人の体が前に傾いた。

「わっ！」

「あ、ごめん！　ちょっと考えごとしていて」

「いえ、私が急にイヤホンをつけたからびっくりされたんですよね、こちらこそすみません」

「いや、そうじゃなくて。本当にちょっと他のことを考えていて」

僕はなんとか言いつくろって再び発進した。気まずい沈黙が流れた。

「さっきの曲、タイトルは何ですか？　よく耳にしたことがあるんだけど」

「あ、これご存知ないですか？　ちょっと昔の歌なんですけどすごく有名な曲です。Ｊａｕｒｉｍの『春の日は過ぎゆく』っていって、映画の主題歌になった曲です。映画、ご覧になってませんか？」

「ああ、その歌でしたか。映画は観てないけど、なんとなく聴いたことがあるメロディーだと思いました」

「映画、ぜったい観てくださいね、名作ですから！　私はＪａｕｒｉｍのファンなのでよく聴くんです」

Ｊａｕｒｉｍと英詩の授業について話しをしながら学校の前まで来た。ジアを降ろしてから教員用の駐車場に向かい、ようやく車を止めた。エンジンを切ったあともしばらく動けなかった。小刻みに震える手で額の汗をぬぐうのが精一杯だった。

『春の日は過ぎゆく』はアランが好きだった曲だ。毎晩子どもを寝かしつけながら口ずさんでいた。それは子どもにではなく、彼女自身のために歌っていた曲だ。そして僕に歌ってくれた最初で最後の曲でもあった。

ヨヌのベビーカーを助けたあの日以降も、僕は夜になると部屋の窓からアランを見つめた。それは、朝に歯を磨いたり、食後に水を飲んだりするのと同じように習慣となり、やめることなどもはや考えられなかった。あの日初めて名前を知ったヨヌはすくすくと育ち、母乳ではなく粉ミルクを飲むようになった。アランがヨヌを抱いて哺乳瓶をくわえさせると、紅葉のような小さな手でそれをつかみ、勢いよくミルクを吸った。その姿を見ながら僕は、「よかったらうちに遊びに来て。君はいつでも歓迎だから」と言ったアランの言葉を思い出していた。

でも勇気が出なかった。アランの家に行って彼女のそばにいたい気持ちと、窓から眺めるだけで十分だという気持ちが心の中でぶつかり合った。用もないのに遊びに行けば、彼女を好きなことがばれそうだ。スジンさんが片思いの少年とからかうくらいだから、僕の気持ちは自分で思うより人に気づかれやすいのかもしれない。

あの土曜日の午後もそんなことで悩んでいた。塾に行くためにリュックを肩にかけて家を出たが、僕の足はバス停ではなく勝手にアランの家に向かっていた。近くまで行くと、門が少しだけ開いている。どうしたんだろう？　うっかり閉め忘れたのかな？　気になってすき間から覗いてみると、アランがテラスにある椅子に座っていた。茶色い水玉模様のワンピースに白いカーディガンを着た彼女は、テーブルの手前に置かれたグラスを手に取ってひとくち飲んだあと、何かに手を伸ばした。

何だろう？　僕は目を離すことができずにじっと見つめた。アランが手に持った小さな箱の中から白くて細い何かを取り出し、もう一度テーブルの上の四角い物体のふたを開け指でカチッとはじくと、ポッと火がついた。ライターだ。アランはそのライターで指にはさんだたばこに火をつけ、先端が赤く燃えるのを見ながら深く息を吸い込んだ。

見惚れるような優雅さで煙を吐いたアランが門の方に顔を向けた。見つかった！　そう思った僕に、アランは平然とした様子で微笑みながら、白くて細い人差し指を自分の唇に当てた。「しーっ」と口止めするように。

僕たちはそうしてしばらく見つめ合っていた。一時停止ボタンを押したかのように時間が止まった。するとアランが立ち上がって僕の方へ近づいてきた。逃げようか迷ったが、そうすると二度とアランに会えなくなりそうで、両足を踏ん張ってその場に留まった。

アランはたばこを指にはさんだまま門のそばまで来ると、少しだけ開いていた入り口のドアを大きく開けた。

「こんにちは、ソヌ。元気？　どこか出かけるの？」

「あ、こんにちは。これから塾です」

「土曜日も塾？　真面目なのね」

「いや、そんなことないです！」

「何を真顔になってるの。ふふふ、スジンが言ってたけど、学年トップなんですって？」

「べ、別に、たいしたことはないです」

　僕はうつむきながら答えた。アランによく思われたい。でも優等生のイメージなんて何の役にも立たないはずだ。それより、よその家を覗いたことを注意されるとばかり思ったのに意外だった。アランのペースに巻き込まれつつも、心の中ではこの人も成績なんてくだらないものさしで他人を判断するのかと、わずかに失望しかけていた。だがあとに続く言葉に耳を疑った。

「そんなに勉強ばかりしてイヤにならない？　せっかく来たんだし、塾なんてさぼっちゃえば？」

「え？」

「私とヨヌに会いに来たんでしょ？　ヨヌは今お昼寝してる。遊んでいきなさいよ。塾なんてね、たまには休んであげるのが礼儀ってものよ。前も言ったでしょ？　いつでも遊びに来ていいって。コーヒーを淹れてあげるわね。私、コーヒー淹れるのうまいんだから」

　僕は今、夢を見ているのだろうか。小学生の時以来、人の家に遊びに行ったことは一度もなかったし、家に人を呼んだこともない。友達の家に行くたび、その家の人たちに「お父さんはどんなお仕事をなさってるの？」と訊かれるのが苦痛だった。質問にきちんと答えなければ、しつけの悪い子だと苦々しげな顔をされ、仕方なく「作家」だと言えば言ったで、次から次へと質問されるのが耐えられなかった。

少しでも本を読む人なら父の名前を知っている。僕の返事にほほぅ、と言いながら意味ありげな顔をされるのも気分が悪かった。

「え、あのベストセラー作家の？　本を出すたびに百万部以上売れる作家でしょ？　へぇ、すごいね！　あの人がお父さんなの」

その言葉と常にセットでついてくるあの表情。父の小説を好きだと口では言いながら、実際には、女優やモデル、女性の作家やクラブのママたちと数々のスキャンダルを起こし、週刊誌を賑わせている父の私生活の方に興味津々のゲスな表情が心底気持ち悪かった。遊びに行った家の子たちは翌日からそれとなく僕を避けるようになった。きっと親たちが、あんな家の子と付き合ってはいけないと言い聞かせたのだろう。そんなことが何度かあってから、僕は友達を信じなくなった。友達を持つなんて僕には贅沢な夢だった。

だけどたった今、一年以上も片思いしながら見つめ続けた女性が、僕に塾をさぼって家に遊びに来いと言う。たとえそこが地獄であろうと、僕は行きたいと思った。

「そうします」

僕の返事にアランは少女のように手をたたいて喜んだ。笑うといっそうきれいだ。この笑顔をそばで見られるなら塾なんてどうでもいい。毎日さぼれと彼女が言うならきっとそのとおりにするだろう。そのせいで成績が落ちて父親にバットで殴られようが気絶しようがかまわないと思った。

僕はアランのあとについて中に入った。彼女の家はうちよりも小さかったが、一階に小さなテラスがあった。スティール製のティーテーブルとラタンの椅子が二つ置かれ、二人掛けのスウィング・チェアもある。ヨヌが泣いたりむずかったりするときに抱いて乗ると喜ぶの、とアランが言った。こぢんまりした庭には、形のいい松の木が何本か植えられていて、小さな池もあった。

コーヒーを淹れてくるからそのラタンの椅子に座っててね、とアランは言い、ヨヌの様子を見に行った。しばらくして彼女は、コーヒー二杯とオレンジジュース一杯、りんごとぶどうとキウイをきれいに盛り付けた皿と、サブレビスケットが入った器を大きなトレーに載せて戻ってきた。

「何が好きなのか分からないから全部持ってきちゃった。コーヒーがだめならジュースをどうぞ」

「コーヒーをいただきます」

子どもに見られたくなかった。僕は大人ぶって堂々とコーヒーカップを手に持ち口をつけたが、うっ、と声が出てしまった。熱すぎたし苦すぎた。アランがクスッと笑った。

「熱いから気をつけてねと言おうと思ったら。見かけよりせっかちなのね」

そう言いながら彼女は自分のカップを持ってコーヒーをゆっくり飲んだ。そしてすぐに次の奇襲攻撃に出た。

「たばこ吸ってもいい？」

僕が返事に困っていると、アランがおかしくてたまらないというふうに笑って言った。

「さっき見たくせに何をびっくりしてるの？　赤ちゃんのママはたばこを吸っちゃダメなの？　それともこんな人間だとは思わなかったからがっかりした？　君は吸わないの？」

「がっかりだなんて、全然違います。ただ、僕はまだ……」

僕は慌てて、「まだ」という言葉に力を入れて返事をした。

「じゃ、君が許可したから吸うよ」

アランはたばこに火をつけ、うまそうに吸った。

そのたばこが「ラッキーストライク」だったことは、しばらく経ってから分かった。

「ヨヌができる前から吸っていたけど、妊娠が分かってから我慢していたの。母乳もやめたから、やっと解放よ。ああ、この味がどれだけ恋しかったか。近所で噂されるかもしれないから家でしか吸わないけど」

アランはたばこを吸う合間に、冷めていくコーヒーを少しずつ飲んだ。

「勉強は楽しい？　何かなりたいものがあってそんなに一生懸命やってるの？　まさか、医者とか裁判官とかありがちなやつを目指してるんじゃないわよね？」

初めてだった。僕にたばこを吸うのかと尋ね、なぜそんなに勉強するのかと訊いてくれるなんて。遊び人だった父と自殺した母の息子、薄幸な運命の下に生まれた子ではなく、ただ僕という人間について知ろうとした人は、この広い世界で彼女が初めてだった。きっとそのためだろう、最初は不思議な雰囲気に惹かれ、次はアランの一途な母性愛に惹かれたが、今はもうアランという人に完全に魅了されてしまった。

幼かった僕はまだ知らなかったのだ。人が自分以外の人に与えることのできる最も大きなプレゼントは、相手のことを純粋に、心から知ろうとする気持ちだということを。アランこそが、そのプレゼントを僕にくれた唯一の人だった。

## 六

朝から最悪な気分だった。理由ははっきりしなかったが、本心では分かっていたと思う。むっつりしたまま顔を洗い、一階に下りた。キッチンで水を飲もうと書斎の前を通り過ぎると、中から音が聞こえた。誰かの激しい動きと何かがきしむ音、そして喘ぎ声。いつもなら聞こえないふりをして通り過ぎただろう。だが今日はとうてい我慢できない。僕は書斎のドアを乱暴に開けた。机の角をつかんで覆い被さるように突っ伏し、茶色のコットンスカートがめくれ上がったスジンさんと、そんな彼女の腰を後ろから抱えて競馬の騎手のように動いていた父が、目を剥いて僕を見た。

スジンさんの白いTシャツはへそが見えるまでたくし上げられ、父のズボンと下着は足首まで下がっていた。スジンさんに体を密着させたままの父が中腰で立っていた。殺気立った沈黙を破ったのは父だった。

「何だお前、ドアを閉めろ」

僕が大声で言い返した。

「今日が何の日か分かってる？　それでも人間なの？　動物以下だよ！」

「こいつ、誰に向かって言ってるんだ！」

激昂した父がスジンさんの腰から手を離し、机の上にあった重そうなガラス製のペーパーウェイトを僕に向かって投げつけた。十分に避けることができる距離だったが、僕は目を見開いたまま動かなかった。鈍い音を立てて僕の額に命中したペーパーウェイトは、床の上で音を立てて割れ、ガラスの破片となって部屋のあちこちに飛び散った。スジンさんが悲鳴を上げ、慌ててスカートを下ろしながら僕に駆け寄ろうとした。僕は乱暴にドアを閉めて家から飛び出した。

額から流れる血が目に入って、前がよく見えなかった。勢いよく玄関のドアを蹴って飛び出したはいいが、どこへ行けばいいのか分からない。もうこのまま消えてしまいたい。目を閉じて立っていた僕は、おもむろに向かいの家に行きインターホンを押した。

「どちらさまですか？」

答えなかった。「どちらさまですか？」ともう一度言ったアランは、少し間をおいて訊いた。

「ソヌ？　ソヌよね？　ちょっと待ってて」

しばらくしてヨヌを抱いたアランが出てきた。彼女は僕の顔を見て驚き、ヨヌも流れる血が怖かったのか急に泣き出した。アランが子どもをあやしながら言った。

「早く入って。とにかく怪我の手当てをしなくちゃ」

僕はアランについて家の中に入った。アランはリビングに置いた歩行器にヨヌを座らせたあと、救急箱を持ってきて額の血をていねいに拭き取り、アルコール綿で消毒してくれた。

「染みるかもしれないけど我慢して」

アランはそう言ったが、そっと僕の額に触れる彼女の手はとても柔らかくてまったく痛みを感じなかった。血を拭いた額を見ながら、アランが眉を寄せた。

「何があったのか知らないけど、病院に行ってちゃんと縫ってもらえば傷跡は残らないと思うわ。きれいな顔に傷がついたらもったいないでしょ。とりあえず応急処置だけはしておこう」

アランは薬を塗って包帯を巻いてくれた。慣れた手つきだった。ソファに座っててと言った彼女はキッチンへ向かい、温かいレモンティーと水を一杯持ってきた。

「何があったか話したい？　いやならしなくていいわ。でも病院じゃなくてうちに来たってことは、話を聞いてくれる人が欲しかったのよね？」

アランは歩行器に座っていたヨヌを抱き上げて、ソファの向かい側に座り、まっすぐ僕を見た。どうしようかずいぶんと迷った。僕はコップの水を飲み干してから話しをした。

「今日は母の命日なんです。よその家だったら法事でもするんだろうけど、うちではしません。それはまだいいんです。父はもともとそういう人ですから。でも、せめて今日くらいは……まともな大人のふりくらいしてもいいじゃないですか」

そこまで言うのが精一杯だった。不意に涙があふれてきた。水を一気に飲み干したのにまだ喉がからからだった。震える手で持ったレモンティーのカップに涙がぽたりと落ちた。カップを下ろしても、あふれる涙はやまなかった。アランは眠ってしまったヨヌをベッドに寝かせてからそばに来て、そっと僕を抱きしめてくれた。何も聞かず、声を上げて泣いている僕を慰めるように、背中をそっとたたいた。母の葬式以来、初めて思いっきり泣いた。

泣き疲れてふと気がつけば、ずいぶんと時間が経っていた。僕が泣きやむとアランは体を離し、温かいおしぼりを持ってきてくれた。

「お母さんのお墓はどこ？　会いに行こうか？」

「い、いいんですか……？」

「もちろん。ヨヌもドライブは大好きよ。支度をするから少しだけ待ってて」

アランは黒いアウディをレーサーのように巧みに扱った。先日、たばこを実にうまそうに吸っている姿を見たあとだったので、あまり驚かなかった。彼女の運転はまるでピアニストの演奏のように洗練されていて、まったく無駄がない。チャイルドシートから好奇心に満ちた目で周りを見ていたヨヌがいつの間にか静かに眠ってしまうほどだった。僕は黙って窓の外を流れる風景を眺めた。アランも運転に集中していた。

しばらくして一山《イルサン》の近くにある納骨堂に到着した。去年までは毎年一人でバスを二回乗り換えて母に会いに来ていた。だが今日はアランとヨヌも一緒だ。想像もしたことがなかった。アランは納骨堂に僕を残して、車に積んできたベビーカーにヨヌを乗せ、納骨堂の周りの田舎道を散歩していた。僕は小さな四角いガラスの中に入れた母の写真に向かってささやいた。

「母さん、僕だよ。一年ぶりだね。今日は誰と来たと思う？　驚かないでね。僕が愛している人と一緒に来たんだ。いつか母さんにも会わせてあげる。僕、この人と結婚するから」

喜んでいるのか悲しんでいるのか分からない母の澄んだ目が、僕をじっと見つめていた。

## 七

「うわっ！」

自分の叫び声で目が覚めた。枕が汗でぐっしょりしている。夢か。でもただの夢じゃない。二度と思い出したくないような悪夢に頭を振った。ドアをノックする音がする。返事をするとドアが開き、水の入ったグラスをトレーに載せてパクさんが入ってきた。彼女は汗だくになった僕の顔とパジャマにちらりと目をやり、ベッドサイドのテーブルにグラスを置いた。

「先生が寝すごされるのは珍しいので心配したのですが、どこか具合でも悪いのですか？

ひどく汗もかいてらっしゃるし、顔色も悪いですよ」

「ええ、ちょっと調子が悪いみたいです」

「今日は確か講義がない日ですよね？　病院に行かれた方がいいと思います。朝食を召し上がったら、必ず行ってください」

パクさんは僕を見下ろしたまま言った。鋭いナイフで頭を切り裂かれるような頭痛に耐えられず、ぎゅっと目を閉じて横になった。しばらくしてふと目を開けると、部屋から出て行ったとばかり思っていたパクさんが冷ややかな目で僕を見下ろしていることに気づきゾクッとした。彼女はすぐに何事もなかったかのようにトレーを持って出て行ったが、さっきの表情は何だろう。ああ、これもきっとあの悪夢のせいに違いない。

昨夜は遅くまでテストの採点をしたあとベッドに入った。なかなか寝付けずウィスキーを何杯かやったのが悪かったのだろうか。夜中の三時か四時頃まで目が冴えて眠れず、寝返りばかりうっていた。ようやく寝入ったところに、恋しくてたまらないアランが夢に出てきた。茶色い水玉模様のワンピースに白いカーディガンを着て、一階のテラスに座っているアランに向かって僕が話しかけている。

不思議な夢だった。あの頃はいつもアランが話して僕は聞いてばかりいたのに。夢の中のアランは、突然ダンスを教えてあげるとふざけながら僕の手を取って立ち上がった。僕は照れくさくて後ずさったが、アランは僕の手首をぎゅっと握って引き寄せ、僕の片手を自分の肩に、もう一方の手は彼女の腰を抱くように持っていった。アランのリードで、いち、に、いち、に、とステップを踏んだ。アランの足を踏まないよう、足元だけに集中して動いていると脂汗がにじんだ。そのうちに僕の手を握るアランの手の力が徐々に強くなり、とうとう耐えられなくなった。

「どうしてこんなに強く握るの？」

そう言って顔を上げた僕は腰が抜けそうになった。僕の手を握っていたのはアランではなく、茶色のワンピースを着た骸骨だった。僕は骸骨の体を抱いて、下手なステップを踏んでいたのだ。手を振り払おうと必死でもがいたが、骸骨は悪魔のように恐ろしい力で僕をつかんだまま、しゃがれた声であざけり笑った。

「はははは、ソヌ、どこへ行くつもり？」

骸骨の手を引き剥がそうと腕を振りまわした拍子に夢から覚めた。ベッドサイドにあった水を飲んでまた横になった。夢の中でもがいたせいか、指に力が入らない。せっかく夢で会えたのに骸骨だなんて。アランはいったいどこにいるのだろう。もう一度だけでも彼女に会いたい……。あれほど長い時間一緒に過ごしたのに、一枚も写真を撮らなかったことが今さらながら悔やまれる。

夢の中のアランを思い浮かべた。茶色の水玉模様のワンピースに白いカーディガン。背中までかかる黒い髪。その漆黒の髪がカラスの羽のようだと思ったこともある。そして彼女がいつも身につけている、ハートを半分に割った形のネックレス。いつだったかアランがそのネックレスについて話してくれたことがあったがよく思い出せない。

うぅ、また頭が割れそうだ。僕はベッドサイドテーブルの引き出しを開けてタイレノールを取り出し、二錠飲み込んでからまた目を閉じた。

いつの間にか眠っていたようだ。部屋のドアが開く気配がした。パクさんが入ってきて僕の額に手を当てている。それから氷水の入った器に浸して絞ったタオルを僕の額にのせてくれた。パクさんの手はこんなに柔らかかったのか。ほのかにいい香りがする。うとうとしながらも、不思議な懐かしさが込み上げてきて涙が出そうだ。

冷たい濡れタオルがありがたかった。ひんやりとした風が頭から体中に均等に広がってゆくような感じがする。熱のせいでタオルがすぐぬるくなってしまうのか、その人はまめにタオルを濡らしては絞り、額の上にのせてくれた。ずっとこうしていたい、そう思った僕のまぶたに、タオルからこぼれた水滴がぽたりと落ちた。

目を開けるとアランがいた。茶色い水玉模様のワンピースに白いカーディガンを着たアランが。ああ、これはアランが使っていた香水だ。僕がヨヌをかばって怪我をした時のように心配そうな表情でこぼれた水滴を拭いている。

僕の視線に気づいたアランは、自分の口元に人差し指を当てて微笑んだ。たばこを吸っているのを僕に見られた時と同じ仕草だった。我を忘れて彼女を見つめていると、アランは冷たい手で僕のまぶたをふさぎ、濡れタオルで目と額を覆った。

タオルの冷たい感触が気持ちよくて、僕はそのまま眠りに落ちた。

再び気づいた時にはすっかり暗くなっていた。サイドテーブルの上にクロスのかかったトレーが置かれていた。クロスをめくると、白いお粥と漬物があった。目が覚めたら食べてくださいというパクさんの気遣いだろう。喉が渇いたが水の入ったグラスは見当たらなかった。体を起こそうとするも、目まいがひどくて立ち上がれない。しばらく目を閉じて、一、二、三、と数えた。そういえばさっき、アランが僕の額に濡れタオルをのせてくれたような気がする。まさか。高熱のせいで幻覚を見たのだろう。

電話が鳴った。サイドテーブルの上のスマホを手に取ると、液晶画面にカン弁護士の名前が見えた。

「おじさん、こんばんは」

「やあ、ソヌ」

「お元気ですか」

「こっちは相変わらずだ。ところでその声はどうした？　具合でも悪いのか？」

「ちょっと風邪気味で寝ていたので。たいしたことないです」

「そんなことないだろう。君みたいに辛抱強いやつが寝ているくらいだから、よほどひどい風邪のようだな」

「大丈夫です。ところで何か？」

「何って、風邪のせいで忘れたのか？　君に頼まれた件、三カ月に一度報告することになってるじゃないか」

「あ……すみません。うっかりして」

「体調が悪いところに、いい知らせもなくてすまないね」

「今回もやはり何もわからなかったのですね」

「ああ、なんの手がかりも見つからなかった。なあ、ソヌ」

「はい……」

「気持ちは分かるが、そろそろ諦めてもいいんじゃないか？　十年以上も捜し回ったんだ。私は君が別の人と出会って、君の人生を生きてほしいと思っている」

「はい……考えてみます」

「その、考えてみますって台詞、何度も聞いたよ。とにかく、分かったから早く風邪を治しなさい」

「はい、じゃあまた連絡します」

　電話を切って立ち上がろうとすると、地震かと思うほど僕の周囲がぐわんと揺れた。おじさんの話は見当がついていたが、またしても失望したせいだろうか。おさまりそうもない目まいを振り払うように、ベッドの端をつかんで起き上がった。すると外から門を開ける音がした。こんな時間にパクさんが出かけるのか？　よろよろと窓辺に歩いて行くと、門の前にパクさんとアラン、いやジアが立っていた。もしかして、さっき僕に濡れタオルをのせてくれたのはジアだったのか？　アランとジアは驚くほど似ているから、もしそうなら高熱に浮かされていた僕が見間違うこともありえる。だがジアが僕の看病をするはずがない。それに今、外にいるジアはジーンズに白いTシャツ姿だ。気のせいだな。自分はいったい何を考えているんだ。それにしてもジアとパクさんは元から知り合いだったのだろうか。二人で何を話し込んでいるのだろう。ジアは何の用があってうちに？　どうやらパクさんがジアを見送っているようだが。疑問が次々に浮かんだ。

かろうじて一階のキッチンにたどり着くと、パクさんはすでに自室に入ったあとだった。冷蔵庫から水の入ったピッチャーを取り出し、冷たい水をグラス一杯飲み干すとようやく生き返った。額に手を当ててみると、熱もほとんど下がったようだ。タイレノールのおかげだろう。

パクさんの部屋をノックして、何があったのか尋ねるにはもう遅すぎる時間だ。僕も無口な人間だが、彼女もそうだ。仕事はきちんとこなす。しかしまったく隙を見せないパクさんにはどうも声をかけにくい。

## 八

朝、キッチンに入ると、パクさんが何かを作っているようだった。コンロにかけた鍋の中身をかき混ぜていた彼女は、僕に気づくと冷蔵庫からピッチャーを取り出してグラスに水を注ぎ、僕がテーブルにつくと、今しがたできあがった料理を器に取り分けて僕の前に置いてくれた。あわび粥だった。

スプーンでお粥をすくって口に運んだ。少し熱かったが優しくて淡白な味だ。パクさんは料理の腕前もたいしたもので、掃除や洗濯などあらゆる家事を完璧にこなす。弁護士のおじさんを通じて家政婦を探していた時、脚に障害のある僕に合わせてくれる人がいいとお願いした。彼女は病気の家族を長年看病した経験があるという。

たまに僕の体調が悪いときなど、こちらが何も言わなくてもあれこれと気遣ってくれるのを見ると、その話はどうやら事実のようだ。見た目や態度からは気品が漂っていて、家政婦の仕事をするようには見えなかったが、そもそも最初から家政婦として生まれる人なんていない。雇い主であってもプライベートについて訊くのは失礼だと思い、これまで一度も尋ねたことはない。パクさんも自分から何かを打ち明ける性格ではないため、僕たちが会話を交わすことはあまりなかった。

しかし昨夜のことがあまりに気になったので、お粥を食べながらそれとなく話を振った。

「もしかして昨夜、僕に濡れタオルを持ってきてくれました？」

鍋に残ったお粥をガラスの保存容器に移して冷蔵庫に入れ、皿を洗っていたパクさんの手が一瞬だけ止まり、また動いた。

「私がですか？　いいえ。濡れタオルが要るほど高熱だったなんて知りませんでした。昨日は食事もなさらないで一日中眠ってらしたので、あわびを買ってきてお粥を作ってみました。お口に合えばいいんですが」

「あ、はい、とてもおいしいです。お店で食べるよりずっと」

パクさんは振り向いてかすかな笑みを浮かべたが、すぐに何事もなかったかのように食器洗いのスポンジを手に取った。僕は気にせずに話しを続けた。

「ところで昨日、お向かいに住んでいるジアさんと門のところで話しをしているのを見たんですが、お知り合いなんですか？」

その瞬間、蛇口から水が勢いよく出て水滴が飛び散った。その音で彼女の声がところどころ聞こえにくかった。

「ジアさんですか？　よく知ってるというほどではないんですが、彼女のお母さんが近所にペインクリニックを開業されたじゃないですか。先日引っ越しのあいさつでお餅を持っていらした時に、具合が悪いところがあるならぜひ寄ってくださいとのことだったので行ってみたんです。お天気がぐずつくと膝が痛むものですから。結構良かったですよ。理学療法と整体にアロマを足した統合医療だと聞きました。とても楽になったと私が言ったからか、アロマオイルをジアさんに持たせてくれたんです。湿布に数滴たらすといいそうです」

パクさんがこんなに長く話すのを初めて聞いた僕は、つい割り込むタイミングを逃してしまった。皿洗いを終えたパクさんが振り向いて微笑んだ。

「どうぞ、早く召し上がってください。冷めますよ。お粥は温かい方がおいしいので」

「お向かいの方がお餅を持ってきたんですか？」

「あ、先生はお餅が嫌いですから、私が食べてしまいました」

「僕が……お餅を嫌いってことをご存知だったんですね」

「え？　前におっしゃいませんでしたか？」

「そうでしたか……うっかりしていたようです」

「先生もぜひクリニックに行ってみてください。あの先生、名医だと思います。それにジアさんも受付を手伝っていますよ。かわいくて気さくなジアさんがいると、クリニックが明るく感じますね」

　パクさんの話はそこで終わった。クリニックか。そういえば僕も、寄ってくださいと言われたな。病み上がりのせいかいつもより脚がうずくし、ジアのことも気になる。授業に行けば顔を見られるし、時々近所の散歩道でばったり出会ったりもするが、こちらからは声をかけづらい。ジアも会釈をして通り過ぎるだけだ。僕から声をかけて余計な誤解を生まないか心配でもある。だが治療のためにクリニックに行くなら、おかしな噂が立つことはないだろう。それに脚がひどく痛むのは事実だから。

## 九

　暑さが日増しに厳しくなってきた。僕は白いコットンパンツにブルーの半袖Tシャツを着て、杖をつきながら通りに出た。パクさんが教えてくれたとおり、五分ほど歩くとクリニックの入ったビルが見えた。これまで気づかなかったことが不思議だが、普段通らない商店街のビルの三階だ。知らずに通り過ぎていたのだろう。杖をついて三階まで上がるのは億劫《おっくう》でため息が出たが、よく見るとエレベーターがある。古い建物が多い商店街にエレベーター付きのビルは珍しい。

　患者のことを考えてこのビルを選んだのだろう。ジアの母親は快活なタイプのように見えて、どこか冷たい印象があった。だが意外と優しい人なのかもしれない。エレベーターに乗って三階で降りると「スークリニック」というプレートが目に入った。矢印の先にクリニックの入り口が見える。

　ビルの外観から想像するより、クリニックの中は広くて快適だった。短い廊下を進むと、左側に白い大理石の天板を使った受付があり、右側の待合室には茶色の長いソファとリクライニングチェアが三脚ある。ソファは柔らかくて艶のある上質なレザーで、見るからに高価なものだ。リクライニングチェアも最新モデルだった。治療については受診してみないと分からないが、経営が苦しい病院ではなさそうだ。壁には黒と赤を使ったマーク・ロスコの絵がかかっていて、受付のテーブルにはピンクのリシアンサスとミスティブルーが飾られている。その花瓶の隣で、ピンク色のユニフォームを着たジアが笑顔で僕を見ていた。

「先生、こんにちは」

「あ、ジアさん」

「先生、ジアでいいですよ。先生の授業をとってすでに一学期経つんですから。今日は受診されますか？」

「え、うん、まあ、そんなところで……」

ジアの前だとなぜかしどろもどろになってしまう。気になる人の前だとみんなこうなのか。アランが消えたあと、付き合った女はいたが、誰かに心を奪われるようなことはなかったからか、どうもスマートに行動できない。十五歳の少年じゃあるまいし。そんな僕をジアが大きな目で見つめていた。

「あっ、ごめん。今何て?」

「うふふ。今日はどうされましたかって訊いたんですよ」

「あ、実は脚がちょっと痛くて……」

僕は言葉尻を濁した。いくら病院の受付であっても、好感を持っている人に自分の不自由な体について詳しく説明したくなかった。ジアはそんな気持ちを察したようだった。

「先生がいらしたことをケイト先生に伝えます。ちょうど予約が空いているので、すぐにご案内できると思います。しばらくあちらのソファにお掛けになってお待ちくださいね。お茶でも差し上げましょうか」

「じゃあ、お願いします」

ジアは僕をソファのところまで案内し、細長い透明なグラスに淡いグリーンのお茶を入れて持ってきた。グラスに触れると温かかった。

「私の好きな緑茶です。夏ですが、温かい方が体に良さそうなので。少々お待ちくださいね」

ジアは診察室をノックして中に入った。緑茶を口に含むと、濃い風味が口の中に広がった。自分の母親をケイトと呼ぶのか、ちょっと変わってるな、などと考えていると、再び診察室のドアが開いてジアが僕を呼んだ。

「先生、どうぞお入りください」

中に足を踏み入れるとすぐに机が目に入った。コンピューターの横には医学書が山のように積まれている。窓辺には受付にあったのと同じ花が飾られ、机の横に患者用の椅子、その横に診察用のベッドがあった。先日会ったあの女性が、白いガウン姿で机の向こうの回転椅子に座っていた。彼女は僕を見ると笑顔で立ち上がり手を差し出した。

「先生、こんにちは。来てくださったんですね」

僕はつい握手をしてしまった。この前もそうだったが、今回も先手をとられた気がする。彼女は具体的に体のどこが痛いのか細かく尋ねた。僕が、脚の状態とあの交通事故について説明する間、うなずきながら黙って聞き、必要に応じて適切な質問を投げ、時々カルテに何かを書き込んだ。無駄なおしゃべりはせず、必要なことだけを口にする性格のようだ。真剣に話を聴いてくれる態度に僕はすっかり安心して、いつの間にか事故に遭ったいきさつまで全て打ち明けてしまった。

「それで、事故のあと一年間リハビリ訓練を受けて日常生活ができるようにはなったけれど、体調不良や天気が悪いときには脚が痛むということですね？」

「そうです」

「今も理学療法や他の治療は続けていますか？」

「いえ、特にその必要は感じませんので」

「運動は？」

「ジムでパーソナルトレーニングを受けていたんですが、靭帯を少し怪我したので最近は休んでいます。近所の散歩くらいです」

「散歩はいいですね、続けてください。うちのクリニックでは理学療法と整体に加えて、私がアメリカから持ってきた様々なアロマオイルを使っています。一度施術を受けてみて、もし気に入ったら週に一、二回程度来てください。定期的に通ってもらえるとかなり良くなると思います。ただし、休まないでくださいね。怖がらせるつもりはありませんが、このまま放っておくと、この先歩くのがもっと大変になるかもしれません」

思いもよらない診断結果に言葉を失った。話題を変えたくて質問をした。

「アメリカからアロマオイルを持ってこられたんですね。ところで、先生のお名前は？」

「あっ、私ったら。失礼しました」

彼女は机の中のケースから名刺を一枚取り出した。

「幼い頃アメリカに移住したんです。ジアもアメリカで生まれて向こうで育ちましたが、韓国には時々帰ってきていました。ケイトは私の英語名です。医大を卒業したあと理学療法学科に入り直したので、資格が二つあります」

「ああ、なるほど。それでジアさんの英語がネイティブレベルだったんですね」

「ジアが韓国の大学に通いたいと言い出しまして。私もこっちでもう一度暮らしてみたくて戻ってきたんですが、ご近所に先生のような良い方がいらして嬉しいです」

　彼女は明るい笑顔でそう言った。娘の話になると医者特有の厳しさが和らぎ、みるみる温かい表情になった。母と娘はこんなにも仲がいいものなのか。彼女を見ながら、一瞬何かの記憶が脳裏をかすめたような気がしたが、すぐに消えてしまった。まあ、たいしたことではないだろう。

「では処置室に移動しましょうか」

　ケイトは患者衣に着替えた僕を案内して診察室を出ると、向かい側にある処置室に入った。広い処置室にはベッドがいくつもあり、青色の薄いビニールカーテンで仕切られていた。ケイトは一番奥のベッドに横になるよう僕に言い、不自由な左脚の足首から膝までを両手で触りながら痛いところを探った。

　驚いたことに彼女は、具体的にどこが痛いと僕が告げる前にその部位をちゃんと探り当てた。プロだから当たり前とも言えるが、これまで会ったどの医者よりも機敏な処置を施す。彼女が手のひらで少し押すだけで、冷たい電流のような刺激が僕の脚に伝わり、あっという間に全身がリラックスした。

　不思議だった。ケイトはアロマオイルを二本ジアに持ってこさせ、痛い部位に数滴ずつたらしてマッサージを始めた。整体と経絡マッサージをミックスしたような、なんと説明していいのか分からない治療だった。経絡マッサージほど痛くはないが、整体よりはわずかに力が強かった。痛みを感じる部分の筋肉が徐々にほぐれ、アロマの香りとともに、良い気が骨まで伝わってくるような錯覚を覚えて自然とまぶたが重くなってくる。こんな治療なら週に一回どころか毎日でも来たいくらいだ。

　僕はいつの間にか眠ってしまった。マッサージが終わると看護師がやってきて、脚に電気治療用の器具を装着するのを感じた。しばらくしてピーというアラーム音が鳴ると、看護師が戻ってきて器具を取り外した。着替えて受付に戻るとジアがいた。

「いかがでした？　大丈夫でしたか？」

「とてもよかったです」

「敬語じゃなくていいですよ」

「とてもよかった……よ」

「それはよかったです」

「うん。本当に」

　僕とジアはお互いの顔を見て笑った。

「ご自宅にお帰りですか？」

「ああ、ジアは？」

「私もそろそろ帰るつもりです。夕食も作らないといけないし。院長はあと何人か患者さんが残ってて」

「じゃあ、同じ方向だから一緒に帰ろうか？」

ジアの答えを聞き、勇気を振り絞って誘った。ジアは目を丸くして僕の顔を見たが、すぐに笑顔でうなずき、着替えてくるので少し待ってほしいと言った。僕たちは、帰り道にウェンズデーカフェに寄って一緒にコーヒーを飲んだ。次の日も、その次の日も。

十

大学は夏休みに入った。釜山《プサン》出身のソンチョルは実家に帰り、僕は論文の資料を整理するため、数日ぶりに自分の研究室へ向かった。廊下の掲示板には、大学の英文科が主管する夏のプロジェクトの案内と、アルバイト募集の文書がずらりと貼られている。英文科の学生たちになるべく参加してほしいという意図だ。その中に僕のプロジェクトも一つ含まれていた。

授業で扱った十九世紀の英詩講読の講義をもとに、著作権が切れた古典英詩のうち、愛をテーマにしたものを集めて翻訳した詩集を出してはどうかと出版社から提案があった。僕一人では手に余るので、優秀な学生がいれば共同で詩の選択と翻訳作業を行いたいと思っていた。

廊下の先に、文書をまじまじと見つめている人影があった。近づいていくと僕の心臓がまたもや壊れたおもちゃのように自分勝手に飛び跳ねた。膝丈のライトグリーンの半袖ワンピースを着て、ロングヘアをすっきりと束ねたジアが立っていた。

「ジアか。どうした？　みんなと会いに？」

「あ、先生。休みの間に私でもできそうなアルバイトがないかなと思って見てたんです」

「アルバイト？」

「はい。看護師さんが見つかるまでクリニックを手伝ってたんですが、やっぱりお金が必要なので」

「じゃあ、この英詩翻訳プロジェクトはどうだ？　君は英語もできるじゃないか」

「たいしたことないですよ。今それも見てたんですけどね。面白そうだなと思って」

「今学期受講した僕の講義の延長だと思えばいいよ。ジアのレポートを読んだけど、翻訳も素晴らしかった。それでなくても僕の方から聞こうと思ってたんだ。出版社から契約金が出るし、僕の研究費からもリサーチアシスタントとして補助金を出そうと考えている。もちろん、翻訳料も僕と折半だ。出版されたら二人とも翻訳者としてクレジットに記載される。週に三回くらい来て一緒に作業すればいいと思う」

「大学に来ないとだめですか？」

「ああ、忙しければうちの書斎でもかまわない。それが嫌なら研究室でもいい」

「分かりました。もしアルバイトが見つからなかったら、コンビニかカフェで働こうと思ってたんです」

　リサーチアシスタントの補助金は、とっさに思いついて口にした。ジアと一緒にいられるなら、補助金ではなく奨学金という名目で僕のお金を与えてもいい。ただの出まかせではなく、実際にジアの英語と翻訳の実力は飛び抜けて優秀で、彼女との共同作業は僕にとってもメリットが大きかった。

翌日からジアは僕の研究室に出勤した。彼女は英語だけでなく、コンピューターの扱いにも長けていた。言葉のセンスもあり翻訳を学ぶスピードも速かった。時々きれいな花を買ってきて飾ってくれる。おかげで堅苦しい雰囲気だった研究室が華やかになった。

夏休み中は週に一、二回だけ研究室に寄ろうと考えていたが、もしかしたらジアがまた来るかもしれないという期待に僕は毎日出勤した。ジアもほとんど毎日来て作業を手伝ってくれた。僕たちは十九世紀の英詩を一緒に読み、ときには二人で朗読しながら即興で翻訳したり、どちらかが変な訳語や突拍子もない表現を使うとからかったりしながら、詩集に載せる作品を一篇ずつ選んでいった。

二人でお茶を飲み、デリバリーのお弁当を食べ、大学近くのレストランで食事をし、僕の車で一緒に帰った。そうしてジアは僕の日常の一部になった。ジアのいない生活を想像すると、それだけで息ができなくなりそうだった。

その日の朝は車が渋滞して、普段より三十分ほど遅れて研究室に着いた。中に入ると、ソファに座ってテーブルに脚を乗せていたジアが、つらそうに立ち上がった。

「どうした？」

「なんでもないです」

僕はジアのそばへ行って彼女の脚に目をやった。デニムのショートパンツをはいたジアの膝がぱっくり裂けて血が流れていた。その周りも派手に擦りむいていて、見るからに痛そうだった。

「いったいどうしたんだ？　こんなに血が……大怪我じゃないか！」

「さっき学科長室に資料を取りに行って、戻ってくる時に階段で滑ったんです……急に目まいがして……」

「ちょっと待ってて。救急箱がどこかにあったはずだ」

僕は急いでキャビネットのあちこちを探して白い救急箱を見つけた。それをテーブルに置き、大丈夫だと言いはるジアの肩を無理やり押さえてソファに座らせ、彼女の脚をテーブルの上に乗せた。アルコール綿を取り出し、怪我をしたところに顔を寄せて息を吹きかけながら傷口を拭いた。ジアは消毒液を塗るたびにビクッと体をこわばらせたが、歯を食いしばって声を上げなかった。薬を塗って脱脂綿を当て、包帯を何周か巻いて固定させたあと、痛くない程度にしっかりと結んだ。

手当てが終わると、僕はジアの隣に座り無意識に彼女の頭をなでていた。

「ジア、えらいね。よく我慢した」

ついそんな言葉が口をついて出てしまった。ふと、以前誰かにこうしてあげたことがあるような、かすかな既視感があったが、なぜか顔が熱くなってうつむいてしまった。束の間の沈黙のあと顔を上げると、ジアの柔らかい視線が目に入った。僕たちは黙って見つめ合った。ジアが静かに近づいてきて、僕の唇に自分の唇をそっと重ねた。バラの花びらのように柔らかく甘美なキスだった。

思わずそのままジアをソファに押し倒した。ジアは僕を押しのけなかった。キスをしながら気づいた。ジアを愛していることを。今よりずっと前から。雨の中で初めて会ったあの時から。

## 十一

いつもより二時間早く起きた。今日から期末テストだ。成績なんて気にしないふりをしているが、学年トップのポジションは運だけでとれるものではなく、ある程度勤勉でなければ守れない。そして何より、あの父親に僕を殴る口実を与えたくなかった。自分の息子を無駄飯食らいと考えるか、他人に見せびらかすトロフィーにするかを成績だけで判断する人間に負けないためには、相応の努力が必要だ。眠気覚ましに水を飲もうとキッチンに入ると、スジンさんが床に倒れていた。慌てて駆け寄り体を揺すった。

「スジンさん！　スジンさん！」

彼女が力なく目を開けた。普段風邪ひとつ引かない元気な彼女が、ぐったりしている。額に手を当てると熱っぽかった。父を呼ぶために立ち上がろうとすると、彼女が僕の手をつかんだ。病気とは思えないほど力が強かった。

「お願い、先生には言わないで」

スジンさんは父のことを先生と呼んだ。小説家になりたいといきなり押しかけてきた彼女は、見習いにしてくれとせがんだ末にうちに住むことになり、いつの間にか家事もするようになった。同居を始めて三年になるが、スジンさんは今も父のことを先生と呼び、接し方にもひどく気を遣っている。普段は父の作品の資料調査と原稿整理を引き受けているが、他にも出版関係の雑多な業務を処理しながら、残った時間に自分が書いた原稿を父に見てもらっている様子だった。彼女が自分の作品を発表したことはないため、才能があるのかどうか僕は知らない。

父に対する彼女の感情はいったい何だろう。考えてみたこともあったが、正直言ってどうでもよかった。女たちはいつも自分から勝手にあの男に惚れて執着する。スジンさんもきっとそうなんだろうと思っていた。父への愛情が度を越すと破滅に向かうかもしれないと警告しようとしたこともある。最大の犠牲者である僕の母のように。スジンさんまでがその轍を踏むのは嫌だ。だからといって、僕の立場でそんなことを言うわけにもいかない。

倒れているスジンさんをどうすればいいのだろう。いくら虚勢を張っていても、僕はまだ高校生で、こんなときにうろたえることしかできない。ただ、背丈と力だけは大人と同じくらいある。床に倒れているスジンさんを抱き上げて彼女の部屋へ運び、そっとベッドの上に下ろした。

「何か要る？　薬を買ってこようか？　どこが痛いのか教えて」と話しかけると、スジンさんの目からぽろぽろと涙がこぼれた。女の涙は苦手だ。いったいどうすればいいんだ。

「どこが痛いのか言ってくれないと分からないよ」

　青白い顔をしたスジンさんを急きたてるつもりはなかったが、わけがわからなくてつい責めるような口調になってしまった。

「大丈夫、横になって少し休めば平気よ。それに今日から期末テストでしょ？　朝ご飯食べなきゃ」

「今、朝ご飯のことを心配している場合じゃないでしょ。熱がすごいのに。うちに解熱剤あったっけ？　僕、探してくるよ」

「大丈夫だから、私のことは心配しないで早く学校に行って」

「そんなことばかり言うなら父さんを呼ぶよ」

　僕がそう言うと、スジンさんの目が泳いだ。

「じゃあ、お向かいの家に行ってアランさんを呼んできてくれる？　私の具合が悪くて熱もあるって言えば分かるはず」

　アランだって？　僕は二つ返事で家を出た。よその家を訪ねるには早すぎる時間だったが、スジンさんがうちに来てから体調を崩したのは初めてで心配だったし、何よりそれを口実にしてアランに会える。インターホンを押すとアランが応えた。僕が名乗るとカチャッと開錠する音がしてドアが開いた。僕は中へ入り、玄関の前でヨヌを抱いて立っていたアランに事情を簡単に説明した。

「そうだったの。スジン、つらかったはず……」

スジンさんが体調を崩した理由を知っているような口ぶりだったが、なんとなく訊いてはいけないような雰囲気だった。アランが僕に尋ねた。

「ソヌ、君の家にワカメはある？」

「えっ？　ワカメですか？　さ、さあ……」

僕がしどろもどろになっていると、心配そうに僕を見ていたアランが噴き出した。

「そうよね、聞いた私がバカだったわ。家にワカメがあるかなんて男の子が知ってるわけないよね。あはは」

アランは強引にヨヌを僕に押し付けて
「ちょっと抱っこしてて。キッチンから持ってくるものがあるから」

ヨヌを抱っこしてあたふたとしている僕をおいて、アランは家の中に入った。

幸い僕に慣れていたヨヌは、泣きもせずに丸い目で僕の顔をじっと見ていた。ぎこちない手つきでヨヌをあやしながら、僕は玄関の前を行ったり来たりした。泣かせてはいけない一心で、いないいないばあっ、いないいないばあっ、とテレビでやっていたような変顔をして見せると、ヨヌは声を上げて笑った。朝の空気はひんやりしていたが、ヨヌの体は温かかった。子どもはこんなにも小さくて温かい存在なのかと改めて驚いた。そこへアランが何かをいっぱい詰め込んだ買い物袋を持って出てきた。

「さ、行こう」

アランは僕の家に入ると、すぐにスジンさんの様子を見に行った。眠っているスジンさんの額に手をあてたアランは、キッチンに行ってワカメを水に浸し、ご飯を炊き始めた。父は徹夜明けで眠っているのか何の気配もない。原稿を書きながら徹夜することも多く、明け方に寝入って日が暮れる頃に起きるのが常だったから、まだベッドの中なのだろう。

アランが食事の支度をする間、僕はヨヌを抱いていた。ヨヌは僕の腕の中ですやすやとよく寝ている。アランはそんな僕たちを振り返って微笑み、冷蔵庫を開けてしばらく中を覗き込むと卵を取り出して目玉焼きを作り、果物を二、三個切ってテーブルに並べた。

「これでも食べて早く学校に行って。スジンの面倒は私が見るから。遅刻するわよ」

「スジンさん、病院に連れて行かなくてもいいのかな？」

「具合が良くならなかったら私が連れて行くから。心配しないで行って」

アランはヨヌを抱いてテーブルの向かいに座り、僕が目玉焼きと果物を食べるのを見守った。大好きなアランとこんなふうに向かい合って一緒に朝食をとるなんて。こんなにも優しい目で僕を見て笑ってくれるなんて。夢なら永遠に覚めないでほしいと僕は思った。

## 十二

少し歩くだけで汗だくになった夏がそろそろ終わろうとしている。目が覚めると空はからりと晴れていた。開けておいた窓から朝の風が入ってくる。昨日とは違う風だ。真夏の日差しの中で一瞬だけ吹いたかと思えばすぐに蒸発するような風ではなく、だんだんと勢いを増してくるような風だった。僕は目を閉じたまま両手を天井に向けて伸ばし、この手で風をつかむ想像をしながら起き上がった。

散歩に出かけるのにもってこいの天気だ。こんな日は犬でも飼いたくなる。あどけない瞳と美しい毛並みを持つ犬を飼って一緒に歩いてみたい。短い脚でとことこ歩く頃からトレーニングをして餌をやり、愛情をかければ決して飼い主のそばを離れない、そんな忠実な犬の話を聞くたびに飼いたいと思ってきた。

杖をついて歩く僕の横で、歩調を合わせてゆっくり歩き、時々僕が名前を呼ぶと、黒くて丸い瞳で僕を見上げる犬。想像するだけでも楽しい。だが、いつもそこまでだった。自分以外の命に責任を持てるのかと問われれば、首を横に振るしかない。まだ無理だ……。

朝晩過ごしやすい季節になったので、また散歩を始めなければ。講義のない日の朝は町内を一周し、公園の向かいにあるコンビニで缶コーヒーを買って公園のベンチで飲むのが習慣だった。週末には散歩のあと、コンビニには寄らずにウェンズデーカフェでブランチを済ませ日誌をつける。僕はジーンズに白い半袖シャツを着て杖をつきながら道に出た。

秋とはいえ日差しは相変わらず厳しい。町内を一周するだけで、いつの間にか首の後ろに汗が流れるのを感じた。僕はいつものコンビニに入った。ここは僕がアメリカに行く前までは「ラッキースーパー」という名の小さな店だったが、帰国してみるとコンビニに変わっていた。

店のオーナーは以前のスーパーの社長らしいが、店ではいつからか学生アルバイトの姿しか見なくなった。いつもの缶コーヒーを買ってゆっくりと公園に向かった。久しぶりに歩いたせいか脚が重いが、適度な運動をしたあとの心地よい疲労感は嫌いではない。

ベンチに向かって歩いていると、いつも僕が座る場所に誰かが座っているのが見えた。隣にもベンチがあるのだが、習慣の生き物である僕としては少し残念だ。そんな気持ちでベンチに近づくと、胸のあたりから数千匹の蝶が羽ばたいていくような興奮が押し寄せた。ジアだった。

すぐそばまで行くと、スマホに視線を落としていたジアがふと顔を上げ、僕に満面の笑みを向けた。僕はジアの隣に座った。彼女の横にはバナナ牛乳とお風呂用のバッグが置いてあった。買って間もないのか、バナナ牛乳の容器に水滴がついている。

「どうしたんだい？　こんなところで会うなんて」

「先生こそどうしてここに？　お散歩ですか？」

「ああ、講義のない日や週末に、一時間ほど歩くことにしてるんだ。最後はこのベンチでコーヒーを飲む。散歩の仕上げにね」

「そうなんですね。あ、私は銭湯に行った帰りです。ちょっとここで休憩しようと思って」

ジアの濡れた髪からほのかにシャンプーの香りがした。甘い香りについ下半身に力が入った。僕は持っていたクロスバッグをそれとなく太ももの上に載せて自分を呪った。よりによってこんな時になんんだ。

ジアは何も気づかずバナナ牛乳の容器にストローをさして飲み始めた。その愛らしい頬を、ちょっとつねってやりたい気持ちを抑えて口を開いた。

「今でも銭湯に通う人がいるんだな」

「いますよ。家にお風呂はあるんですけど、たまには広い湯船に浸かりたいじゃないですか。気持ちいいですよ！」

「若い人が年寄りみたいなことを言うんだね。先生の口からそういう言葉が出てくる方がおかしいです。ふふふ」

「若い人だなんて。先生の口からそういう言葉が出てくる方がおかしいです。あはは」

その言葉に、ふとジアと僕は年の差が十歳以上もあることを思い出してやるせなかった。今しも膨らみ始めたつぼみのように瑞々しいジアと、そろそろ中年に向かう自分が、はたして恋人同士になれるだろうか。わずかばかりの僕の財産も、ジアの心を得るにはあまり役立ちそうにない。翻訳プロジェクトを進める中で僕が見たジアは、そんなに計算高い人間には思えなかった。もちろん、そんな人間だったらそれはそれでがっかりだが。

これまで、僕の外見や財産に惹かれて寄ってきた女がいなかったわけではない。だが僕の障害までをも心から愛してくれそうな人はいなかった。もちろん僕の方から尋ねたこともないし、そのつもりもなかった。ジアに会うたび、僕は無意識に萎縮してしまう。愛する気持ちが膨らむほど恐怖も増大するというのは正しい。失いたくないからだ。

「先生と呼ばれると、ずいぶん他人行儀な感じがするな」

「そうですか？　私は先生と呼ぶ方が楽です」

ジアはおどけて舌を出した。その表情にまたもや僕はどきっとした。

「バナナ牛乳が好きなんだね」

「はい。小さい頃、お風呂の帰りに母がいつも買ってくれたんです。とにかく大好きなので、母は私が泣きやまないと、よくバナナ牛乳で機嫌をとってくれました。飲みすぎるとお腹を壊すからって、絶対に一本以上はくれなかったけど。その頃私が懐いていた近所のお兄ちゃんがいたんですが、時々小さなスーパーに私を連れてってくれて、バナナ牛乳を買ってくれました。それがとっても嬉しくて」

「そんなにバナナ牛乳が好きだったの？」

「バナナ牛乳も好きでしたけど、あのお兄ちゃんが好きだったんです。本当にマンチッナムでした」

「マンチッナム？　あ、漫《マン》画から飛《チッ》び出してきたかのような男《ナム》ってこと？」

「うわぁ、先生、そんなこともご存知なんですか？」

「こう見えても言語を研究する人間だからね。これくらいは知っておかないと」

「そうですか！　うふふ」

「とにかく、そのお兄ちゃんってやつが羨ましいな。ジアがそんなに好きだったなんて」

「子どもの頃のことですよ。もしかして私の思い出に嫉妬してるんですか？　先生、ちょっとかわいい」

気のせいかまんまと手玉にとられている感じがする。

それからしばらく僕たちはベンチでたわいないおしゃべりをした。母が待っているのでそろそろ行かないと、とジアが先に立ち上がった時はちょっとがっかりした。ジアが帰り、僕も自宅の門を開けて入ろうとした時、ふとさっきのジアの言葉が脳裏をかすめた。ケイト先生の話では、ジアはアメリカで生まれ育ち、たまに一時帰国をしていたらしいが、ここに住み始めたのは確か昨年からだったはずだ。それなのに、幼い頃銭湯の帰りに母親がバナナ牛乳を買ってくれたとか、好きだったお兄ちゃんがスーパーでバナナ牛乳を買ってくれたとか、いったいどういうことだ？　ケイト先生が僕に嘘を言ったのか、それともジアの記憶が間違っているのか。どちらが嘘をついているのだろう。もし嘘ならどうしてこんな嘘をつくのだろう。

いくら考えてもケイト先生とジアの二人が僕に嘘をつく理由が思いあたらなかった。だが、たとえ嘘だったとしても罪というほどのことではない。別にかまわないか。そんなことより、ジアが幼い頃好きだったという、漫画から飛び出してきたかのような男ってヤツがとにかく気に食わなかった。

## 十三

週に二回、スークリニックでケイト先生、つまりジアの母親に施術をしてもらうようになってしばらく経つ。ケイト先生は本人の言うとおり、かなり腕のいい医者だった。彼女の手にかかると、脚の痛みだけでなく心と体に溜まっていた憂鬱や暗い気持ちまでがすっかり解けてなくなるような気がした。おかげでこれまで手放せなかった鎮痛剤の世話になることも減った。体調が良いせいか、以前のように悪夢にうなされることもない。僕はほぼ毎日大学へ行き、ジアと行動を共にしながら翻訳作業を続けていた。僕たちの距離は次第に縮まり、愛情表現も大胆になっていった。

金曜日の夕方もスークリニックに行った。治療を終えて待合室に戻ると、窓一面に鮮やかな夕映えが広がっていた。久しぶりに受付にいたジアが、僕を見てにっこり笑った。

「ん？　今日はクリニックでお手伝い？」

「はい、看護師さんが急用で来れなくて、私が代わりに」

「さっき学校で会った時にはそんなこと言ってなかったのに」

冗談っぽくにらんで見せると、診察室のドアが開いてケイト先生が出てきた。慌てて表情を戻す僕を見てジアがクスクス笑った。

「先生、今日はいかがでしたか？　大丈夫ですか？」

「はい、ケイト先生のおかげで最近ずいぶんと楽になりました」

「それはよかった。あ、ジアから聞きました。翻訳のアルバイトも紹介してくださったんですね。本当にありがとうございます」

「いいえ、私の方からジアに手伝ってほしいと言ったんです。研究面でも大いに助かっています」

「ご迷惑をおかけしていないか心配です。それで、もし明日の夜ご都合がよろしければ、うちに食事にいらっしゃいませんか？　ご近所ですから一度夕食でも……」

「ケイト先生のお宅ですか……」

すぐに返事ができなかった。アメリカへ渡った日から今まで、つまり十五年もの間、アランが住んでいたあの家には一度も足を踏み入れていない。アランはもういないのに、なんとなく不吉な予感がした。だが気のせいだろう。せっかく招待してくれたのに断るのも失礼だ。

「いいですね。ではワインを一本持って行きます」

「よかった。ワインも楽しみです。じゃあ、明日の夜七時にうちへいらしてくださいね」


突然の招待はありがたかったが、正直なところ少し気が重かった。気もそぞろで昼食を適当に済ませたあと、何を着て、どんなワインを持って行くべきかしばらく悩んだ。スーツは大げさだし、だからといってジーンズも失礼か。悩みながらシャワーを済ませ、ひげを剃ったあと、ジョー マローンの香水を控えめにつけた。白いコットンパンツとスカイブルーのシャツに着替えてから地下に下りて、ワインセラーからシャルドネを一本選んだ。まだ暑いので冷たく飲めるものの方がいいだろう。

ワインだけだと少し物足りない気がして、早めに家を出て花屋に立ち寄った。しかし花はおおかた売れてしまったようで、予約しておけばよかったと後悔した。仕方がないので、残っている花の中から、鮮やかな赤とピンクのバラを交ぜて花束を作ってもらった。

少し欲張りすぎたかもしれない。ワインと花束を抱えて杖をつきながら歩くのは思ったより大変だった。暑さが和らぐ夕方とはいえ、アランの、いや、ジアの家に着く頃には恥ずかしいほど額に汗がにじんでいた。インターホンを押すとジアが出迎えてくれた。彼女はワインと花束を見て目を丸くした。

「えっ、何ですか、ワインだけで十分なのに」

「君に渡したくて。花を贈ったことがないからね」

「お花は母へのプレゼントじゃないんですか？」

ジアは急いでワインと花束を受け取りながら冗談を言った。杖さえなければこれくらいなんてことないのに。落ち込みそうになったが、ジアの明るい笑顔になんとか気持ちを切り替えた。

「どうぞ入ってください。家の中は涼しいですよ。エアコン効いてますから」

ジアが僕の手を引いて中に案内してくれた。門の中に入ると、あの小さなテラスがまず目に入った。アランと一緒に座ってコーヒーを飲み、おしゃべりをしたり、時々トランプで遊んだりしたラタンのテーブルはもうなかった。だが波のように押し寄せる思い出に、体がすくんでしまいそうだった。テラスから目をそらし、前を歩くジアについて家の中に入った。

室内のインテリアもすっかり変わっている。当たり前だ、驚くことはない。もう十五年も経ったのに、自分はいったい何を期待していたんだ。アランの痕跡、アランの香り、アランの影を大切にしまっておく博物館だとでも？　アランがキッチンにいる間、僕がヨヌを抱っこして座っていたグリーンのファブリックソファは、どっしりとした黒いレザーソファに替わっていた。オーバル形の木製テーブルの代わりに、洒落たデザインの四角いガラステーブルがある。壁にはジアとケイト親子のカラー写真が額に入って飾られている。ジアはワインを冷やし、僕が買ってきたバラを花瓶に挿してリビングのテーブルに置いた。

「とってもきれい！　バラが花の女王って呼ばれるのも分かりますね」

「男の人に花をもらったことはある？」

「もちろんです。私のことをなんだと思っているんですか？　けっこうモテたんですから。番号札を渡して待たせるレベルだったんですよ」

冗談だと知りながらも、湧き上がる嫉妬心の矢が胸を突く。僕はなんともないふりをして笑った。

「モテた？　じゃあ今はそうでもないってこと？」

ジアがにこにこしながら近づいてくる。

「彼らを全員合わせたより、もっと素敵な男性がいますから」

胸がいっぱいで我慢できず、ジアを抱きしめてキスをした。そのままジアをソファに押し倒して頬に触れようとした時、門が開く音が聞こえたので慌てて立ち上がった。ジアはそんな僕の姿を見てクスクス笑いながら言った。

「座っててくださいね。夕飯の支度はできてますから。母が来たら始めましょう」

料理は素晴らしかった。ジアが作ったというカプレーゼとロゼパスタは絶品で、ケイトが焼いたローストチキンとアップルパイもなかなかだった。三人が食べるには量が少し多かったが、ゲストを歓迎する心遣いだと思って普段よりも多めに食べた。たくさん食べた方が作った人も嬉しいだろう。料理に合ったのか、僕が持参したワインはすぐに空になり、ケイトがワインセラーから次々とワインを持ってきた。

ジアとケイトは思ったよりアルコールに強かった。僕と同じペースで飲み、グラスが空くたびに注いでくれた。料理はほとんど平らげ、デザートと酒のつまみにフルーツとチーズが出された。テーブルの上には空になったボトルが並んだ。

満腹でこれ以上飲めそうにない僕に、ケイトが尋ねた。

「先生、音楽お好きですか？」

「はい、好きです」

「じゃあ、ジアの歌、聴いてみます？」

「ジアの歌ですか？」

「ええ、この子、歌もうまいしギターの腕もなかなかなんですよ。ほら、二階からギター持ってきなさい」

「えー、先生の前で？　恥ずかしいよ」

ワインを飲みすぎたせいか頬が紅潮したジアは不服そうだ。それがかわいくてキスしたい気持ちを僕がどれだけ我慢しているか二人は知らない。

「聴かせてくれないか、気になるなあ」

僕が言うと、ジアはギターを取りに二階へ行った。

「先生はこの町に長く住んでいらっしゃるんですか？」

「はい、生まれた時からずっと」

「あら、生まれた家で育って年を重ねるなんて、最近では珍しい幸運ですね。羨ましいです」

「羨ましいことなのかよく分かりませんが、とにかくここが僕の故郷です」

「じゃあ、この家の事情もご存知ですよね？」

「事情？」

「ええ、いろんな物件を見て回ったんですが、ここは他に比べて家賃が少し安かったんです。理由が気になってたんですが、後日不動産屋さんがうちのクリニックにいらした時にこっそり教えてくださったんです。昔この家に住んでいた若いお母さんがいなくなったって。当時は怖い噂がいろいろ流れたみたいですね。それで他より少し安いらしくて」

「そうでしたか……」

「先生はご存知ないですか？　若いお母さんが子どもと二人だけで暮らしていたらしいんですけど。近所の人とあまり付き合いがなかったのかしら」

「時々見かけたことはありましたが、当時は僕も子どもだったので」

これ以上嘘をつくのは難しい。嘘？　いや、これはただの方便だ。この場で僕が、彼女、つまりアランに片思いしていたなんて言えば、きっと変な目で見られるだろう。何より、愛する女性の母親に招待された席でするような話ではない。僕は口をつぐむしかなかった。タイミング良くジアがギターを手に戻ってきたので助かった。

「何を歌おうかな」

「ほら、上手な歌があるじゃない。久しぶりにワインを飲んだらあの歌を聴きたくなったわ」

「では最初の曲はケイト女史のリクエスト、次の曲は先生のリクエストを受け付けることにいたします」

冗談めかして僕にウィンクをしたジアがギターを弾き始めた。前奏が流れた時からなんとなく不吉な予感がしていたが、彼女が歌い始めた瞬間、血の気が引いた。

目を閉じればふと浮かぶ
懐かしい日の記憶
今も心がうずくのは

ジアの歌声が一瞬アランの声に聞こえた。アランが僕に聴かせてくれたあの曲。母の納骨堂に行った日に初めて歌ってくれた。悲しみに暮れる僕に何かしてあげたいというアランに、歌を聴かせてほしいと頼んだ。ヨヌには子守唄を歌ってやるじゃないか、僕にも歌ってよと。

アランは、子守唄？　と言いながら首をかしげたがすぐに微笑んだ。ギターを持ってきて僕の前に座り、静かに奏でながらこの曲を歌ってくれた。アランのギターの腕前はアマチュアのレベルではなかった。アランは言った。この歌はヨヌではなくて自分のために歌っているのだと。

それは多分人も
咲いては散る花のように
美しくて悲しいから
多分

頭の中がぐるぐると回り、さっき食べた料理とワインが一気に喉のあたりまで上がってきて吐きそうだ。我慢できなくてガタッと立ち上がった。ケイトが驚いて僕を見上げ、ジアも歌うのをやめた。

「すみません。急に気分が悪くなって。おいしくて食べすぎたようです。この辺で失礼します」

「え、いきなりですか？　顔色が良くないようですけど、少し休んでからお帰りになっては？　うちに薬がありますから」

「いえ。早く帰って家で休んだ方がよさそうです」

失礼を承知で脚を引きずりながら急いで帰った。家に着いたとたんトイレに駆け込み、食べたものを全部吐いてしまった。

＊

その日は日曜日だった。普通の高校三年生にとっては日曜日なんて何の意味もないが、アメリカ留学を目前に控えていた僕は、そんな周囲の空気とは無関係に自分のペースで学校と図書館を往復する日々を過ごしていた。父は僕がソウル大に進学することを希望していたが、あと四年も父と一緒に暮らすなんてゾッとするほど嫌だったので留学を決めた。できる限り父の援助を受けずに済むよう、奨学金のある大学を探して早期出願したところ、運良く三つの大学から奨学金付きの入学許可を得た。その中で学費と寮費全額支給の寛大な条件を提示してくれた大学を選んだ僕は、翌年一月からのセメスター開始を待つだけだったので、比較的余裕のある日々だった。その日も朝早く図書館に行って本を読み、地下にある売店でカップラーメンを一つ買って帰宅した。

かばんを肩にかけて自室に上がる途中、書斎のドアの隙間から、父とスジンさんの声が漏れてきた。

「お願いです、もう一度考え直してください。私にはこれが最後のチャンスなんです。今度こそ産みたい」

「俺の考えは言ったはずだ。俺の子はソヌだけだ。腹違いの子なんていらない。そんなのを産んでもお前が苦労するだけだ」

「そんなことありません。奥様がいらっしゃるわけじゃないし、先生の戸籍に入れてもらえればそれで」

「だからそういうややこしいことは嫌なんだ。ガキはソヌだけで十分だ。腹違いの兄弟なんかいたところで揉めるだけだ」

「先生がそうだったからといって、この子がそうなるとは限らないじゃないですか。弟か妹ができたらソヌだってかわいがってくれるはずです、優しいから。それにこの子の気持ちは愛人の子だった先生が一番分かってやれるでしょう？」

「なんだと？」

パシッという音と同時にスジンさんの悲鳴が聞こえた。これ以上黙っていられなくなった僕は書斎のドアを開けて中に入った。スジンさんは赤くなった頬を片手で押さえ、涙を浮かべて立ち尽くしていた。

父はそんな彼女をにらみつけていた。僕がスジンさんに駆け寄り、手を引いて部屋を出ようとすると、父に肩をひっつかまれた。

「何だお前、大人の話に首を突っ込むな」

「頼むからもうやめてくれよ！」

耐えかねて僕が叫ぶと父が拳を振り上げた。スジンさんがさっと間に入って
「行こう、ソヌ、大丈夫よ」

スジンさんは部屋の外へ僕を引っ張って行った。彼女の部屋に入ると、スジンさんはベッドに座り、僕はその前にあるドレッサーの椅子に腰掛けた。二人ともしばらく黙っていた。

「何カ月？」

彼女は少し間をおいてから答えた。

「四カ月」

「そんなに産みたい？　あんなやつの子を？　どうして？」

「愛してるから。産婦人科のお医者さんがね、これ以上中絶したらもう子どもを産めないって」

スジンさんは声もなく泣いた。僕はため息をついて彼女の肩をたたき部屋を出た。それ以上かける言葉が見つからなかった。今回が最後だと言った彼女の言葉は本当だろう。これまでも何度か中絶手術を受けている。今度も堕ろすだろうと父は思ったらしいが、予想に反してスジンさんが強く出たのだ。彼女の気持ちが分かるようで分からない。父は自分さえよければいい人間で絶対にコンドームを使わなかったはずだから、スジンさんだけでも避妊をすべきだった。

だが彼女も密かに望んでいたのだ。いつか父が自分の気持ちを受け入れてくれることを。

いつか自分が父の全てになれることを。いつか父が心から自分を愛してくれる日が来ることを。生活力もあって世故に長けるスジンさんが、愛なんてくだらないことでどうしてここまで愚かになれるのだろう。これが人間なのか。だとすればがっかりだ。たかが愛ごときで。


書斎へ戻った。父はキャビネットから出した酒の瓶に口をつけてウィスキーを飲んでいた。バランタイン十二年とかなんとかいう名前の。

「スジンさんのこと、どうするの？」

「どうって、何を。そのうち諦めるさ。あいつのことはよくわかっている。口を出すな」

「僕を思ってのことなら大丈夫だよ。弟か妹ができたからってこれ以上悪くはならないでしょ。どうせもうすぐこの家を出るんだし」

その言葉に父がゲラゲラと笑い出した。ウィスキーの瓶を置き、手のひらで机をたたいて肩を揺らしながら笑い続けた。おかしくてたまらないという彼の表情を前に僕はあっけにとられた。

「スジンもそうだが、お前も本当に素直というか純粋というか、それとも救いようのないバカというか。そういうところはお前の母親にそっくりだ。けどな、俺はお前のそういうお人好しで弱々しいところが我慢ならない」

笑うのをやめた父が、冷たい目で僕を見据えている。体の中から熱いものが込み上げてきた僕は思わず声を張り上げた。

「もうやめてくれ！　弱いのはあんたじゃないか。ただ責任を負いたくないだけだろ？　あんたが僕を育てたって？　いつ？　ちょっとお金を出した以外に何をしてくれたっていうんだ！　これまで一度でも抱きしめてくれたことある？　遊んでくれたことがある？　僕が何を好きで、何を嫌いで、何を怖がっているかなんにも知らないだろ？　こんなクソみたいな小説のことを考えるのと同じくらい、僕や他の誰かのことを考えたことある？」

「ちょっとお金を出したくらい？　よくそんな口がきけるな！　お前がしてくれと言うことは全部してやったのに、言うことがそれか？　俺がお前の年の頃はなあ」

「その『俺がお前の年の頃は』っての、もうやめなよ。愛人の子で生まれて本妻の子たちにいじめ抜かれたけど、自分の力で成功したってお涙ちょうだいの話は耳が腐るほど聞いた。だから何だよ？　小さい頃愛されずに育っても、大人になってからその分家族を愛している人なんてごまんといるさ。他人のせいにするなよ。あんたは愛を知らないんだ。それどころか、自分を愛してくれる人たちをみんな不幸にするバケモノだ！」

「ふん、そういうお前は愛が何か知っているっていうのか？　お前の好きなもの？　もちろん知ってるさ。お前、向かいの家の、あの色気むんむんさせている若いママさんのことが好きなんだろ？　まだケツの青いガキのくせして、あの家に出入りして女の尻を追いかけていることに俺が気づいてないとでも思ったのか？　女好きなところを見ると俺の息子に間違いないな。でもな、お前はダメだ。そうやって追いかけながらまだあの女を落としてないんだろ？　俺だったらもう子どもの二、三人は作ってるぞ。プラトニックとかくだらないこと言うなよ？　年上だからって言い訳もな。女は心が惹かれたら体も惹かれるもんだ。一つ教えてやろうか？　あの女はお前に気がない。この前も門のところでどこかのヒモみたいな男とキスしてたぞ。まあそんな男にはもったいない女だよ。そっちの方面は俺が詳しいからな。ちゃんと仕込んだらベッドでも最高な女だ。俺が一回抱いてやろうか？　スジンにもそろそろ飽きてきたからなあ。アランだったか？　遊ぶにはちょうどいい」

　耳から血が出そうだった。わなわなと震える拳を握りしめ、殴ってやろうと思ったが遅かった。父が左手で僕の手首をつかみ、右手で僕の頬を容赦なくひっぱたいた。

「お前はまだまだなんだよ、この野郎。毎日毎日本ばっかり読んで夢でも見てるんだな。親のありがたみも知らずに見当違いの恨みを抱いてるとは。世間知らずもいいかげんにしろ。女のことも分からないくせに、あのこぶ付きの女は忘れろ。息子だから忠告してやってるんだ。アメリカに行ったら、手当たり次第誰とでも寝てみろって。アランのことなんてすぐに忘れるさ」

＊

　数週間後、父は長い間抱えていた原稿を仕上げて出版社に送った。二年ぶりの新作だった。出版社ではすでに広報会議に入ったようだった。今回の作品は書いた本人も満足していることが父の表情からも見てとれた。かつては出すたびに百万部以上売れていたのが、ここ数年はスランプのせいか売り上げが芳しくない。

この作品でまた過去の名声を取り戻せるはずだという言葉が、編集者との電話中に何度か聞こえてきた。作品を書き終えると父はいつも京畿道《キョンギド》にある別荘で一週間ほど過ごす。毎回スジンさんが同行して父の身の回りの世話をしているが、僕は母が亡くなったあと一度も行っていない。

父が別荘へ行く前日の夜、僕はスジンさんの部屋へ行った。彼女は旅支度もせずにベッドに横になり、ぼうっと天井を眺めていた。

「体の調子はどう？」

「大丈夫よ。慣れてるから」

そう言って力なく笑う。

「ゆっくり旅行でも行ってきなよ。もうこんな家に戻らないほうがいいかも」

「本当はそう思ってたけど……」

僕はスジンさんの目が潤んでいるのを見なかったふりで顔を背けた。手の甲で涙を拭いた彼女は、努めて明るい声で言った。

「一人だともっとみじめになりそう。大丈夫。久しぶりにドライブして、別荘でバーベキューでもしてくるわ」

「別荘には行くなよ。それなら家で休んだ方が」

「いつもと違うわね。どうしてそんなに行くなって言うの？」

「いや、なんとなく……」

スジンさんは何も言わずじっと僕の顔を見ていたが、僕は彼女の視線を避けた。

「疲れちゃった。寝るわ」

「分かった」

翌朝、目が覚めて一階へ下りると、スジンさんはキッチンで忙しそうにしていた。

「起きた？　一週間分のおかずは冷蔵庫に入ってるからちゃんと食べてね。一人だからってインスタントラーメンばかり食べないように」

「スジンさん……」

「行ってくるね。私、やっぱり先生がいないとだめなの」

## 十四

ジアと一緒に作業していたプロジェクトが完了した。詩選集の翻訳にとりかかったのは夏だったが、クリスマスを一週間後に控えてなんとか仕上がった。全てを終えてホッとしたが名残惜しくもあった。この間、作業を口実にジアと毎日のように会って親密になれたのに、プロジェクトが終われば二人の関係もあっけなく終わってしまうのではと気がかりだった。ジアが怪我をした日に初めてキスをしてから僕たちは急接近したが、それ以上には進まなかった。いや、進めなかったと言うのが正しいかもしれない。

ジアはキスや軽いスキンシップには積極的に応じたが、僕がそれ以上を求めるとそれとなく拒んだ。僕の恋人になることに不安があるのだろうか？　年齢差が気になるのか？　それともこの脚のせい？　悩んだ末に考えがそこに至ると全身の力が抜けてしまう。

そんなふうに僕たちは、恋人というには何かが足りず、ただの師弟関係とは決して呼べないあいまいな関係のまま、時間だけが過ぎていった。だからといって面と向かってジアに僕たちの関係を尋ねる自信はない。ひょっとしてジアは僕がリードするのを待っているのだろうか。いずれにしても、ジアに会う口実だった翻訳プロジェクトが終わったからには、今後どうするか決断を下さなければ。

テーブルの上の電話がヴーヴーという音を立てて振動した。画面を見るとミョンスからだ。僕はニヤリとしながら電話に出た。

「もしもし」

「おい、いつも俺の方から電話しないといけないわけ？　たまにはお前からご機嫌うかがいの連絡をよこしてもいいんだぞ？」

「ハナは元気に育ってるか？」

「こいつ、言うことがないからって話をそらすな。ああ、すくすくと育っている。粉ミルクをよく飲んでくれるのはいいけど、見てると恐ろしくなるよ。ミルク代とおむつ代のことを考えると震えが止まらないんだぜ」

「稼いでるくせに大げさだな」

「独身のお前に人生の先輩の苦しみが分かるかって。ちょっと会おうぜ」

「いいけど、子どもの世話で忙しいんだろ？　奥さんが許してくれるのか？」

「許してくれるもなにも。コホン、女王様より直々にお許しを賜ったわけですよ。ソヌ君とならば飲んできてもかまわないって。クククッ」

その時、研究室のドアが開いてジアが入ってきた。僕は電話を指差して、座っててと合図した。ジアはうなずいてから、寒そうに手のひらをこすり合わせながら電気ケトルのある方へ歩いて行った。お茶でも淹れるのだろう。

「俺の話聞いてる？　ソヌ！　おい！」

「あ、ごめん。今学生が入ってきて。なんだっけ」

「今日、女王様がお姫様を連れて実家にお帰りになるそうだ。だから俺、今夜フリーなんだ！　今日会おうぜ、な、な、な、よく行ってたあの店はどうだ？　合井《ハプチョン》にあるブルーノート」

「分かった」

「お茶、飲まれますか？」

突然ジアが話しかけてきたので、僕は慌ててうなずいた。

「あれ？　女の声が聞こえたけど？」

ミョンスが訊いた。

「ああ、僕のプロジェクトを手伝ってくれている学生」

「そうか。じゃあ、その学生も連れて来いよ」

「なんでお前がうちの学生と会うんだ？」

「いいじゃないか。しけた男同士で酒飲んでも面白くないだろ？　その子も誘ってみろよ」

久しぶりの外出に浮かれたミョンスがせがむので仕方なくジアに訊いてみた。

「僕の友達が今夜一杯やろうって言うんだけど、君も一緒に来るかい？」

ジアは湯気の立つマグカップを持ったまま一瞬考えたあと、にっこり笑ってうなずいた。

「いいですよ」

「OKだって。じゃあ、八時頃？」

「よっしゃ、それじゃ、あとで」

電話を切ってからまいったなと思って首を振っていると、ジアがマグカップを差し出した。緑茶から湯気が立っている。

「どなたですか？　大学時代のお友達？」

「ああ、ミョンスといって、僕の中高の同級生」

「先生にもそんな古いお友達がいらっしゃるなんてびっくり」

「もしかして友達がいない人間に見える？　僕のことをいったいどんな人間だと思ってるんだ」

「一人でいる方が好きそうに見えます」

「そうかあ……」

言葉を失ったままぼんやりとジアを眺めた。大きくて澄んだ目に華奢なあご、一瞬その顔にアランの顔が重なって頭を激しく振った。今僕が愛しているのはアランじゃない、ジアだ、そう心の中で繰り返した。

「どうしたんですか？」

顔を上げるとジアが心配そうな表情で僕を見ていた。

「いや、ちょっと他のことを考えてて」

「またかぁ。そばにいても先生はどこか遠いところにいるみたい。そんな時に私がどれだけ寂しいか分かります？」

いつものジアとは違ってピシャリとした口調が意外で彼女を見ると、言葉とはうらはらに目は笑っていた。そんな彼女があまりにもかわいくて頬にキスしようとするとジアは顔をこちらに向けて僕の唇にキスをした。心臓が痛いほど波打った。

ジアが唇を離して僕に言った。

「八時でしたよね？　私、一旦家に帰って着替えてから約束の場所に行きますね」

「このままでも十分かわいいのに。じゃああとで」

＊

久しぶりのブルーノートは以前と変わらなかった。ホールには適度な間隔で置かれたテーブルが五つあり、バーカウンターは五、六人座れるようになっている。暗い店内の床には分厚いグレーのカーペットが敷かれ、シックなラウンド形のペンダントライトが、オフホワイトの光をほのかに放っていた。僕が店に入ると、蝶ネクタイをつけた髪の短い中年のバーテンダーが、カウンターの向こうで軽く頭を下げた。僕もうなずき、いつもどおり一番端の席に座った。

合井《ハプチョン》駅の繁華街から少し離れた路地にある五階建ての商業ビル。その三階に入っているこの店はミョンスの行きつけだった。彼が結婚して子どもが産まれるまでは月に二、三回ほど二人で会って食事をしたあとに、よくここに来てウィスキーを飲んだ。

ミョンスに再会したのは、まったくの偶然だ。韓国の大学にポストを得て帰国した僕は、新学期を前にスーツを新調しようと百貨店に行ってみたが、気に入るものを見つけられなかった。仕方なくコーヒーでも飲もうとカフェへ向かう途中、ふらりと立ち寄ったオーディオ機器売り場で久しぶりにミョンスに会った。留学に行ってから連絡が途絶えていた。

先に気づいたのはミョンスだった。それ以来たまに会って酒を飲む間柄になった。友達と呼べるのはこいつくらいかもしれない。僕のような社交性に乏しい退屈な人間になぜミョンスが連絡をよこすのかは理解できないが。

誰かが僕の肩を軽くたたいた。顔を上げると小柄で丸顔のミョンスが満面の笑みを浮かべていた。

「来たか。まあ座れよ」

「一人か？　例の学生はまだ？」

「もうすぐ着くって電話があった。先に二人で一杯やろう」

「そうだな」

いつものバルヴェニーを二杯注文した。

「奥さんにだいじにされてるんだな。前よりも血色がいいぞ」

「遠回しに太ったって言ってるんだろ？」

「いやいや、本当だって」

「そっか？　えへへ」

その時店のドアが開く音がした。二人とも自然にそちらへ視線を向けた。ロングヘアに白いニット帽をかぶったジアが、初めて会った日と同じ赤いコートを着て立っていた。中には膝丈の白いウールスカートと黒いシルクブラウスを身につけ、ロングブーツを履いている。彼女が入ってくるなり、暗かった店内がいきなり明るくなったように感じたのは僕の錯覚ではなかった。ミョンスも驚いた表情でジアを見つめている。ジアは僕たちを見つけて笑顔でこちらに向かってくる。テーブルの前まで来た彼女が言った。

「遅くなったかしら」

「いや、時間ぴったりだよ。こちら、僕の友人のミョンスだ。ミョンス、僕の教え子でプロジェクトのパートナー、ジア」

「やぁ、初めまして、ジアさん」

ミョンスはにこにこしながらジアにあいさつした。ジアが注文したブラッディ・マリーはすぐに出てきた。

「お味の方は？」

ミョンスが尋ねた。

「おいしいです。お二人は学生の頃とても親しかったんですね。こうしてらっしゃるのを見るとずいぶん仲が良さそうです」

「まあ、ちょっとムカつくやつなんですけど、僕のあとをついて回るもんですから、心の広い僕が仕方なく面倒見てやってたんです」

ミョンスが僕に向かってウィンクしながら言った。

「本当ですか？」

ジアが目を丸くした。

「あはは、冗談ですよ。本当は僕がこいつのあとをついて回ってたんです。こいつ、毎回学年トップだったんで、つるんだら僕の成績も上がるかと思って」

「うふふ、効果はありました？」

「ないない。一番になる秘訣を教えてくれって頼んでも、授業中に寝ないでちゃんと先生の話を聞けとか、意味のないことしか言わないんで」

「あはは、そうでしょうね」

二人が話すのを聞きながら僕はゆっくりとグラスを口に運んだ。体だけではなく心まで温かくなってくるようだ。好きな人たちと話を交わして酒を飲む。こういうのが人生の楽しみってやつか。

「一つ秘密を教えてあげましょうか」

いきなりミョンスが言うと
「何ですか？」

とジアが目を輝かせた。

「おい、何を言うつもりだ」

僕が口を挟むと、あっちへ行けというふうにミョンスが手を振った。

「実はこいつのあとをついて回った理由が別にあるんです」

「あ、ますます気になりますね」

「僕は中学の頃からオーディオマニアだったんです。こいつともそれがきっかけで親しくなりました。で、僕には憧れのヘッドホンがあってですね、それを買おうと一年かけてお金を貯めたんです。で、いよいよ買おうって日にお金を持って学校に行ったんですが、帰りに同じ高校の不良たちに捕まって、お金を取られた上にボッコボコに殴られたんですよ。

ところがその時」

ミョンスはドラマティックな効果を狙って話を中断した。

「その時どうしたんですか？　早く教えてください」

ジアが急かした。

「帰宅途中のソヌがたまたま通りがかったんです。このまま殴られ続けたらやばいなって思っていた僕と目が合ったんですが、こいつ、光の速さで消えたんですよ！　なんて薄情なやつ、と思って心の中で呪いましたよ。それが、いきなりどこからか角材を持ってきて僕を助けようと暴れ始めたんです」

「で、どうなったんですか？」

「いやあ、勉強しかしてない優等生がケンカで勝てると思いますか？　角材はあっさり奪われて、二人ともいやってほど殴られているところに警察がやってきてね。こいつ、どうやら先に通報してから助けに来たらしいんです。やっぱり頭のいいやつだなと。それで惚れちゃって僕が追いかけ回しました。あはは」

「わあ、先生にそんな面があったなんて」

ジアが妖しい瞳で僕を見つめた。

「ちょっとお手洗いに行ってきますね」

「うん」

ジアが席を立つと、ミョンスが僕のわき腹を小突いた。

「正直に言え。あの子のこと、好きなんだろ？」

「何言うんだ、違うよ」

「いいや、入ってきた瞬間からずっと見てるじゃないか。お前のそんな目つきは初めて見るよ。いや、二回目か」

「二回目？」

「ほら、忘れたのか？　高校生の頃、塾に行く道で出会ったお前んちの向かいのお姉さん。あの時彼女を見ていた目つきと今の目つきが同じだ。あ、そういえば！」

いきなりミョンスが自分の膝を打った。

「さっきのあの子、どこかで見た顔だと思ったら、あのお姉さんだよ。驚くほどそっくりだ。ソヌ、お前女の好みが一貫してるな、変態かよ。ククク」

「おい、ジアの前で余計なこと言うなよ」

「なあ、ソヌ」

ミョンスが真顔になった。

「なんだよ急に、真面目な顔して」

「俺はお前に幸せになってほしい。一人で寂しく生きるのはそろそろ終わりにしてさ。あのお姉さんと何があったかは知らないけど、もう彼女のことは忘れろ。さっきのあの子に気があるなら付き合ってみろよ。お前もそろそろ幸せになってもいい頃だろ」

「それは……どうかな。ジアは、僕にとってだいじな人だから」

「お前、何言ってるんだよ、幸せになれるって！」

「何か深刻なお話でもなさってるんですか？」

いつの間にかそばにジアが立っていた。いつ戻ったんだろう。さっきの話を聞かれただろうか。

「おっと、今度は僕がお手洗いに行ってきますね」

ミョンスはこっそり僕にウィンクをして立ち上がった。

「誘ってしまって悪かったかな。退屈した？」

ミョンスがトイレに向かったのを見て僕が尋ねると、ジアが首を横に振った。

「いいえ、来てよかったです。面白い話も聞けたし、それに話したいこともあるし」

「何の話？」

僕はジアの手を握った。

「先生と一緒にいたいです」

聞き間違えたのかと思った。手を放して彼女の目を覗き込んだ。真剣な眼差しだった。

「今こうして一緒にいるじゃないか」

僕はそれとなくはぐらかしてみた。ジアはそんな僕をまっすぐに見ながら言った。

「いや、そうじゃなくて。朝まで一緒に過ごしたいと思っています。私に対する先生の気持ちが本気なのか、自分が先生のことを本当に好きなのか自信がなかったけど、もう分かったんです。私、先生のことが好きです。朝まで一緒にいたい」

僕は何も言えなくなってジアを抱きしめ、その豊かな黒髪に顔をうずめた。艶のある漆黒の髪。僕は彼女の髪からほのかに立ち上がる甘い香りを吸い込みながら言った。

「どこがいい？　いいホテルをとろうか？」

「いやです」

きっぱりと言い切る声に驚き、再びジアの顔を見た。ジアはいつものようにいたずらっぽい目で僕を見ている。

「初めての場所はホテルより……静かで誰にも邪魔されないところがいいです。二人しか知らないような。それに、母がいるソウルはいやです」

「分かった、だったら……僕の別荘はどう？」

「別荘があるんですか？」

ジアが目を輝かせたので思わず笑ってしまった。

「正確には僕の別荘じゃなくて亡くなった父の別荘なんだけどね。何年か前に建て替えたんだ。たまに一人で行って過ごすこともある。ジアの気に入るかどうかは分からないけどね」

「わぁ、素敵！　どこにあるんですか？」

「京畿道《キョンギド》にある」

「じゃあ来週行きましょう。そこでクリスマスイヴを過ごすのはどうですか？　母には、友達とスキーに行くと言います」

「もう言い訳まで考えたのか？　用意周到だな」

その言葉にジアはかわいく目を瞑って言った。

「わぁー、どきどきする。クリスマスイヴを二人で過ごすなんて」

「そうだね。忘れられない夜になりそうだ」

僕たちは黙って見つめ合った。

## 十五

ついにジアと一夜を共にする。アランを失ったあと、誰かと過ごす時間がこんなにも待ち遠しいのは初めてだ。それもクリスマスイヴに。アメリカにいた頃は同僚の先生たちが招待してくれた集まりに顔を出すこともあったが、基本的にクリスマス休暇は、一人で音楽を聴きながら本を読んだり、ウィスキーやワインを飲んだりして寝ることが多かった。静かに流れる川のように退屈な僕の人生に、突然現れてこんなにも大きな波紋を起こしたのはジアだ。いや、その前にアランがいた。しかし彼女は僕が行動を起こす前にいなくなってしまった。この手につかめない水のように流れていったアランとは違って、ジアはもうすぐ僕のものになる。

そうだ。僕のだいじな人、愛しいジア。やっと僕も幸せになれる。確かな胸の高鳴りを感じていたが、なぜか心の片隅には得体の知れない不吉な予感がこびりついていた。だがそれを無理やり押しやって一階に下りていった。

キッチンにいたパクさんが、ずっしりと重いトートバッグを僕に差し出した。

「これは何ですか？」

「何日か別荘でお過ごしになるんでしょう？　私は古い人間ですが、今日がクリスマスイヴだってことくらいは知っています。今日みたいな日にはおいしいものを召し上がらないと」

バッグを覗くと、中に三段のランチボックスとスープジャーが入っていた。

「先生のお好きなエビのビスクも入れておきました」

「ありがとうございます」

僕からも、あらかじめ用意しておいたボーナスの封筒を差し出した。

「一年間ありがとうございました。来年もよろしくお願いします」

パクさんはクリスマスイヴから一月一日まで休暇をとり、二日にまた戻ってくる予定だ。うちで働き始めた時に取り決めた冬休みだった。お互い休暇に出るというわけだ。

パクさんが用意してくれた料理と、向こうでの着替えや細かい物を詰め込んだバッグを何度かに分けてガレージにある車に運んだ。ふと、別荘で過ごすクリスマスなんだから、ツリーはなくても飾り付けくらいはした方がジアも喜ぶのでは、という考えが浮かんだ。

自分の鈍さに思わず舌打ちをした。そうだ、書斎に昔使ったクリスマスの飾りがあったかも。帰国してからツリーは飾っていないが、スジンさんと暮らしていた頃は毎年一緒にクリスマスツリーの飾り付けをしていたな。ちょっと探してみよう。

書斎へ行き、引き出しという引き出しは全て開けてみた。予想通り一番大きい本棚の一番下の引き出しに、ツリーの電飾や星のオーナメントなどが入っていた。絡まっている電飾のコードを取り出してみると、引き出しの底の方に押し込まれていた紙が一緒にくっついて出てきた。何だろうと思って手に取った。罰金の告知書のようだ。昔のものなのかずいぶん黄ばんでいる。どうやら信号無視が見つかった際の交通反則告知書のようだ。父が運転中に引っかかったのだろうか？　たいしたことないだろうとそのままゴミ箱に捨てようとした。しかし破ろうとした拍子に、信号無視をした日付を見て紙を落としてしまった。

十一月二十七日。父が亡くなって一週間後だ。僕は告知書に記された日付と車の写真にもう一度目をやった。確かに父が運転していたメルセデスで、日付は彼が亡くなったあとのものだ。ということは、この車を運転して信号無視をしたのは父ではないということになる。

写真が撮られたのは、京畿道加平《キョンギドカピョン》付近だから別荘のすぐそばか……でもこの告知書が届く頃に僕はアメリカにいたのでは？　いったい誰が運転していたのだろう。頭が混乱したが、そろそろ出発しないと遅れそうだ。

パンツのポケットに紙を突っ込み、オーナメントを持って書斎を出た。ガレージのシャッターをリモコンで開けると、厄介なものが目に入った。誰かの車がガレージの真ん前に止まっている。今回の休暇はどうも最初からうまくいかないな。僕は足をひきずりながらその車の方へ向かった。

ジアとの翻訳プロジェクトを終えてからも、試験の採点に忙しく、ここ何週間かはスークリニックに行けなかった。そのせいかまた脚の痛みがぶり返した。休暇から戻ったら必ず行かなければ。そんなことを考えながらほこりまみれの黒い車に近づいた。ダッシュボードに置いてある電話番号にかけてみると、ガラガラ声の中年男性が電話に出た。

「もしもし」

「あ、どうも。ちょっと車を動かしてほしいんですが」

「おお、ソヌ、僕だよ。キム不動産。急いでたもんでちょっとだけそこに置かせてもらった。すぐに行くよ」

僕が幼い頃から近所で不動産業を営んでいるキム社長だった。昔から僕がおじさんと呼んでいる相手で、会えばあいさつを交わす仲だ。

車の前で待っていると、遠くにある角の家から出てきた彼が早足に向かってきた。

「待たせて申し訳ない。家を見せてくれという客があったんだけど、今日に限って止めるところがなくてね」

「そうですか。僕も今日に限って行くところがありまして」

「クリスマスイヴだから遊びにでも行くのか？　そろそろ結婚してもいい年頃だからなあ。いや、ちょっと遅いか？　ははは」

おじさんは笑いながら何げなく向かいの家に目をやった。

「あのお宅にもきれいなお嬢さんがいるじゃないか。まあちょっと若いけど、君とお似合いな気がするよ」

もしかして僕とジアが一緒にいるところを見られたのだろうかと一瞬ドキッとした。昔からこの町で不動産の仲介をしている彼は、地元のことを隅々まで知りつくしている狸おやじだ。僕は彼の関心をそらそうと話題を変えた。

「そういえばお向かいのお宅、相場より家賃が安かったそうですね。最近は静かな一戸建てに住みたがる人が増えているみたいですけど、お向かいさんはラッキーでしたね」

その言葉に彼は怪訝な表情をした。

「何の話だい？　相場より安いって？　あの人たちは借りてるんじゃなくてあの家のオーナーだよ。クリニックを経営しててね、かなりの金持ちみたいだ。もともと親から相続した家で、長い間人に貸してたんだけど、今年から自分たちが住むことにしたらしい」

それを聞いた僕は、ハンマーで頭を殴られたような衝撃を受けた。持ち家だと？　じゃあなぜ僕を招待した日にケイト先生はあんなことを言ったんだ？　いわく付きの家らしいがアランについて何か知っているかとわざわざ僕に訊いたのはなぜだ？　ケイト先生は何を知りたいんだ？　アランとは何か関係があるのか？　ケイト先生はいったい何者なんだ？

おじさんは僕の顔を見て大丈夫かと聞き、一度店に遊びに来なさいと言った。最近僕の家を購入したいと希望する人が多いらしく、その気になったら相談に来いと言う。高く売ってあげるよと言い残しておじさんは車を移動した。

僕はふらつきながら自分の車に乗り込み、運転席でしばらく呆然とした。身震いがして気がついた。さっきからエンジンもかけずに寒い車の中で何もせず座っていた。両手で頬をこすりエンジンをかけた。何がどうなっているのかは、あとでジアに会って訊けば分かるだろう。ジアは今日クリニックの手伝いを終えてから別荘に来ると言っていたので、先に行って待っていればいい。そう思い直して車を出した。

## 十六

準備は整った。別荘の管理人に昨日掃除を頼んでおいたので僕がすることは特になかった。来る途中花屋で買ったバラとカスミソウを花瓶に挿してテーブルに飾り、パクさんが用意してくれた料理は冷蔵庫に入れた。ディナー用のお皿をクロスで拭き、持ってきたウィスキーのボトルとワイン三本を一旦はテーブルに置いたが、三本は多すぎる気がして一本だけ残し、あとの二本は冷蔵庫の隣にあるワインセラーに入れた。ジアの好きなホワイトチーズケーキは彼女が来てから出すことにして、家から持ってきた電飾とオーナメントを飾ると、少しはクリスマスらしい雰囲気になった。

一通りセッティングを終えリビングの電気暖炉をつけた。スマホのプレイリストを再生すると、連動したブルートゥーススピーカーから音楽が流れた。バッハの無伴奏チェロ組曲第二番。じっくりと考えを整理したいときに聴く音楽だ。

ウィスキーをグラスに注ぎ、窓の方へ向かった。雪が降り始めたようだ。ジアが見たらホワイトクリスマスだと言って喜ぶだろう。僕の目を見つめながら、一緒にクリスマスを過ごしたいと言った彼女が心から愛おしい。

ウィスキーを喉に流し込むと、胃の中がじんわりと熱くなる。さっきから頭の中でずっとうごめいていた雑念がようやく動きを止めた。悪くない。グラスを傾けながら窓の外を眺めていた。まるで白い花びらのようにはらはらと舞っていた雪は徐々に勢いを増し、やがて吹雪き始めた。ジアが心配だ。クリニックの手伝いもだいじだが、強引にでも一緒に来ればよかった。ただの雪ではなさそうだ。来る途中でもし事故にでも遭ったら。

一メートル先さえ見えないほど吹きすさぶ雪の中をこちらに向かっているジアが心配で電話をかけた。呼び出し音が鳴っているのになかなか出ない。どうしてだ。七回目の呼び出し音のあとに切ろうとした時、ようやく電話がつながった。

「もしもし」

「ジアかい？　もう出発した？」

「いえ、まだなんです。スキーに行く友達が、同じ方向だから乗せてってくれるんですけど、仲間の一人がちょっと遅れるらしくて。今、家で待っているところです」

「そうか。天気が悪くてひどく雪が降ってるよ」

「あ、じゃあやっぱりホワイトクリスマスですね、あはは」

「ああ、そうなればって君が言ってたね」

そう口にしたと同時に、電話の向こうで「カッコー」という音がした。突然の音に驚いて会話が途切れたが、すぐにハッとした。この音は僕の部屋にあるカッコウの目覚まし時計だ。

「何の音？」

「あ、私の目覚まし時計の音です。荷造りしてて触っちゃったのかな。うっかりして」

「そうか。僕の時計と同じ音だ」

「え、本当ですか？　嬉しい偶然だなあ」

「そうだな……本当に驚いた。とにかく、そのお友達には運転気をつけろって伝えて。ジアが怪我したら大変だ」

「分かりました。早く行きますね。会いたいなあ、あはは」

電話を切ったとたん頭痛が襲ってきた。頭が割れるように痛い。僕は持っていたスマホを落とし、両手で頭を抱えた。水を一杯飲んだあとも、誰かに首を絞められているような息苦しさが消えない。自宅を出る直前、古狸のようなキム社長に会ってからずっと考えないようにしていた疑念が、まるでモグラたたきのゲームのように次々と頭をもたげてくる。

スマホのアラームを使うこの時代に、若いジアが目覚まし時計を使うって？　おまけにあの時計はその辺に売っているものではない。アメリカ留学時代に地元のフリーマーケットで手に入れた骨董品で、よくあるベルではなくカッコウが出てくる目覚まし時計だ。もしかしてジアは今、自分の家じゃなくて僕の部屋にいるのか？　どうやって入ったんだろう？　何より、君がどうしてそこにいるんだ？

疑問が次々と湧いてきて僕を苦しめた。このまま考え続けたら頭がおかしくなりそうで、ソファの横にあった杖を手に取り、ハンガーにかけておいたパーカをはおって外に出た。激しい吹雪だが、かまっている余裕はなかった。僕は別荘の前庭をひたすら歩いた。一時間ほどかけてようやく落ち着きを取り戻した僕は部屋に戻った。室内は暖かかったが悪寒が止まらない。僕は熱いお茶を淹れて大きなガラス窓のそばに立った。

ジアはちゃんとこちらへ向かっているだろうか。気にしながらお茶を飲んでいると、コンコンと音がした。顔を上げると、ガラス窓の向こうにジアがいた。真っ白なコートを着て、まるで雪の帽子をかぶったように頭の上にこんもり雪をかぶったまま僕を見て笑っている。

だがすぐに彼女の表情が曇った。顔をしかめていた僕を見たに違いない。僕は笑顔を作り、玄関の方へ回って入ってくるよう手で合図をして自分もそっちへ向かった。ドアを開けると雪まみれになったジアが立っていた。彼女は持っていたかばんから手を離して僕に抱きついた。僕はしばらくそのままでいた。そしてジアの頭に積もった雪を手で払い落とし、彼女の赤い唇に軽くキスをした。

「ようこそ、僕のジア」

「あ、僕のジアだって。嬉しい」

ジアはクスクスと笑いながら入ってきた。僕はジアが床に置いたかばんを持って、足を引きずりながら入った。ジアと一緒のときは無意識のうちに足を引きずらないように気を遣ってしまう。そのたびにジアが密かに心を痛めていることを知っている。誰だって愚かなことだと分かっていながら止められないことがあるものだ。

「ここまで来るの、大変だっただろう？」

「いいえ、一緒に行く予定の友達が遅れるって言うから。バスで来ればよかった。そうすればもうちょっと早く着いたのに。雪がすごいですね。あと少し遅かったら通行止めになっていたかも。ははは」

ジアのいない別荘でたった一人クリスマスを過ごすなんて想像もしたくなかった。あれこれと楽しそうにしゃべるジアの話を聞き、適当に相づちを打ったりうなずいたりしながらコートを脱がせてやりハンガーにかけた。寒さで頬が赤くなった彼女に、温かいカモミールティーを淹れて渡しソファに座らせた。僕も隣に座りジアの脚を僕の膝の上に乗せてマッサージしてやった。手足が冷たいジアはこうしてやると温かいと言って喜んだ。ジアはタメ口と敬語を交えながら、その日クリニックに来たクレーマーの真似をして僕を笑わせた。

それから二人で夕食をとった。パクさんがスープジャーに入れてくれたエビのビスク、彼女お手製のローストビーフやテリーヌを食卓に並べて一緒に食べ、ケーキとフルーツとチーズをつまみにワインも一本空けた。エビアレルギーのあるジアは、スープ以外の料理を僕よりもたくさん食べた。そのあと二人で仲良く片付けをした。

ひと息ついた僕たちは、ワイングラスを持って窓辺に座った。数時間前からつけておいた暖炉のおかげで、リビングは暖かく心地よかった。僕たちはグラスを持ったまま、降りやまない雪をしばらく眺めていた。音楽を流そうかと思ったが、ジアが雪の降る音を聴きたいと言ったので、空から静かに舞い降りる雪をじっと眺めていた。

僕はワイングラスをテーブルに置き、ジアの隣に立った。ジアは真珠色の細かいボタンが付いた白いシルクのブラウスと、膝が隠れる長さの紺色のフレアスカートを着て、黒いストッキングを履いていた。僕は窓の外を眺めるジアを後ろから抱きしめ、耳の後ろに軽くキスした。そのまま耳を甘噛みすると、ジアは少し驚いたようだったが抵抗はしなかった。彼女の長い髪を片手でかきあげ、うなじに優しくキスをしながら少しずつ下へと唇をはわせていく。ジアの呼吸がかすかに乱れるのが分かった。

僕はジアの唇にキスしながら、両手でブラウスのボタンを外し始めた。ボタンが小さくて思ったより手こずった。一気に引き裂いてしまいたい衝動を抑え、上から一つずつ外していく。こんな日に限ってジアはなぜか一番上までボタンを留めている。三つ目のボタンを外すとようやく鎖骨が現れ、ネックレスがちらりと見えた。あれは？

その時ジアが、ボタンを外す僕の手を押さえた。顔を上げてジアを見ると、彼女は潤んだ瞳を僕に向け、震える声でささやいた。

「焦らないで。冬の夜は長いわ」

僕が微笑むとジアも微笑んだ。

「そうだね、夜はまだ始まってもいない」

ジアはにっこりした。

「シャワー浴びてきますね。歯磨きもしたいし」

ジアは僕にウィンクしてバスルームの方へ行った。ドアが閉まり、蛇口をひねる音と同時にシャワーのお湯が勢いよく出る音がした。僕はテーブルの上に置いた新しいワインのボトルを開け、グラスに注ぎ窓辺に立った。降りしきる雪を見ながらワインを飲んでいるうちに、ジアの白く美しい鎖骨の左の方に見えたネックレスのことを思い出した。ちらっとしか見えなかったが、金色のチェーンにチャームが付いていた。どこかで見たような気がする。

僕はグラスのワインを一気に飲み干し、チャームの形を思い出そうとした。何だろうこの感覚は。見覚えがあるような気がする。ジアが前からつけていたものだろうか？　僕に会うときに彼女がネックレスや指輪のようなアクセサリーをつけていたことは一度もないはずだ。

ふと、数カ月前に高熱を出して寝込んだ日、夢にアランが出てきたことを思い出した。額に濡れタオルをのせてくれたアラン。僕が口を開けようとすると小さく、しっと人差し指を唇に当てたアラン。確かその時彼女の首元に、半分に割れたハートのネックレスがあった。だがよく考えると何かおかしい。

アランがいつもつけていたネックレスのチャームはハートの左半分だったはず。僕の額に濡れタオルをのせてくれた彼女の首にかかっていたのは右半分だ！　アランの夢を見て以来ずっと心の片隅にあった違和感の正体は、あのネックレスだったのだ。いや待て、今ジアがつけているのもハートの右半分だ。何か意味があるのだろうか。

僕の耳にまたアランの声が聞こえた。以前、ヨヌを寝かしつけてアランと一緒にビールを飲んだ時のことだ。僕はまだ未成年だったが、一杯ぐらい大丈夫よとアランにすすめられ、二人でよく缶ビールを分けて飲んだ。もちろんアランはもう何本か飲んだが。

ある日僕は、アランがいつも身につけているハートのネックレスを見て、誰かにもらったのかと尋ねた。珍しく酔っていた彼女は、姉がいてね、二人で半分ずつ持っているの、と教えてくれた。懐かしさと寂しさがありありと浮かぶアランの表情を前にして、僕はそれ以上何も聞けなかった。

僕はジアのハンドバッグが置いてある場所へ向かった。大きめのかばんはリビングの向こうの床に置いたままだったが、ハンドバッグはソファの片隅に不自然な角度で置かれている。ジアのハンドバッグを勝手に触るのは少し気が引けるが、深呼吸をして近づいた。緊張しながらバッグを開けた瞬間、全身がこわばった。超小型カメラのレンズが僕をにらみつけていた。

「何してるんですか？　私のバッグを勝手に開けて」

いつの間にかシャワーの音がやんでいたことに気づかなかった。ジアを問いただそうとカメラを取り出して振り返った。と同時に、バシッ！　という大きな音がした。僕は頭が割れるような衝撃を感じて床に倒れた。

遠のいていく意識の中で気づいた。ジアが振り下ろしたのは、ソファの横に立てかけておいた僕の杖だった。

# 二章　アナン

## 一

電話がかかってきたのは、よりによって病院が最も忙しい金曜の午後だった。レジデント三年目の私は、慢性の睡眠不足と過労で疲れ果てていた。いつものように、病院の一階にあるカフェテリアで買ったパサパサのサンドイッチをホットコーヒーで流し込んでいるとスマホが振動した。画面には母さんの番号が表示されている。

忙しい時間帯なのを知っているはずの母さんが、それでも電話をかけてくるなんて、よほどの急用なのか。彼女は抗がん剤治療の一クール目を終えて自宅療養中だ。もし容態が急変したのならヘルパーさんから電話があるはず。何だろう。慌てて飲み込んだサンドイッチが喉に詰まりそうになって、咳き込みながら電話に出た。

「母さん、どうしたの？」

返事がない。普段も口数が少ない人だけど、なんとなく嫌な予感がした。母さんが話し出すのを待ちながらも、本心ではそのまま電話を切りたかった。電話を切って、スマホを捨て、病院を飛び出し、どこか遠いところへ逃げたいと思っていた。無茶なことばかり言うわがままな患者にキレそうな毎日と、奥歯を噛みしめるほど殺人的な勤務スケジュールに精も根も尽き果てていた。病院の匂いが染みついたユニフォームを着たまま私の二十代が終わってしまうのかと思うと、今すぐ逃げ出したい。だけど、この電話を受けた瞬間に何か不吉なものを感じた。いきなり猛スピードで直進してくる列車を、ただ呆然と見ながら立ち尽くしているみたいに。

「どうしたの？　どこか痛いの？　吐きそう？」

電話の向こうで母さんが深呼吸をするのが分かった。一回、二回、三回。そして口を開いた。

「アランがいなくなったの。韓国から連絡が来たわ。行方が分からなくなってからもう一週間くらい経つって。こっちの連絡先を見つけるのに警察が手間取ったそうよ。アランだけいなくなってヨヌ一人残されたらしいの。四歳の子どもが一人ぼっちで……。今すぐ迎えに行きたいけど、こんな体だから……私の代わりに行ってほしいの」

言葉が出なかった。言いたいことは山ほどあったけれど何も言えなかった。口を開いたが最後、終わりのない質問とアランに対する複雑な感情と抑えきれない本音まで吐き出してしまいそうで怖かった。一度口に出したら二度となかったことにはできないから。

つらい抗がん治療を終えて、ようやくひと息つけるようになった母さんを追い詰めるわけにはいかない。私は深く息を吸った。一回、二回、三回。

「分かった。今すぐフライトを探してみる。病院の方がなんとかなったら支度して空港に向かうわ。母さんの家に寄らずに直行した方がいいよね？」

今度はすぐに返事があった。

「そうしてもらえるとありがたいわ。あんな小さい子が一人でいるかと思うと……。着いたら事情を聞いてアランを捜してちょうだい」

そして少し間をおいてから付け加えた。

「もし見つからなかったら、とりあえずヨヌだけ連れて来なさい」

母さんは本心をなかなか見せない人だ。これまで三十年近く一緒に暮らしたけれど、彼女が素のままを周りに見せたことは一度もない。父さんが亡くなった時も、静かに涙を流しこそすれ、葬儀の場で慟哭するようなことは決してなかった。そのせいで夫婦仲が悪かったようだと噂されもしたが、二人は深く愛し合っていた。

いつも感情を抑えていた母さんが、絶縁同然の娘の失踪に、ただただもどかしい思いをしているのが電話越しに分かった。病気でさえなければ私に連絡などせず、自分が空港に行っただろう。いつも着ている美しい韓服の上にトゥルマギ（註：朝鮮半島の民族衣装で、丈の長いコート）をはおり、航空会社のカウンターで今すぐチケットを発券してちょうだいと言っていたはず。威厳ある母さんの勢いに押されて、職員も慌ててフライトを調べるだろう。しかし、がんを患った母さんにその勢いはもう残っていない。以前のように優雅で落ち着いた姿を目にする機会も減った。

電話を切ったあと、私は病院の廊下に一列に並んでいる青いプラスチックの椅子に腰掛けて、乾いたサンドイッチの切れ端をぼんやりと眺めた。そしてため息とともにそれをゴミ箱に投げ入れ、冷めたコーヒーを一気に飲み干して立ち上がった。スマホも一緒に投げ捨ててどこかへ行ってしまおうか。荘厳なオーロラの見える北欧でも、太陽が照りつける熱帯地方でもどこでもいい。この状況から逃げられるなら、二度と会うまいと誓ったアランを私が捜さなければならないこの状況から抜け出せるなら。

でも今はヨヌのために動かなくては。一度も会ったことがなくても、ヨヌは双子の妹が産んだ私の姪なのだから。

私はスマホの連絡先からジョンフンという名前を探してしばらく見つめたあと発信ボタンをタップした。電話をかけるのは五年ぶりだ。呼び出し音が鳴り続き、諦めて切ろうとした瞬間につながった。

「もしもし、ジョンフンです」

「私」

「ああ、いきなりどうした？」

「アランがいなくなった。助けて」

「なんだって？」

私は短く状況を説明し、五分ほどで電話を切った。見えない運命の糸が私たち三人を再び結びつけようとしている。あのうんざりするような関係が再び繰り返されることを誰が予想できただろう。

「アラン、いったいどこにいるの」

天井を仰ぎながら、小さくつぶやいた。

## 二

初めて乗るファーストクラス。行方不明の妹。五年近くもまったく連絡がなかった妹を捜すために乗ったフライトがファーストクラスだというのも皮肉だ。母さんからの電話を切ってすぐ、医局の上司に家庭で緊急事態が発生したことをできるだけ簡潔に説明した。やっとのことで一カ月休むことを許可してもらったタイミングでスマホがまた鳴った。母さんやジョンフンから電話が来るにしては早すぎると思って出ると、母さんの秘書で事業の後継者でもあるルイからだった。いつもの落ち着いた声で連絡事項を分かりやすく伝えてくれる。

母さんの指示で韓国行きのフライトとホテルを調べたところ、一番早いのが翌日早朝のファーストクラスだったので予約し、現地のホテルもアランの家から近いところを二泊押さえたらしい。韓国に到着したらその足で警察署に出向き、現地の状況を把握したあとヨヌに会えと言う。アランの住所と詳しい内容は私宛てにメールしてあり、韓国で必要な経費も口座に入金するからそれを使えと。全て母さんの指示だろう。だがこれらを驚くほどスピーディーに効率良く処理するルイを目の当たりにすると、母さんが彼を信頼して後継者に指名したのも納得できる。だから母さんは時々私に、ルイのことを結婚相手にどうかとそれとなく聞いていたのかもしれない。

ふと、お金とは実に便利なものだなと思った。母さんは贅沢をしない人だったが、事業家らしく使うべきときにはためらうことなくどんどんと使った。双子の娘たちにビジネスを教えようとした母さんが折に触れて口にした言葉がある。

「お金さえあれば、幽霊だって操ることができる」

韓国ではよく聞く言葉だが、母さんの育った環境を思うとなおさら意味深長だ。私は、女優のように華やかな容姿の客室乗務員が持ってきた赤ワインを飲みながら、そんな思いに耽った。

バッグの中の睡眠薬をこのワイングラスに入れて気絶してしまおうか。目が覚める頃には仁川《インチョン》空港に着いているはず。だけど、韓国到着前にルイがメールで送ってくれたアランの情報と現地の状況に目を通さなければならない。かばん一つであたふたと警察署に駆けつけるのはドラマの中だけだ。感情的で愚かな行動は、問題解決にはまったく役立たないが、アランならやりそうだと思った。

つまらない想像を振り払ってバッグからマックブックを取り出し、ルイが送ってくれた資料のファイルを開けた。事件の情報は驚くほど少なく、細かいことは分からなかった。アランが行方不明になったのは一週間前と推定されるが、正確な日付は不明。目撃者（近隣の住民）の証言によると、アランの姿を見かけなくなったのは一週間ほど前だが（彼らの記憶を信じられるか？）アランは普段からあまり外出をせず、近所に彼女と親しい人もいないため確信はないとのこと。痩せてうす汚れた格好をした四歳のヨヌが近所のスーパーに現れて「ママがかえってこないの」と言って倒れたのが三日前のことらしい。

　母親に手を引かれてアイスクリームやお菓子を買いに来ていたヨヌをよく知るオーナーの中年女性が救急車を呼び、近隣の住民が警察に通報した。警察がアランの家に向かうと、中はもぬけの殻だった。ヨヌは高熱と下痢で入院した。数日間まともに食べていなかったせいで、脱水症状がひどく栄養失調状態だったという。

　それだけではない。ショックが大きすぎたのか、ヨヌは目覚めてからひとことも話さないらしい。そこまで読むと、筋金入りの無神論者として生きてきた私も思わず祈ってしまった。どうか一時的な失語症でありますように。アランが消えて、その上ヨヌまで話せなくなってしまったら……ヨヌがあまりにもかわいそうだ。それに、アランを見つける手がかりも減ってしまう。

　ルイの報告はそこまでで、その下に予約したホテルの名前が書いてあった。アランがいた町からタクシーで十分の距離にあるという。マックブックを閉じて、アランが住んでいたあの家のことを考えた。幼い頃に一度だけ行ったことがある。その家はもともと父さんの実家で、私とアランは五歳の時に初めて両親と一緒に訪ねた。韓国に行くのも祖母に会うのもその時が初めてだった。祖父は私たちが生まれてからしばらくして亡くなったので、写真でしか知らない。祖母が驚くほど父さんと似ていたことを覚えている。

　アランと私は二卵性双生児で、母さんは私たちにおそろいの服を着せるのが好きだった。

大人たちはよく見もせずにそっくりだと言ったけれど、実際のところ私たち双子はあまり似ていない。祖母は初対面の孫娘たちを見てもよそよそしく、母さんに対してもつれなかった。彼女は息子である父さんをつかまえて、泣き喚《わめ》きながら何度も責め立てた。

その家で過ごした一週間ずっと、私たちは父さんがアメリカから持ってきた荷物のような扱いを受けた。母さんは口を固く閉ざしたままひたすら家事ばかりしていた。祖母はまるで母さんに復讐するためにわざと用事を溜めていたのかと思うほど、朝から晩まで母さんを働かせた。私たちは母さんが倒れてしまうんじゃないかとはらはらした。父さんはこれまでできなかった親孝行、つまりは、祖母の嘆きや鬱憤や幼い私たちから見ても過剰な愛を受けとめる役割に忠実だった。アメリカに戻るやいなや母さんは、この先二度と祖母に会うことはないと宣言した。アランと私は驚かなかった。父さんは黙ってうなずいた。祖母との縁はそこまでだった。

一年後、祖母は老衰で亡くなり、父さんが一人で韓国に戻って葬儀を終えた。その後、肝臓がんを患った父さんは長い闘病生活の末に亡くなり、あの家を遺産として母さんに残した。母さんにとっては思い出したくもない場所だけど、父さんが生前その家に愛着を持っていたのを知っていたので、どうしても処分できずにずっと人に貸していたのだ。

数年前に突然アランが、ソウルに行ってあの家に住むと言い出した日の母さんの表情を、私は今も忘れられない。母さんはアランを見限ったような冷ややかな目で言い放った。

「勝手にしなさい。でも、二度と私やあなたの姉さんに会えるとは思わないで」

アランはかたくなだった。私たち親子三人が話し合ったのはそれが最後だ。こんなことが起こると分かっていたら、私たちはあの時、別の選択をしただろうか。

## 三

ルイが予約してくれたホテルにチェックインした。スーツケースを置いてカーテンを開けると、十五階にある部屋の窓からソウルの街を一望できた。山麓に建てられたホテルならではの眺めだ。タクシーの後部座席から見たソウルは、遠い記憶の中にある街とはずいぶん違っていた。世界中から人々が訪れる理由が分かるような気がする。

躍動する街のエネルギーがダイレクトに伝わってくる。夜になればもっと華やかだと聞いたけれど、いったいどんな輝きを放つのだろう。そんなことがふと気になったけれど、遊びに来たわけではない。私は軽くシャワーを浴びて着替えてから、一階に降りてホテルの玄関を出たところにあるタクシー乗り場に行った。ちょうど一台止まっていたので迷わず乗り込み、警察署へと向かった。

ルイが教えてくれたとおり警察でチェ・ジンスという刑事の名前を出すと、すぐに本人が出てきた。平均的な背丈に肩幅が広くがっしりしていて、切れ長の目が鋭い。私が身元を明かすと、彼はもう一度私の顔を見て品定めするように言った。

「双子の姉妹だとお聞きしましたが、あまり似てませんね」

「ええ、二卵性ですから。よく言われます」

長時間のフライトで疲れていた私は、容姿に言及されるのがうっとうしくて、なるべくドライな返事をした。相手はすぐに察したようだ。それくらいの空気が読めなければ刑事はつとまらないだろう。

彼はインスタントコーヒーの入った紙コップを二つ持ってきて、一つを私の前に置いて座った。ちょうどカフェインが欲しかった私は、礼を言ってひとくち飲んだ。少し甘いコーヒーが喉を通ると、とたんに生き返った。きっと血糖値も上がったことだろう。私はコーヒーをすすりながら刑事の話を聞いた。といっても、ルイがメールで送ってくれた内容とほとんど同じだった。三日前の午前十時頃、アランが住む町にある「ラッキースーパー」にヨヌが現れた。それまでもよく母親と一緒にやってきてアイスクリームやお菓子を買っていたので、オーナーの中年女性はヨヌをとてもかわいがり、来るたびにキャンディーなどをあげていたらしい。しかし、ヨヌが一人で店に来たのは初めてだったのでオーナーは怪訝に思った。

しかも、いつもと違って元気がなく、服装も乱れて顔も洗っていないように見えるヨヌが「ママがかえってこないの」と弱々しい声で言ったらしい。驚いたオーナーがカウンターから立ち上がると同時にヨヌが倒れた。彼女は慌ててヨヌを抱き上げ、まず救急車を呼んだという。騒ぎを聞いた町内の人が集まってきて、その中の誰かが警察に通報したらしいと刑事は言った。

ヨヌが救急車で運ばれ、通報を受けた警察がアランの自宅を捜索したが、家の中には誰もいなかった。部屋の状態から、幼児が数日間一人で過ごしていたことは明らかだった。床にはバナナ牛乳のパッケージがいくつも転がっていたという。室内を荒らされたような形跡はなかった。捜索の結果、アランの財布とスマホ、そしてスーツケースと服が何着かなくなっていた。アランがアルバイトなどで外出するときにヨヌの子守りを任されていたベビーシッターを警察が探し出して確認した情報だった。アランがいつ家を出たのか正確には分からないが、ヨヌの様子からするとおそらく三日か四日ほど一人でいたようだと刑事が説明するのを聞きながら、私を見る彼の視線が冷ややかなことに気づいた。

私は思わずこぶしを握りしめた。目の前の刑事は、口では行方不明と言いつつ、本心ではおそらくアランが子どもを置いて出て行ったと思っているのだろう。アランはまだ三十前で、恋人がいてもおかしくない。だけど、たとえアランがこれまで好き勝手に生きてきたとしても、子どもを置いて一人で誰かと駆け落ちするような人間ではない。双子の私には分かる。

かろうじて怒りを抑え、再び刑事の話に集中した。アランのクレジットカードやキャッシュカードの使用履歴とスマホの通話記録は現在追跡中だが、今のところ何の手がかりもないらしく、新しい情報が分かり次第連絡すると刑事は言った。

「あの、ヨヌが入院している病院はどこですか？　今誰と一緒にいるんですか？」

「あ、お子さんの名前はヨヌですよね？　ここから歩いて五分ほどのところにある病院に入院しています。一応体は回復したみたいなんですが、ショックが大きいせいかまだ何もしゃべらないそうです。医者の話では一時的な失語症ということなんですが。保護者がいないのでソーシャルワーカーがついています」

刑事はまたもや非難するような目つきで私を見た。双子の姉である私に連絡がつながるまでかなり時間がかかったことが不可解な様子で、姪っ子の世話もまともにできない薄情な伯母だと言いたげな表情だった。だけどそんなふうに見えたのは、自責の念から出た錯覚かもしれない。

刑事の名刺をもらって警察署を出たあと、教えられたとおり歩いていくと、ちょうど五分後に大きな病院の建物が見えた。受付でヨヌの名前と自分が伯母であることを告げ、小児科のある場所を教えてもらった。たった一人の姪っ子とこんな形で会うことになるなんて。そう思うと、ただただ気が重かった。ルイからのメールで去年撮ったヨヌの写真を見たけれど、子どもの成長は早いから今はもう少し大きいのかもしれない。

それにしても、母さんがヨヌの写真を持っていたことは意外だった。アランが大きなお腹で飛行機に乗り韓国に行ってしまったあとは完全に連絡を絶っていたと思っていたのに。今回のことで分かったが、アランはヨヌを産んでから年に一度、クリスマスの頃にヨヌの写真と簡単な近況を知らせるカードを母さんに送っていたようだった。結局、四枚のカードがアメリカに届いた。母さんが返事を書いたかどうかは分からない。いつもの彼女ならしないだろう。だけど、がんを患ってから母さんはずいぶん変わった。死を前にした人間には、許せないことなんてないのかもしれない。

## 四

ヨヌは今、小児科病棟でソーシャルワーカーと一緒にいると看護師が言った。二人がいるプレイセラピールームに近づくにつれて緊張してきた。このまま消えてしまいたいと思いながら部屋の前まで来た私は、大きな正方形の窓ガラス越しに中を覗いた。女の子が一人、大人の女性と一緒に鮮やかな黄緑色のマットの上に座って粘土で何かを作っていた。よく見ると、作っているのは大人の方で、女の子はそれをぼんやりと眺めているだけだ。小さな肩を丸めた姿を目にした瞬間、堪えきれずに涙があふれて自分でも驚いた。生まれて初めて会うのに、姪だという理由だけでこんなにも感情が揺さぶられるなんて。

職員や看護師に教えられなくてもその子がヨヌであることはすぐに分かった。アランにそっくりだったから。小さな女の子の顔に、アランの大きな瞳が重なって見えた。ただ、一重のアランと違って、ヨヌの目はジョンフンに似て二重だった。鼻もそうだ。微笑むと愛嬌のある縦じわができるのだろう。ふっくらとした唇は間違いなくアラン似だ。妹の顔と、私の人生で父さん以外に愛した唯一の男の顔が混じった姪を見るのは複雑な心境だったが、感傷に浸っている余裕はなかった。

私は諸々の思いを振り払うように首を振ってからドアをノックした。中へ入ると、警察からすでに連絡があったのか、私を見たソーシャルワーカーの女性が軽く会釈をした。年は三十代前半くらい、短めのボブに薄化粧で、何の個性も感じられない制服のような紺色のスーツを着ていた。私もあいさつをして近づいた。彼女はヨヌに何かをささやいてその場に立たせた。

「ヨヌ、あいさつしようね。あなたに会いにアメリカから来てくれたおばさんよ」

「こんにちは、ヨヌ。私はあなたのおばさんで、アナンっていうの。ヨヌはとってもかわいいのね」

ヨヌはこくりと頭を下げたが、目には何の感情も浮かんでいなかった。伯母という言葉にも驚かず、かといって人見知りするわけでもなかった。アランが伯母さんとおばあちゃんについて話したことがあるのだろう。もしかするとおばあちゃんと電話で話したことがあるのかもしれないし、おばあちゃんが幼い孫娘にクマのぬいぐるみか何かを送ってやったりしたのかもしれない。

これまで周りに小さな子どもがいなかったこともあって、私はヨヌにどうやって接していいか分からなかった。しかもヨヌは、唯一の家族だった母親を突然失ったショックで話せなくなっている。そんな姪っ子にどう接するのがいいのか教えてくれるマニュアルなんてどこを探してもない。

その時ふと思いついた。二度と使うまいと思ったあの力を、今こそ使うべきかもしれない。これまでずっと、私に授けられた呪いのような能力について悩んできたけれど、ようやく分かった。宇宙の法則はなんて理不尽で残忍なのだろう。

　私は膝をついてヨヌと目の高さを合わせて言った。

「ヨヌ、やっと会えて本当に嬉しいよ。もっと早くに会えたらよかったのにね。おばさんがハグしてもいいかな？」

　ヨヌは何も答えなかったが、首を横に振ることもなかった。それを承諾の意味と解釈した私は、慎重にヨヌを抱きしめた。ヨヌは石像のように立ったまま、しばらく微動だにしなかったが、おもむろに細い両腕を伸ばしてぎゅっと私に抱きついた。思いがけない反応に心が震えて声が漏れそうになったけれど、ぐっと我慢してヨヌの小さな頭を優しくなでた。そしてヨヌの右腕を握って目を瞑った。


　周りが一瞬で闇に包まれた。前も後ろも分からない。誰かのすすり泣く声が聞こえる。私は声がする方に足を向けた。泣き声はだんだん大きくなっていく。子どもの声だ。気が急いて歩みを早めるとヨヌの姿が見えた。どこかの家のリビング？　ヨヌは床に座り込んでいて、あちこちにバナナ牛乳のパッケージが転がっている。玄関の方に椅子が置いてある。どうしてあんなところに椅子が？

　ヨヌがしゃべった。

「ママ、どこいったの？　かくれんぼはつまんないよ。もう何回も夜になって何回も寝たのに、ママがどこかわかんない。ママ、はやく出てきて。こわいよ。おなかもすいたよ。はやくきて」

ヨヌはしくしくと泣きながら起き上がり、袖口で自分の顔を拭った。涙と鼻水を拭きすぎたのか、袖のあたりがてかてかと光っている。それからリビングにあった椅子をずりずりと引きずって玄関の前に持って行った。玄関ドアは二重のロックがかかっていた。一つはオートロックで、もう一つはヨヌの手が届かない高さに設置された手動式のロックだった。

ああ、それで椅子を移動させたのか。ヨヌは椅子に上ってロックを外そうとしたけれど、うまくできずに何度も椅子から落ちた。見ていられなくて思わず手を伸ばした。すると再び目の前が明るくなった。

ソーシャルワーカーの女性とヨヌが、床に座り込んでいる私を怪訝な表情で見ていた。私の腕の中にいたヨヌはいつの間にか離れている。すみません、ちょっと目まいが、と言いつくろってよろよろと立ち上がった。私はヨヌの頭をなでてから、ソーシャルワーカーと一緒に部屋の外で話しをした。私の身元については相手も確認済みだ。ヨヌには私以外に保護者がいないためすぐにでも連れて行くことができるということだったけれど、私はホテルに子どもを連れて行きたくなかった。その前にアランが暮らしていた家も見ておきたいので、二日後に迎えに来ると告げた。セラピールームに戻り、ヨヌの目を見ながらなるべく分かりやすく説明した。

「ヨヌ、今日の夜と、明日の夜と、二回寝たらおばさんが迎えに来るからね。それまでここで待っててね。泣かないで、いっぱい遊んで、そしたら、おばさんがプレゼントをたくさん買ってくるから」

ヨヌは黙ってうなずいた。それを見たソーシャルワーカーは驚きの表情を浮かべた。入院してからヨヌは誰に対しても一切の反応を見せておらず、周りはかなり心配していたらしい。私は彼女に、これまで面倒を見てくれた礼を述べ、あと二日間だけこの子をお願いしますと頼んで部屋を出た。

ヨヌの記憶を見ることはできた。大きな収穫はなかったけれど、ヨヌが家の中に閉じ込められていたことは分かった。閉まると自動的にロックがかかる玄関ドアは、ボタンさえ押せばヨヌでも開けられるものだ。上の方にあったもう一つのロックはおそらくアランが取り付けたものだろう。母娘の二人暮らしだ。安全のために設置したことは容易に推測できる。その手動式ロックがかかっていたということは、ヨヌが外へ出ないようにアランがかけて出て行ったものと推測できる。

でも内側からロックをしたなら、アランはどこから外へ出たのだろう。どうしてわざわざそんな面倒なことを？　そもそもアランがヨヌを捨てるなんてひどいことをするはずがない。アラン以外に第三の人物がいるのだろうか？　いったい誰？

# 五

英語にNever say never.という言葉がある。絶対などと言ってはいけない、つまり、人生において断言できることなどほとんどないという意味だ。その言葉の正しさを証明するかのように、アランが行方不明になったあと、私は二度とやるまいと誓ったことをいくつもやってしまっている。

今日この家を訪ねたのもそのうちの一つだ。初めて来たのは五歳の時。今、目の前にあるこの家は外から見る分には以前とそれほど変わっていない。賃貸に出していた間、何度も修理をしたのだろう。

門の前でしばらく佇み、昔こうして同じように佇んでいたうちの家族を思い浮かべた。アメリカではいつもオーバーオールやジーンズをはいていた父さんが、珍しくスーツを着ていた。それは幼い私の目にもずいぶん流行遅れで古くさく見えた。母さんの方は韓服姿だった。アメリカでも韓服を着ていた母さんはいつも人目を引いたけれど、それは韓国でも同じだった。

おそらく普通に見えたのはアランと私だけだろう。二人ともこの日のために買ってもらった新しい服を着せられていた。私たち四人は、それぞれが違う理由で緊張していたことを思い出す。

深呼吸をして門を開けた。アランが消え、ヨヌがかろうじて外に出たあと開いたままだった門から警察が敷地内へ入ったという。門の鍵は見つかっていない。ルイが韓国の業者を手配して門の錠前を新しく付け替えた。新しい鍵はホテルのフロントに届いていた。

中に入ると、小さなテラスにスティール製のテーブルとラタンの椅子が置いてあるのが目に入った。そして二人掛けのスウィング・チェア。アランはきっとそこにヨヌを座らせて遊んでやったのだろう。テラスを通って玄関のドアを開けリビングに入った。部屋の中はさっきヨヌを抱きしめた時に見たのと同じ状態だった。警察の捜索があったため家の中は散らかったままだったけれど、確認したいものは揃っていた。床には空になったバナナ牛乳のパッケージが転がり、私が見た椅子はリビングの隅に片付けられていた。床には靴の跡があちこちにあった。ヨヌは一人ぼっちでこのグリーンのファブリックソファで寝たのだろう。そして起きてからもここで遊びながら一人で母親を待ったのだ。

リビングを出て他の部屋を見てまわった。キッチン、アランが使う寝室と書斎、二階にあるヨヌの部屋、そして物置のようになっている収納部屋まで見て回ったけれど、不審なところはなかった。手がかりになるようなものは全部警察が持って行ったのだろう。もう一度寝室に戻ってドレッサーの中を調べてみた。すると予想どおり母さんからのクリスマスカードが見つかった。どのカードにも、体に気をつけて、子育て頑張りなさいといったありふれたメッセージがひとことだけ書かれている。いかにも儀礼的だと思いながらふと気がついた。母さんはがんであることをアランに伝えていない。

ドレッサーの中をくまなく探ってみると、一番下の引き出しに最終ページまで記帳済みの古い通帳があった。ジョンフンの名前が並んでいる。彼が毎月アランに送金していたのか。そんなことだろうと思っていたのでほっとした。でもなんだか裏切られたような気もする。一人で子どもを育てながら、アランがどうやって生活しているのか気にはなっていたけれど、ジョンフンが二人の面倒を見ていたのか。もちろん母さんが生活費を出してやれないことはなかっただろう。でも縁を切った娘にお金を送るほど寛大な人ではない。

アランとジョンフンは別れたあとも子どものために仕方なく連絡を取り合っていたんだろうか。もしかすると母さんだけではなく、ジョンフンにも毎年ヨヌの写真を送っていたかもしれない。もっと頻繁に。もしかするとジョンフンはヨヌに会うために韓国を訪れたのかも。もしかすると、で始まる想像がどんどん膨らんでいくにつれて、とげのようなものがチクチクと心を突き刺した。私は通帳を閉じて引き出しに戻した。

今は感情に振り回されている場合ではない。アランを捜すための手がかりを見つけなければ。しかし家の中をいくら探してもそれらしきものは何も見あたらなかった。目の前にあるのは、母子二人暮らしの痕跡だけ。刑事でもなく、ただのレジデントでしかない私に何ができるのだろう。仕方なくスマホを手に取ってジョンフンに電話をかけた。

「私」

「どうなった？　アランは見つかったか？」

「見つかったなら、電話なんかしてないわ」

それきりしばらく会話が途絶えた。

「ごめん、長時間のフライトで疲れてるし、今ちょっと過敏になってて。許して」

「ああ、気にするな」

ジョンフンは低く響く声で返事をした。昔好きだったこの声を耳にすると、今でも動揺してしまう。私はそんな自分に心の中で舌打ちをしながら尋ねた。

「ずっとアランに生活費を送っていたみたいね。連絡取り合っていたの？」

ジョンフンがためらいがちに言った。

「君も知ってるだろ？　アランは今まで一度もまともに働いたことがない。それに大きなお腹で韓国に行ったんだ。一人でどうやって子育てするのか心配だった。君の母さんがアランを助けるとは思えなくて。給料が入ったらすぐに送金していた。ヨヌの養育費だから受け取ってほしいと言ったら素直に受け取ったよ。でも連絡はほとんどしていない。年に一度だけクリスマスカードとヨヌの写真が届いた。それだけだ」

ジョンフンは少し間をおいて続けた。

「多分うちの両親にヨヌを取り上げられるんじゃないかと心配だったんだろう」

その言葉に私は何も言えなかった。ジョンフンの母親の耳に入れば、十分にありえる。前途洋々たる一人息子に婚外子がいることが分かれば、すぐさまやってきてヨヌを奪い自分で育てようとするだろう。孫娘への愛ではなく、だいじな息子の将来を台無しにしないために。もちろん、アランと縁を切ったとはいえ、母さんがそれを黙って見ていたとは思えないが。いずれにしても当事者であるアランの立場が苦しくなるのは当然の成り行きだ。ここで疑問が一つ解けた。

「お願いがあるの」

「何でも言ってくれ」

「あなたがCIAで働いているのは知っているわ」

ジョンフンは驚いて息をのんだ。

「うちの母さんがどんな人か、あなたも知ってるでしょ。孫娘の父親がどこの誰なのかくらいは把握してるわ。それにうちの両親があなたを息子のようにかわいがっていたことも忘れてないでしょうね」

「何が欲しいんだ」

「アランがいなくなったのに、手がかりが一つもないのよ。警察はアランが男と駆け落ちでもしたと思ってるみたい。でもそれは違う」

「どうして違うと断言できる？　君もアランの性格を知ってるだろ？」

それを聞いて怒りが爆発しそうになったけれど、ひとことずつ噛みしめるように言った。

「私には分かる。確かにアランは自由奔放で情熱的な人間だけど、ヨヌを置きざりにするような子じゃないわ。それは双子の私がよく知っている。とにかく私も帰るまでに興信所でも何でも使って調べるから、あなたの方でも調べてほしいの。アメリカの情報局にも、探せばこっちの警察に顔がきく人がいるでしょ？」

ジョンフンはため息をつきながら、調べてみると答えた。そのまま電話を切ろうとすると、彼が慌てて言った。

「ヨヌはどうしてる?」

「やっと訊いたわね。病院よ。すぐに私が引き取るわ」

「そうか……ヨヌのことを頼む」

「言われなくても伯母の私がちゃんとやるから」

そう返事をして電話を切った。頭がズキズキする。バッグからたばこを取り出した。ラッキーストライク。思春期の頃、大人たちに隠れて地下室で三人一緒に吸い始めたたばこがまだやめられない。アランはきっとやめたんだろう。おそらくはヨヌのために。私はたばこに火をつけ、深く吸い込んだ。普段よりやけに煙が目に染みると思った。いつの間にか涙がこぼれていた。

## 六

ヨヌをこの家に連れて帰る前に、大掃除をして隅々まで磨き上げた。ルイが家政婦を手配すると言ってくれたけれど断った。アランとヨヌの暮らしを自分の目で直接確認したかったからだ。リビングの壁には、アランとヨヌが大きな雪だるまの前で笑っている写真がかかっている。額縁に溜まったほこりを払い、キッチンの収納棚にきちんと収められた器やフライパン、まな板などを洗っているうちに、アランが大の料理好きだったことを思い出した。アメリカで韓国料理のお店を出して成功した母さんの才能を受け継いだのは、私ではなくアランだった。

二階にあるヨヌの部屋も、明るくてかわいらしい雰囲気のインテリアでまとめてある。でも、どこか作り物っぽい感じが否めない。魂がないというか、目の前にある全てのものが、まるでアランが幼い頃夢中になっていたおままごとセットを実物大にしたもののように感じられた。自由にあちこちを飛び回りながら生きることを望んでいたアランは、子どもの世話をするだけの単調で孤独な毎日に満足していたのだろうか。ふとそんな疑問が浮かんだが、なるべく考えないようにした。アランはいつも気の向くままに生きていた。しかしヨヌをみごもってからは、それまでの生き方とはきっぱり決別した。はるばる韓国までやってきたのもそのために違いない。

掃除したおかげで意外な収穫もあった。玄関ドアのロックがかかっているのに、アラン、あるいは第三の人物がどうやって外に出たのかという疑問はあっけなく解けた。キッチンにもう一つ出入り口があった。庭に通じるドアからは、玄関を使わなくても門の方へ出ることができた。上部に小さな正方形のガラスが付いた白いドア。それにしても、あれだけ玄関のドアを開けようとしたヨヌがどうしてキッチンから出ようとしなかったのか不思議だ。私はコーヒーを淹れてテラスで飲みながら、そのミステリーについてじっくり考えた。

アランがいなくなって十日経つ。この間にキャッシュカードやクレジットカードが使われた形跡はない。スマホも電源がオフになっている。時間が経てば経つほど不安が募るのはどうしようもなかった。ヨヌを産む前のアランは、バンドのツアーでアメリカ中を自由気ままに移動しながら生きていたし、その間何カ月も連絡が途絶えるのはいつものことだった。アランはその気にさえなれば自分の足跡を完璧に消すことができる人間だ。

ルイが手配した興信所が、行方不明になる前のアランの行動を調査してくれた。ヨヌが四歳になると、アランは家から車で十分の距離にある英会話スクールでパートタイムの講師として働き始めたらしい。英語が流暢で、若く、子どもの扱いもうまいため生徒たちに人気があり、同僚の講師たちとも仲が良かったという。ただ、特に親しかった人がいたわけでもないらしい。とにかく、アランが韓国で唯一社会生活を送ったと思われる場所なので、もう少し詳しく調査してくれるよう頼んだ。

コーヒーを飲み干して病院に向かった。ヨヌは初日と同じく、私を遠ざけようとはしなかったけれど、喜んでいるようにも見えなかった。どこを見ているのか分からない目でぼんやりしている。きっとママを待っているのだろう……。私は努めて明るい表情を作ってヨヌに近づいた。

「ヨヌ、今日はおばさんと一緒にお家に帰ろうね。途中で何かおいしいものでも食べようか。ヨヌの服も買うの。どう？」

ヨヌは私をじっと見つめるだけで小さな口はぎゅっと閉じたままだ。

退院の手続きを終えると、ヨヌを連れてまずはデパートに行った。あの日ヨヌはパジャマ姿で家の外に出た。今日家を出る時にヨヌが着られそうな服を持ってきてはいたが、厚手の上着はアランがどこかに片付けたのか見あたらなかった。それでまずはコートとジャンパーを何着か買い、一番薄手のものを着せてデパートの八階にあるレストラン街に行った。子どもが好きな食べ物が分からず迷った末に中華レストランに入ることにした。これくらいの年の子なら好きそうだと思ってジャージャー麺を二つと酢豚と餃子を注文した。

ほどなくして料理が出てきた。するとヨヌは、ジャージャー麺を混ぜてヨヌの前に置いてやり、割り箸をヨヌの手に握らせた。するとヨヌは、まるで十日間何も食べていない人のようにすごい勢いでジャージャー麺をかき込んだ。私は驚いて水を注いでやりながらヨヌに話しかけた。

「ゆっくり食べてね。足りなければおばさんのも食べていいから。麺ばっかり食べないで、酢豚も餃子も食べなさいね」

私の言うことを聞いているのかいないのか、ヨヌはあっという間にジャージャー麺を平らげ、怖いほどの勢いで私の器を引っつかみ、まだ混ぜてもいないジャージャー麺を食べようとした。私が器を引き寄せて麺を混ぜてやろうとすると、ヨヌが手首に噛みついた。びっくりした拍子に手を引っ込めると、ヨヌは混ぜてもいないジャージャー麺を食べ始めた。隣のテーブルの人たちが驚いた目で私たちを見ていることに気づき、頭を下げながら

「この子、ジャージャー麺が大好きなんです」

と小さな声でつぶやいた。

ヨヌはジャージャー麺二杯を一瞬で平らげ、酢豚を半分くらい食べたところで箸を置き

急に立ち上がった。顔面が蒼白だった。私は急いでヨヌの手を引っ張りトイレに駆け込んだ。ヨヌはトイレに入るやいなや便器をつかんで食べたものを吐いた。私はヨヌの小さな背中をさすってやりながら涙をこらえた。ぐったりしたヨヌをおぶってタクシーをつかまえ、ようやく家に帰り着いた。

長い一日だった。タクシーの中で眠ってしまったヨヌを起こさないようにソファに寝かせ、毛布を出してきて、ヨヌの小さな体にかけてやってからキッチンへ行った。コーヒーでも飲まないと正気でいられない。黒い電気ケトルに水を注ぎスイッチを押すと、キッチンの窓のところに置いてあった白いラジオが目に入った。何も考えずにラジオをつけた。そうでもしなければ、シーンと静まりかえったこの家にいるのが寂しくて泣いてしまいそうだった。ラジオからはちょうどこの曲が流れてきた。

目を閉じればふと浮かぶ
懐かしい日の記憶
今も心がうずくのは

突然リビングで大きな声がした。眠ったはずのヨヌが起き上がって泣いていた。
「ママ、ママ、ママ、どこなの？」

十日ぶりに言葉を発したヨヌを強く抱きしめると、再び闇に包まれた。ヨヌの悲しげな泣き声がだんだん小さくなり、どこからか話し声が聞こえてきた。私は声のする方へ足を向けた。すぐ近くだ。気がつくとこの家のリビングに戻っていた。

男が一人立っている。暗くてよく見えない。しばらくすると室内が徐々に明るくなってきた。窓の外を見ると夜で、激しい雨が降っている。明かりがついたリビングに、黒いスーツを着た背の高い男が私の方に背を向けて立っている。体を震わせているのか？　また別の音がした。誰かが階段を下りてくる音だ。震えていた男が緊張した様子で音のする方を見た。

ピンクのパジャマを着たヨヌが降りてきた。思わず声を上げそうになった私は、慌てて自分の口を塞いだ。叫んだところで彼らには聞こえないが。寝ぼけまなこのヨヌは泣きそうな顔でその男に近づいた。

「ママー、ねえソヌ、ママはどこにいるの？」

ヨヌがソヌと呼んだその男は、意を決したように肩に力を入れ、背筋を伸ばしてヨヌに近づいた。

「ママは買い物に出かけたよ。眠れないの？」

「こわいゆめを見たの」

「何の夢？」

「あのうらぐちのドアからお化けが入ってくるゆめ。お化けが入ってきて、ママと私をたべたの」

「またその夢を見たんだ。大丈夫だよ。裏口のドアはママがしっかり閉めておいたからお化けは入ってこないよ。心配しないで寝なさいね」

「でもこわいの」

「じゃあ、僕が二階で一緒にいてあげようか？　ママが帰ってくるまで」

「うん」

ソヌという男がヨヌの手を引いて体の向きを変えた。彼の白い肌とはっきりとした顔立ちが一瞬だけ見えた。男はヨヌを連れて二階に上がった。しかし、背後に隠した彼の右手は、真っ赤な血で覆われていた。

## 七

アランがいなくなってひと月以上経とうとしている。無理を言ってとった休みがとっくに終わったというのに、まだ何の手がかりも見つかっていない。アランと同じスクールで講師をしていた男が一時捜査線上に上がった。名前はユン・イヒョン、何度かアランとデートをしたことがあるという。警察は彼がアランを連れ去った可能性もあるとして捜査したが、両親と同居している彼がどこか別の場所にアランを監禁しているという証拠は一切出てこなかった。

ユン・イヒョンは事情聴取の際、アランに好意を持っていたことを認めている。しかし何度かデートをして家まで送ったことがあるだけで、それ以上は何もないと主張した。アランが行方不明にならなければ二人の関係が進展した可能性はあるだろうが、子持ちであることはまったく知らなかったと言い、かなりショックを受けた様子だったという。そうしたことからも、ユン・イヒョンが犯人である可能性はないと見た。しかしこれだけのためにここまで来たわけじゃない。もう少し調べる必要がある。

捜査線上には上がらなかったけれど、ヨヌの記憶の中で見たソヌという男がなんとなく気になった。ヨヌが再び話し始めたとはいえ、ここで余計な質問をすれば小さな子を不安にさせるかもしれない。記憶の中でのことについて下手に聞くこともできずに私は焦った。悩んだ末、まずは例のスーパーに行ってみることにした。

ヨヌが昼寝をしている隙に急いで家から出た。いつ起きるか分からないからできるだけ早く情報を集めたい。足早に五分ほど行ったところに例のラッキースーパーがあった。がらがらと音がする引き戸を開けて入ると、五十代半ばに見えるオーナーの女性がレジカウンターの奥に座っていた。赤いトレッキングTシャツに黒いコットンパンツをはいて、不自然なほど真っ黒に染めた髪にはきつめのパーマがかかっていた。人は良さそうだ。私は入り口に重ねて置いてある買い物かごを手に取り、ヨヌが好きそうなお菓子とジュース、アイスクリームなどを適当に入れてカウンターに持って行った。

「こんにちは。ヨヌの伯母にあたる者です。先日はヨヌの面倒を見てくださってありがとうございました。アメリカから来たのであいさつが遅れました」

それを聞いた相手は目を丸くした。

「まあ！　どうりで見かけない顔だと思ったわ。ヨヌの伯母さんだったのね。そうですか。ヨヌはどうしてます？」

「はい……大事に至らず元気にしています。あなたがすぐに救急車を呼んでくださったおかげです。本当にありがとうございます」

そう言ったあとに、韓国ではこういうお店のオーナーを「あなた」ではなく「社長さん」と呼んだ方がいいことに気づいたけれど、彼女はどう呼ばれてもあまり気にしないタイプらしく、おまけにおしゃべり好きのようだった。

「そんな、当たり前のことをしたまでですよ。それよりも、ヨヌのお母さんについてはまだ何も分からないんですか？」

「はい、それがまだ……。あの、ちょっとお尋ねしてもよろしいでしょうか？」

「もちろんよ、お客さんもいないんだし」

彼女はがらがらの店内で店番をするのが退屈だったのか快く応えてくれた。

「近所でヨヌたちと親しくしていた人はいたのでしょうか？　社長さんがいつもヨヌをかわいがってくださったという話は警察で聞いたのですが。他にも誰かいたのかと気になって」

するとと彼女はしばらく眉間を寄せて考え込んだあと、ポンと膝をたたいた。

「よく分からないけど、たまにソヌがヨヌを連れて来てましたよ。年は離れているけど兄妹みたいでね、微笑ましかったのを覚えています。ソヌがヨヌの面倒をよく見てやってるような感じでした」

ソヌだって？　ヨヌの二度目の記憶に出てきたあの男だ。急に鼓動が激しくなるのを感じながら、なんとか平静を装った。

「ソヌというのは誰ですか？ヨヌとはどれくらい年が離れています？」

「あ、ソヌですか？彼はヨヌの向かいの家に住んでいた子です。この辺に昔から住んでてね、私は三年前に越してきたばかりで詳しくは知らないんだけど、その頃すでにソヌはこの町にいましたからね。多分お向かいさんってことでヨヌの家族と仲良くなったんじゃないかしら。たまにソヌがヨヌを連れて来てバナナ牛乳とかアイスクリームを買ってやってね。見たところ十くらいは年が離れてるようでしたよ。もっとかな？　私も正確には分かりません。とにかくね、ヨヌがソヌに向かって「お兄ちゃん」と呼ばずに「ソヌ」って呼ぶのがかわいらしかったのを覚えていますよ。あ、ソヌについて詳しく知りたいなら、キム不動産に行ってみたらどうです？　あそこの社長は昔からこの土地の人なので、この辺の住民のことならだいたいは知っているはずですよ」

彼女がそう言い終えると、通学かばんを背負った子どもたちが一斉に店内になだれ込んできた。時計を見ると近所の小学校の下校時間だ。私は店のオーナーに礼を言ってまた来るとあいさつし、急いで家に戻った。幸いヨヌはまだ昼寝から覚めていなかった。スーパーで買ったアイスクリームとジュースを冷凍冷蔵庫に入れ、さっき教えてもらった不動産屋の番号に電話をかけた。

五百年くらい毎日たばこを吸い続ければこんな声になるのだろうかと思うほど、かすれてくぐもった声の男が電話に出た。私は自分がヨヌの伯母だと名乗り、この家を貸しに出せるかどうかを尋ねた。仲介物件の知らせに興味を示した彼は、ヨヌとアランの安否については形ばかりの慰めの言葉を述べたあと、すぐさま取引の話に入った。

万一アランが見つからずヨヌだけを連れてアメリカに戻ることになれば、この家のものは全部運び出して賃貸に出すことに決めている。私は彼に、テナントが見つかったら連絡をくれるように頼んだ。ついでに向かいの家に住んでいたソヌという人物についてもそれとなく訊いてみた。

キム社長は疑いもせず知っていることを全て教えてくれた。スーパーのオーナーが言ったとおり、ソヌは向かいの家に住んでいた高校生で、アランが行方不明になったのと同じ頃にアメリカの名門大学に留学した。近所でも成績が良いことで有名だったという。物静かでシャイな青年だったが、たまにヨヌの手を引いて町内を歩いていた姿を見たことがあると社長は言った。

なぜ警察はソヌという人物を捜査しなかったのか気になった。でも未成年であることとアランとは特に接点がないように見えたこと、それに留学中で国内にいないことなどの理由から調べなかったのだろうと推測した。電話を切るとため息が出た。だけどもう一度スマホを手に取った。

結局何の手がかりも見つけられないまま休みが終わった。私はヨヌを連れてアメリカに戻った。残念なことに母さんの容体はさらに悪化していた。がんが転移したのだ。母さんはルイから、捜査の状況を詳しく聞いていた。これ以上手遅れになる前に孫娘に会えたのがせめてもの救いだった。

母さんはヨヌの姿を見ると同時に抱きしめ、とめどなく涙を流した。そしてその日からいっときもヨヌと離れなかった。私は病院の近くに借りていたマンションを引き払って実家に戻ることにした。ルイの他にヘルパーさんがいるとはいえ、若い男性が一人で病人と子どもの世話をするのは無理がある。悩んだ末に勤めていた病院を一年休職することにした。こうして私は母さんとヨヌとルイの四人で暮らすことになった。

がんと診断された母さんは、残りの人生に執着などないとばかりにルイを後継者に指名し、少しずつ人生を整理し始めた。そこへ突然次女の行方不明という衝撃と、残された孫の世話という大きな仕事が降りかかった。このことが母さんに、生きなければという意欲をもたらしたのだろう。孫娘と一日でも長く一緒にいたい、次女を捜し出したいという一心で、母さんは病院ですすめられた化学療法を受けるようになった。

ヨヌはいつも幼稚園から帰ると、おばあちゃんと遊んだり、ルイとチェスをしたりして時間を過ごした。毎朝ヨヌを起こして支度をし、朝ご飯を食べさせて、ヨヌの服やおもちゃを買い、幼稚園の先生と面談し、たまにお友達を家に招待してクッキーとミルクでもてなすのは私の役目だった。私は、伯母兼母親の役割に徐々に慣れてきた。私たち四人は、少しずつ安定を取り戻しているように見えたけれど、アランの行方についての疑問はとげのようにみんなの心に刺さったままだった。

私がバージニア州にあるラングレーまでやってきて、昨日から宿泊しているホテルの一階にあるコーヒーショップに座っているのはそうした理由からだ。長身でスレンダーな金髪のウェイトレスが注文をとりに来た。無地の白いTシャツと黒いパンツに、紺色のエプロンをつけている。

私はホットコーヒーと水を頼んで窓の外を眺めた。庭園にはすっかり葉を落とした木々が間隔をあけて植えられている。私たち家族にとって、あまりにもつらかった冬が去ろうとしていた。春が来る前にアランを見つけることができるだろうか。枯れた木々を見ている私の肩を、誰かがトンとたたいた。顔を上げるとジョンフンが立っていた。

高級品でも安物でもない黒のスーツに青いシャツと青いネクタイ姿。よく似合ってはいるけれど、もっと素敵な姿も知っている。私は次々と浮かんでくる思い出を振り払った。

「何を考え込んでいるんだ？」

ジョンフンが私の正面に座った。

「別に。何か飲む？」

「君は何を頼んだ？」

「ホットコーヒー」

「じゃ、僕も同じもので」

　金髪のウェイトレスは私の注文を聞いた時よりもずっと親切に接客した。彼女の口元に浮かんだわざとらしい笑みに気をとられていると、ジョンフンが口を開いた。

「ヨヌは元気？　こっちの生活には慣れたのかな？」

「おばあちゃんにべったりよ。母さんの方も孫娘にでれでれになっちゃって、そんな母さんを見るのは初めてだからこっちがびっくりよ。自分の娘にもそうしてくれたらよかったのに。ヨヌに嫉妬しそうになるわ」

　それを聞いたジョンフンはニンマリとして、私のグラスの水を勝手に飲んだ。まただ。そうやって無意識に人の心を揺さぶってくる。どうして私はジョンフンに会うだけでこんなに揺らぐんだろう。さっさと雰囲気を変えなくては。

「私が頼んだこと、調べてくれた？」

　彼はすぐに真面目な表情になった。持ってきた黒いアタッシェケースを開けて薄茶色のフォルダーを取り出した。

「君に頼まれた資料だ。僕にできるのはここまで」

「助かるわ。でもそこまで無理なお願いだとは思ってない」

「分かってる……。何かの手がかりになればいいけど」

「そうね」

「これから……これからも僕ができることは何でもするよ。それで……」

彼はしばらく間を置いてから言った。

「ヨヌに会わせてもらえないかな？」

私は水の入ったグラスを手に取りひとくち飲んだ。これについてはすでに母さんと相談済みだ。

「悪いけど、あなたも知っているとおり今ヨヌはかなりのショック状態なの。突然現れた伯母に連れられてアメリカに来て、ママから話で聞いただけのおばあちゃんと暮らし始めたことだけでも適応するのは大変なのよ。幼稚園ではまったく分からない英語でしょ。それでもあの子、平気なふりをしていつも笑って愛嬌を振りまいているの。本心はどうなんだか私には想像もできないわ。そこへ突然、死んだと聞かされていた父親まで現れたら、ヨヌは完全に混乱するはずよ。アランはヨヌに、パパは死んだと言い聞かせてたらしい」

「そうか、そうだな、確かに」

ジョンフンは黙ってコーヒーを飲んだ。その姿にちくりと胸が痛んで、コーヒーを二杯追加で注文した。私たちは何も話さずに、それぞれがもう一杯ずつコーヒーを飲んでから席を立った。ジョンフンがヨヌに会えるまで、どれくらい時間がかかるのかは私にも分からない。全てヨヌ次第だから。

ホテルの部屋に戻り、ジョンフンから渡されたフォルダを開いた。中に、あの男の写真が貼られた身元調査書ファイルが入っていた。キム・ソヌ、十八歳。H大学英文科一年。著名な小説家故キム・ソンジュンの一人息子。韓国ではアランの向かいの家に住んでいた。生まれた時からずっと同じ家に住んでおり、アランが行方不明になったのと同時期にアメリカ入国。留学はアランの事件が起こる前に決まっていた。

ここまでは特に怪しい点はなさそうだ。ただ、町内の住民に聞き込み調査を行った興信所の報告では、アランたちとソヌはかなり親しかったことが分かっている。彼が韓国を発った時期とアランが行方不明になった時期が重なっているのも気になる。ソヌについてヨヌにそれとなく訊いてみたが、残念ながら彼については何も覚えていないようだった。母親がいなくなった時のショックが大きすぎて記憶が定かではないのだろう。

ジョンフンがくれたファイルには、キム・ソヌが住んでいる大学寮の住所と携帯番号、クリスという彼の英語名が記されていた。次の週末あたり、母さんとヨヌをルイに任せて、ちょっと旅に出る必要がありそうだ。

## 八

キム・ソヌという男に会いに行く、正確には自ら調査しに行くという計画は、母さんの容体が急変したため延期した。ようやく会えた孫娘と一秒でも長く一緒にいたくて受け始めた化学療法だったが、彼女の体は期待したような反応を示さなかった。むしろがんは恐ろしいスピードで体中に転移した。休職中のレジデントではあるが、一応は私も医者の卵だ。手を尽くして調べてはみたが、このまま治療やケアを受けても回復する望みは薄かった。そして、これ以上体に負担を強いる治療を続けても、おそらく意味はないだろうと認めざるをえないほど、彼女の顔には死の影が見え隠れした。私はソヌという男に会いに行くのを一旦保留にして、母さんとヨヌのそばで過ごそうと決めた。

母さんは普段から口の重い人だったが、病気になってからは少しずつ自分の感情を表すようになった。激痛に襲われても彼女は弱音を吐かなかったけれど、表情やしぐさを見るだけで、私とルイ、そして幼いヨヌまでが、母さんの苦しみを察することができた。私たちはホスピスについて慎重に検討し始めた。一方で母さんはこれまでで最も幸せそうにも見えた。

両親は若い頃に出会って恋に落ちた。しかし両家の親から強く反対されたため、全てを捨ててアメリカに移住し二人の娘を産み育てた。母さんは身を粉にして働いた。資産家のお坊ちゃんだった父さんは生活力こそなかったけれど心から妻子を愛した。そんな夫のために働き続けた母さんは一家の大黒柱だった。韓国レストランの皿洗いから始めた彼女は、店の主人に料理の腕前を見込まれ、ついには料理長になった。もちろんそうなるまでには、元の料理長と髪を引っつかんでやり合うような場面もあったらしい。どれだけ辛酸をなめようと家族を食べさせるために歯を食いしばって耐えたという話を、私は大きくなってから聞いた。

母さんが料理長になってからレストランはたちまち人気店になり、店の前には長蛇の列ができた。母さんは穴のあいた靴下をつくろってはき、バス代を節約するために家から職場までバス停十五カ所分の距離を歩いて通った。そうやって必死でお金を貯めた三年後、独立して小さな食堂を開いた。

テーブルが三つだけのこぢんまりした食堂だったけれど、母さんの料理を目当てに遠くからもお客さんが訪ねてきた。おかげで店は繁盛し、店舗は一つから二つ、三つと、怖いくらいのスピードで増えていった。母さんは料理の腕だけではなく、事業家としての手腕にも長けており、資産運用もお手のものだった。母さんの成功には彼女の美貌も一役買ったに違いない。

経営するレストランが増えるにつれて経済的な余裕ができた母さんは、その頃から韓服を着て各店舗を見回るようになり、食材の品質と調理手順を厳格に管理する一方、真心を込めて客をもてなした。身長一六五センチの彼女は当時の東洋人女性にしては背が高く、豊かな黒髪をかんざしで一つにまとめ、いつもきれいにお化粧をしていた。

店に訪れた全ての客を丁重に、そして優雅にもてなす母さんを見て、アメリカにいる韓国人たちは妓生《キーセン》のようだと陰口をたたいたが、それは彼女の成功に対する妬みにすぎない。母さんの美貌と才能に惚れた男たちがどれだけ言い寄ろうと、彼女はいつも父さんだけを見ていたのだから。

そんな母さんに一度だけ尋ねたことがある。確か私が十歳の頃だ。

「母さん、気になることがあるの」

「何？」

出勤前の母さんはその日もドレッサーの前に座って口紅を塗っていた。白い肌に映えるほのかな赤い口紅は、幼い私が見てもよく似合っていた。

「ソウルのおばあちゃんがね」

ソウルのおばあちゃん、という言葉に、口紅を持っていた母さんの手がぴくりとした。

「ソウルのおばあちゃんがどうしたの？」

「母さんはこんなにきれいで料理もうまくて商売上手なのに、おばあちゃんはどうして母さんのことが嫌いだったの？」

母さんは何も言わずに化粧を終え、韓服姿を鏡に映して身なりを整えた。そして鏡の中の私をじっと見つめながら言った。

「それはね、母さんが巫堂《ムーダン》の娘だからよ」

「巫堂？　巫堂ってなに？」

「そういう人がいるの」

「じゃあ、母さんのお母さんが巫堂なの？」

アランと私は母方のおばあちゃんに会ったことがない。父さんと母さんは駆け落ちして以来、二度と故郷の祖母に会わなかったという。

「そうよ」

「ソウルのおばあちゃんはどうして巫堂をそんなに嫌っていたの？」

「あなたがもう少し大きくなったら教えてあげる」

その日は思ったより早く来た。そして私も、亡くなった祖母と同じくらい巫堂を嫌うようになった。

*

日ごとに痩せ衰え、体の水分と一緒に命までなくなってしまいそうだった母さんの容体がわずかに好転した。この世を去る前に神様が与えてくれた、束の間の平和なのかもしれない。朝、母さんに呼ばれてベッドサイドに行った。

「最近調子がいいの」

「うん。そうみたいね」

「私にはルイもいるし、ヘルパーのハンさんもいるし、ヨヌもいるわ」

「いきなりどうしたの？」

「あなたが何日か留守にしても大丈夫ってことよ」

何と答えていいか分からなかった。

「生きているうちにアランに会うのは、もう無理かもしれない。だけどあの子を捜すために最善を尽くさずには逝けないわ。だから行ってきなさい」

「分かった」

数日A市に滞在することにした。スーツケースにジーンズとTシャツを何枚か詰めているとノックの音が聞こえた。

「どうぞ」

ドアが開いてルイが顔をのぞかせた。一九〇センチを超える身長に体重八〇キロのルイは根っからのスポーツマンで、がっしりとしている割には俊敏だ。体格の割に小さく見える頭の回転は誰よりも早い。わずかに垂れた切れ長の大きな目は子牛のように澄んでいて、大きな鼻と輪郭のはっきりした唇も好感が持てる。ヨヌは初めてルイに会った時、大きなクマのぬいぐるみみたいだと言って喜んだ。ルイもヨヌを見るといつも両腕で抱き上げた。そのたびにヨヌは歓声を上げ、ルイおじさん大好きと叫んだ。

「どうしたの？」

「明日出発？」

「うん」

「気をつけて行ってこいよ」

「なんか水くさいわね」

「水くさい？　どこが？　醤油でもかけようか？」

私たちはお互いを見て笑い合った。韓国語があまりできないルイが「水くさい」という言葉を覚えるまで一年以上かかった。

アランと私より五つ年上のルイは、十代後半でこの家に引き取られ、家族のように過ごしてきた。母さんにとっては一人息子同然だ。中華系移民だった彼の父親は酒癖がひどく、父と二人暮らしだったルイは、うちの両親が毎週日曜にボランティアに出ていた無料食事サービスに時々来ていたという。ひょろりと背が高く、ぶかぶかの古いTシャツを着た痩せっぽちのルイを見て心を痛めた母さんが、彼のズボンのポケットに名刺を押し込んだと後日聞いたことがある。

彼の母親はルイが小さい頃に逃げたという。父親は酒を飲むたびにその怒りをルイにぶつけた。おとなしいルイは、父親より体が大きくなっても反抗せずに殴られるばかりで、よく青あざと絆創膏だらけの顔で無料食事サービスに来ては、黙ってご飯を食べていた。そんなある日、救急病院から母に連絡が入った。保護者はいるのかと聞かれたルイが母さんの名刺を出したという。

病院に駆け付けた母さんは、父親に殴られたルイの肋骨が三本も折れ、片目は腫れて開けることもできない様子を見て黙っていられなかった。当時ルイは十七歳だった。母さんは毎日のように鶏肉のお粥や牛肉と野菜のスープなどを作って見舞いに行き、ルイが退院できるようになると、彼の父親と会って直談判した。その日二人の間にどのようなやりとりがあったかは知らない。ルイさえも。退院したルイは我が家に引き取られ、その日から私たちは家族になった。

彼は恩返しをする小動物のように母さんのあとをついて回った。ルイが私たち家族を大切に思う気持ちは幼い私にも伝わった。彼は母さんのことを心から尊敬し、恩人のそばにいようと、学校が終わったらすぐ食堂へ行き母さんの仕事を手伝った。母さんはそれを止めなかった。したいようにさせておけばルイは逃げずにずっと家にいてくれると知っていたのだ。

母さんから直々に料理を教わったルイは、驚異的な早さで腕を上げた。いつかルイがこんなことを言った。母さんに言われたとおり一つ一つの野菜を丁寧に洗い、下ごしらえをして、まな板を消毒し、肉の味付けをしている間は、頭の中をからっぽにできると。父親に殴られた記憶も、母親に会いたくて泣いた記憶も全て忘れられたと。その感覚が好きで、ルイは高校卒業後、大学には行かず店で働くつもりだと宣言した。

拡大するレストラン事業の後継者を探していた母さんは、その頃からルイに目をつけていたようだ。できればアランと私のどちらかに事業を引き継いでほしかったらしいけれど、私は勉強ばかりしていたし、アランは歌手志望だった父さんに似て歌を歌いながら世界中を旅したいと言っていた。それでルイが母さんの料理の腕前と事業手腕をそのまま引き継ぐことになったわけだ。ルイは実に優れた弟子であり、今では母さんが心で産んだ息子と呼ぶほどの人だ。

「話でもあるの？　なんで人の顔をじっと見てるのよ」

「なんでもない。用事が済んで空港に着いたら電話して。迎えに行くよ」

「タクシーで帰るわよ」

「電話しろって」

「分かった」

ルイはにこりと笑って出て行った。言わなくても分かる。母さんに向けたルイの眼差しが母性を求めるそれであるなら、私を見る彼の眼差しはいつも何かを渇望するそれだった。抱きしめて、肌に触れて、キスをしたい、そういう眼差しだ。だけど愛の神様は残酷だ。ルイが私を見つめていた頃、私はいつもジョンフンだけを見ていたのだから。

ため息が小さくもれた。

# 九

A市に到着したのは木曜の午前中だった。ホテルにチェックインするにはまだ少し早い時間で、フロントに事情を伝えてスーツケースを預けた。私は小ぶりの茶色いリュックサックを背負ってサングラスをかけ、例のクリス、つまりソヌが通う大学までタクシーで向かった。名門大学らしく、キャンパスは雄大で美しかった。ジョンフンが手を尽くしてくれたおかげで、彼の住む寮と受講している講義のスケジュールが手に入った。それによると、今は講義室にいるはずだ。私は図書館の前にある芝生に座って、持ってきた本を開いた。本を読むような気分ではないけれど、だからといって彼が現れるまでずっときょろきょろしているわけにもいかない。大学図書館の前の芝生で本を読んでいれば怪しむ人はいないだろう。

芝生のあちこちでくつろぐ学生たちのおしゃべりを聞きながら陽だまりの中にいると、なんだか眠くなってしまう。ついうとうとしかけた時、何かが胸をチクッと刺すような違和感を覚えた。顔を上げると、ジョンフンが送ってくれたファイルの中の写真とまったく同じ姿の青年が歩いてくるのが見えた。キム・ソヌだ。私は心臓が飛び出しそうになるのを抑えるかのように片手を胸に当て、こっそりと彼の様子を窺った。ヨヌの記憶の中で見たあの男に間違いない。

身元調査所には身長一七八センチと書かれていたが、痩せているせいか一八〇センチ以上あるように見える。均整のとれた体はそのままファッションショーのモデルにでもなれそうだ。何より顔の造形が美しいのは誰の目にも明らかだった。男の顔を美しいと形容するのが適切なのかは分からないけれど、その言葉しか浮かばない。まるで生きた彫刻のようだ。

ソヌはミリオンセラーを連発する人気小説家だった父親によく似ていた。検索で見つけた彼の父親の写真は、どこか卑劣で下品な印象だったが、ソヌの方はそんな影などつゆほども見えない透き通った感じの青年で、父親より何倍も魅力的だった。案の定、芝生に座っている女子学生たちが彼の方をちらちらと見ている。

そのうちの一人がソヌの名前を呼んだ。栗色の髪を一つに束ね、ジーンズに白いTシャツを着たチャーミングな白人の女子学生だった。ソヌはその子のことをちらっと見て片手を上げただけで表情も変えずに図書館に入って行った。私は慌てて起き上がり、彼について早足に図書館の中へ入った。

ソヌは六人掛けの木製テーブルにかばんを置き、書架から何冊か本を持ってきて読み始めた。並外れた集中力の持ち主のようだ。私は彼の斜め向かいに座り、持ってきた本を読むふりをして彼を観察した。モデルか俳優のような外見なのは確かだけれど、どう考えてもアランが好きそうなタイプには見えない。それに十歳も年下だ。アランは好きになったら年など気にしない性格ではあったけれど、それでも。いったいアランはこの子のどこが良かったのだろう。ソヌは時々ノートにメモを取りながら、結局三時間じっと本を読み続けた。

私は二日間、ソヌにばれないよう注意深く行動しながらキャンパス内での彼の日常を追いかけた。刑事や探偵のようにはいかずとも、彼の生活が極めて単調であったため尾行はそう難しくなかった。朝起きると彼はキャンパスの周りをランニングし、授業を受け、あき時間は図書館に行って本を読むか勉強をする。お昼はカフェテリアでサンドイッチとコーヒーを買い、一人でベンチに座って食べた。友達はいなさそうだけど気にする様子はない。眉目秀麗な彼に寄ってくる人間はきっと多いはずだ。見た限りソヌは、誰かに話しかけられるといつもハエを追い払うかのようにそっけない対応をしている。人間嫌いなんだろうか。

これといった収穫がないまま二日が経った。家に帰るまでに残された時間を思うと焦った。私は何を期待してここまで来たのだろう。ソヌが私にアランの行方をあっさり打ち明けてくれるはずもないのに。ソヌが私を見て驚いて倒れるとでも？　アランと私が一卵性の双子ならそれもありえたかもしれないけれど、残念ながら私たちは二卵性であまり似ていない。悩んだ末に私は、最終日の朝に早起きしてソヌのいる寮へと向かった。彼の生活パターンからすると、きっと今日も寮に閉じこもったままだろう。なんとかして彼を引きずり出してお茶にでも誘わなければ。ダメなら自分が誰なのかを知らせて単刀直入に聞いてみよう。

そう心に決めて寮へ出向くと、タイミング良くソヌがルームメイトらしい背の低い痩せた男子学生と出かけるところだった。私はサングラスをかけ、グレーのパーカとブラックジーンズに白いスニーカーを履いて彼らのあとをつけた。ルームメイトはおしゃべりなのか、ほとんど口を開かないソヌに向かってひたすら話しかけている。ソヌはそんな彼と並んで歩きながら時折笑顔を見せるくらいだ。

よく晴れた日だった。私は彼らの少し後ろをついて歩いた。そのまま二十分ほど進むと人通りが多くなり、街に近づいていることが分かった。彼らがどこへ行こうとしているのかも見当がついた。通りの向かいにあるチャイナタウンではお祭りの真っ最中だ。どうしよう、一つ間違えれば彼を見失うかもしれない。仕方なく私は最後の手段に出た。

ソヌとルームメイトが信号の前で立ち止まると、押し寄せる人波で小柄なルームメイトが後方へ押しのけられてしまった。そのタイミングで私は、大胆にもソヌのそばに近づいて彼の名前を呼んだ。

「すみません、キム・ソヌさん」
人混みの中で突然自分の名前を呼ばれたソヌは、驚いた目で私を振り返った。すかさず私は彼の右腕をつかんだ。カチッとスイッチを消したように周囲が真っ暗になった。

雨の音が聞こえる。屋根に、窓に、木の葉の上に打ちつける雨音がだんだん大きくなっていく。あたりがぼんやりと明るくなってきた。どこからか声がする。私は音のする方へと足を向けた。少し歩くとグリーンのファブリックソファとオーバル形の木製テーブルが置かれたリビングが見えた。そこから十歩ほど歩いた先のキッチンには、ダイニングテーブルと四脚の椅子がある。アランの家だ。

テーブルを挟んでソヌとアランが向かい合って座っていた。ソヌの髪が濡れている。雨に降られたのか？　二人とも深刻な表情だ。アランが何か言った。するとソヌが声を上げた。驚いたアランが椅子から立ち上がると、ソヌも同時に立ち上がってアランに近づき彼女の腕をつかんだ。アランがそれを振り払うと二階から泣き声がした。ヨヌの泣き声だ。

はっと正気に戻った。腕をつかまれたままのソヌが驚愕した表情で私を見ている。例のごとく目まいがしてふらついた。その拍子に私の体がソヌの方に傾き、とっさに私を支える形になった彼が、私の首元に目をやった。ソヌの顔は瞬く間に蒼白になり、小さな声で何かをつぶやいたかのように見えたけれど聞き取れなかった。私の手を振り払ったソヌが道路の方へ一歩踏み出そうとしてバランスを崩した。その一瞬が命取りになった。

彼がよろけて転びそうになったところへ、道路の向こうからＵＰＳの白い大型貨物トラックが猛スピードで向かってくるのが見えた。私と、周りにいた大勢の人たちが悲鳴を上げた。

トラックに正面からはねられたソヌの体が空中に飛ばされた。その刹那、彼の目から涙がこぼれ落ちるのが見えた。私は全てに背を向けて狂ったように走り出した。大きなブレーキ音に続いて、人々の悲鳴と叫び声が後ろから追いかけてくる。修羅場のようだ。死に物狂いで走り続け、さっきいた場所からかなり離れたところまで来てようやく足を止めた。あたりは静かな住宅街だった。私は塀に手をついて胃の中のものを全部吐いた。そしてリュックからハンカチを出し、震える手で口元を拭いた。

「落ち着け、考えろ、どうすればいい、どうすればいいの」

目の前の景色がまだぐらついて見える。地面に座り込んで目を閉じ、そのまま身じろぎもせずにいた。

しばらくして私は、スマホを取り出しジョンフンに電話をかけた。三回目の呼び出し音で相手が出ると、ほっとしたあまり涙がどっとあふれた。我慢できなかった。泣きながらジョンフンにこれまでのことを話した。彼は黙って聞き、私の気持ちが昂って話を続けられなくなっても急かさずに待ってくれた。やっとのことで説明を終えると彼が言った。

「今すぐホテルをチェックアウトして家に戻って。後のことは僕に任せてくれ。そこで君のことを見た人はいる？」

「いないと思う。人も多かったし。それに……私が彼を押したわけじゃない」

「分かった。とにかく、そのソヌってやつがどうなったのかは、僕が調べてみるよ。君は家に帰って休んだ方がいい。しばらく何も考えるな。ニュースや新聞も見るなよ」

電話を切った。ジョンフンに言われたとおり、すぐにタクシーでホテルに戻り、スーツケースを持って空港に向かう途中でルイに電話した。五時間のフライトを終えて空港に到着するとルイが迎えに来てくれていた。

泣き腫らした私の顔を見ても、ルイは車の中で何も訊かなかった。家に着くと先に車から降りて助手席のドアを開け、まっすぐ立つことさえできない私を抱きかかえた。そして糸の切れた操り人形のような私を支えながら家の中に入った。夜の遅い時間だったためみんな寝静まっていた。ルイは二階にある私の部屋まで私を抱えて上がり、ベッドに寝かせてくれた。私は、優しく布団をかけて部屋を出て行こうとするルイの腕を思わずつかんだ。

彼は私の顔を見てベッドに腰掛けた。

「シャワー浴びたい」

私が言った。しばらく黙っていたルイが返事をした。

「ちょっと待ってて」

彼は部屋にあるバスルームに行ってバスタブにお湯を溜め、少し経ってからそばに来て私の服を脱がせた。ハートのネックレスだけを身につけた私を抱きかかえてバスルームに向かい、お湯を張ったバスタブに私を下ろして体が温まるまでしばらく待った。やがて彼は私の体を優しく洗い始めた。涙があふれた。初めてルイの前で裸になったにもかかわらず、なぜか恥ずかしさはなかった。全てがずっと前からそうであったかのように自然に感じられた。

ルイが私の体を洗い、シャンプーをして、タオルで拭き、バスローブを着せ、ドライヤーで髪を乾かして、またベッドに寝かせてくれるまで、私はずっと泣いていた。彼は、泣きやまない私のそばで横になり、たくましい両腕で強く抱きしめてくれた。私は小さな子どものように彼にしがみつき、泣きながら眠りについた。

# 十

夢の中の私は十五歳の少女に戻っていた。その頃まだ生理がなかった私は、妹のアランに先を越されて焦っていた。優しい父さんは、韓国人が経営するパン屋でケーキを買ってきた。その日はお祝いのパーティーが開かれ、大人の女性になったアランにみんながプレゼントを贈った。母さんがアランを呼んで、生理用ナプキンの使い方や、経血の臭いに気をつける方法を教えている様子を私は横目で見るだけだった。

最初の頃は平気なふりをした。母さんの言うとおり、双子だからといって生理まで同時に始まるわけではない。アランと私がそれぞれ別の人間であるように、体のリズムだって違うはずだ。とはいえ男の子のように平らな胸と平凡な外見を持つ私と違って、アランは生理が始まった頃から少しずつ胸が膨らみ、肌に潤いが出始めた。化粧をして香水をつけるようになった彼女に男の子たちの視線が集まった。そうした変化を目の当たりにした私は、だんだん胸が苦しくなっていった。何より、いつも私とアランと三人で遊んでいた隣の家のジョンフンがアランばかり見ているような気がした。不安に苛まれながら、彼は私だけのものであってほしいと強く願った。

何を見ても腹が立って仕方のない日々が続いた。そんなある日、私の新しいブラウスをアランが勝手に着て外出したことに気づき怒りは頂点に達した。その服を着て彼女が誰に会いに行ったかは知らないけれど、相手がジョンフンのような気がして耐えられなかった。私は告げ口しようとして母さんの部屋へ駆け込んだ。その日、たまたま体調が悪くて仕事を早めに切り上げた母さんは、ベッドで横になっていた。私は部屋に入るなり、寝ている母さんの腕をつかんだ。

「母さん、母さん、ねえ、アランったらさあ」

そう言った途端、いきなり周囲が暗くなって何も見えなくなった。まだ夜の七時なのに、まるで停電にでもなったかのようにあたりは真っ暗だ。怖くて寒気がした。私は母さんの腕を握ったまま、母さんを呼び続けた。

どこからか騒がしい音楽が聞こえる。初めて耳にするリズムだ。あ、でも、ひょっとしたら聞いたことがあるかも。確か、母さんの経営するレストランで見た韓国のテレビ番組に、こんな民族音楽のようなものが流れていたはず。（あのうるさい楽器はなんだっけ？　太鼓？　ケンガリ？〔註：小さなドラに似た韓国の金属製打楽器〕）とにかく、いくつもの打楽器を打ち鳴らしながら誰かが耳慣れないリズムを奏でていた。その音に誘われるがまま歩いていく。

すると目の前がかっと明るくなった。どこかの田舎の家の庭だ。真ん中に大きな竿のようなものが立っていて、そこに巻きつけられた五色の布が風にはためいていた。その旗竿の前で、華やかな服――韓服に似ているけれど母さんが普段着ているものとは違う――をまとい、頭に背の高い変な帽子をかぶった女の人がぴょんぴょん飛び跳ねながら踊っている。白い韓服を着た男の人がそれに合わせて太鼓をたたいていた。彼らの前には大きな折り畳み式の台があり、その上にはお供えらしき食べ物がたくさん並んでいた。人々が彼らを取り囲んで手のひらをこすり合わせながらずっと何かをつぶやいている。怖い。カルトか何かだろうか？　だけどそれよりも恐ろしい光景が目の前に広がった。

二本の包丁が置いてある台の前で、無地の白い韓服を着た少女が泣いている。なぜ泣いているのかは分からない。

周りの人たちは少女が包丁の上に乗ることを望んでいる雰囲気だ。私は絶句した。包丁の上に乗れだなんて、なんてことをさせようとしているの！　その時だった。うつむいて泣いていた少女が顔を上げた。私は息が止まりそうになった。どう見ても母さんだ。一度も見たことがなくても分かった。その少女は、紛れもなく幼い頃の母さんだった。

気がつくと母さんのベッドに寝かされていた。心配そうな表情をした母さんが濡れタオルを私の額に当てていた。右手で自分の額に触れるとびっくりするほど熱かった。

「母さん」

「うん、アナン、大丈夫？　いきなり気を失ったから驚いたわ。漢方薬でも飲んだ方がいいのかしら？　どうしてこんなに体が弱くなったのかしら」

「母さん」

「ん？　言ってごらん」

「私、変なものを見たの」

「何を？」

「夢の中で母さんを見た。夢かどうか分からないけど、本当に変だったの。母さんがどこかの家で白い韓服を着て包丁の上に乗ろうとしてるの。それに別の女の人が変わった韓服を着て飛び跳ねながら踊ってた。何だか分からないけど怖かった」

それを聞いた母さんの顔から血の気が引いた。今度は彼女が気絶するんじゃないかと思うくらい愕然としていた。母さんは私が夢で見たことをもう一度詳しく説明させた。私は自分が目にした光景を母さんが納得するまで何度も言葉で描写した。話しながら、言い忘れたことを思い出すとその都度付け加えた。私の説明を三度も繰り返し聞いた母さんは、大きなため息をついてから静かに言った。

「運命から逃げられないというのは本当なのね」

「どういう意味？」

母さんは洗面器の中の水にタオルを浸し、固く絞ってから私の額にのせた。そして私の手を握りながらささやいた。

「体調が戻ったら全部教えてあげるわ。とりあえず今はゆっくり寝なさい」

母さんがそう言い終えると同時に、私は嘘のように眠りに落ちてしまった。そしてはっと目が覚めた。


ルイが隣で横になり、じっと私を見つめている。

「何見てるの？」

「君を見てる」

「なんで横に寝てんの。誰が寝ていいって言った？」

私はついきまりが悪くて、昨夜のことなど覚えていないふりをした。とぼけたところで騙されるルイではない。彼は私をよく分かっている。彼は返事をする代わりに微笑んだ。

「私、どれくらい寝てた？」

「二時間ぐらい」

「その間何をしていたの？」

「君のいびきを鑑賞していた」

「うそ。私いびきかかないもん」

「どうして自分で分かるんだ？　携帯で録画しておいたよ。この先ずっと揺すってやろうと思ってね」

思わず笑ってしまった。

「そうそう、笑って。何があってもそうやって笑いながら解決していけばいい。さ、起きろ」

彼は大きな手で私のお尻をポンとたたきながら言った。

「いやよ、もっと寝る」

「下に降りてきて。君が好きなチャーハンを作ってやるよ。何をするにもまずは腹を満たさないとな」

「なにそれ、いつも母さんが言っていることじゃない」

鼻で笑いながらも私は起き上がった。よく考えると朝にコーヒーを飲んだだけで、何も食べていない。

キッチンへ向かうルイのあとを追って私も階段を下りた。彼は壁にかかっていたエプロンをつけて、冷凍冷蔵庫から下拵《したごしら》え済みの野菜と卵と冷凍ご飯を取り出した。私はテーブルについてその様子を眺めた。彼は大きな中華鍋をコンロの火にかけ、油を引いて温めたあと、卵を四つ割り入れてスクランブルエッグを作るようにかき混ぜた。次に解凍したご飯をその中に入れ、大きなお玉でご飯と卵をまんべんなく混ぜながら炒めてゆく。ある程度火が通ったらお玉の底でご飯をとんとんとたたきながらこんがりと焼く。そこへ野菜を何種類か放り込み、中華鍋を振りながら炒めた。

料理をするルイの姿はセクシーだ。一つ一つの動きが流れるように無駄がない。アランと私はかつて、そんなルイを見て武術の達人みたいだとよくからかった。

ルイはできあがったチャーハンを厚手の白い四角皿二つに分けてテーブルに持ってきた。冷蔵庫から母さんが漬けた漬物も取り出した。私たちはチャーハンを黙々と食べた。お腹の中がだんだん温かくなって満腹になると、私の心の中でうごめいていた恐怖が徐々に収まってきた。ご飯を食べ終わると、ルイはポットいっぱいにジャスミンティーを作り、ティーカップを二つ出してきて、一つを私の前に置いてお茶を注いでくれた。

「そろそろ話してごらん」

「何を？」

「君が話したいこと。恐ろしくて誰にも言いたくないけど、やっぱり誰かに聞いてほしいこと。僕が君の安全基地になってあげるよ」

私は深呼吸をして息を整えた。迷ったけれど、誰かに話すならその相手はルイがいい。

「すぐ終わるような話じゃないわ」

「大丈夫だよ。僕たちには長い夜とジャスミンティーがある。お茶ならいくらでも作れるよ。それに、僕はおしゃべりが好きだしね。君も知ってのとおり」

私は微笑んだ。彼の言うことは事実だったから。それから私たちは夜どおし話しをした。

暗い夜空にブルーのインクを落としたかのような色彩が空一面に広がり、キッチンの窓越しに朝日が昇るのが見えるまで話し続けた。正確には、私が話してルイはひたすら聞き続けた。私のカップが空になるたびにお茶を注ぎながら。そうして私は彼に全てを打ち明けた。

十五歳で初潮を迎える直前、自分に不思議な能力があることを知った時の衝撃。韓国で名を知られた霊感あらたかな巫堂《ムーダン》の娘として生まれた母さんが、親のあとを継いで巫女となるべきところ偶然出会った父さんと恋に落ち、逃げるようにしてアメリカに移住した話を、その頃初めて聞いたこと。母さんの料理の腕前は、幼い頃からお供え物を用意する過程で磨かれたこと。アメリカに来てあの忌まわしい因縁が切れたと思ったのに、自分ではなく娘の私がその血を受け継いでしまったこと。

昔から勉強熱心で優等生だった長女の私を、まるで息子のように頼もしく思ってくれていた母さんは、そのことがあってから、これまで以上に優しくしてくれるようになった。だけどアランは母さんがそうする理由を知らなかった。彼女がひねくれだしたのはその頃からだ。私に対する嫉妬心を隠さず、あからさまに嫌うようになった。男なら誰もが振り向くほど魅力的で人気のあったアランが、あえて私の初恋の人でボーイフレンドだったジョンフンを誘惑して一夜を共にしたこと。

ヨヌをみごもったのはその時で、父親がジョンフンだと知った私はアランと絶交したこと。母さんはジョンフンと別れた私の味方になってくれたこと。そして母さんがアランに冷たく接したことが原因でアランとヨヌが韓国で暮らすようになったこと。

明るくなっていく窓の外を見ながら、ゆっくりとジャスミンティーを飲んでいたルイが言った。

「君が十五歳の時なら僕もこの家にいたはずなのに、どうして気づかなかったんだろう」

「このことは母さんと私の秘密だったから。父さんだって知らなかったもの。亡くなる直前に言ったけど」

「そうだったのか。でもな、君がアランについて一つだけ誤解していることがある」

「何？」

「僕は十七歳でこの家に引き取られただろ？　母さんも父さんも僕を実の息子のように愛してくれたし、双子の君たちと同じように育ててくれた。それでも……やっぱり居候って負い目があってさ、こういうの、韓国語で何て言うんだっけ？　空気を読む？　顔色を窺う？　とにかく、そうやって暮らしていく中で分かったことがいくつかある。そのうちの一つが」

ルイはしばらく口をつぐんだあと、話を続けた。

「ジョンフンのことを好きだったのは君だけじゃない」

「え？」

「君たち三人は幼なじみだったよね？　僕がこの家に来た時すでに君たちは息の合った仲間って感じがしていたよ。僕は君たちより年上だったから仲間に入ることもできなかったし、そうしたいと思ったこともない。ジョンフンは僕のことを兄のように慕ってくれたしね。それで君たちをそばで見ていて気づいたんだ。ジョンフンを好きだったのは君だけじゃない、アランも彼のことが好きだった。ただ、アランはずっとその気持ちを隠していたんだ。君とジョンフンのことを知って諦めたんだろう。でも何かのきっかけでジョンフンがアランの気持ちに気づいてしまったんじゃないかな。アランもそれ以上耐えられなかったのかもしれない。つまり、君に対する嫉妬心や嫌がらせで好きでもないジョンフンを誘惑したんじゃなくて、姉である君のことが好きだったからこそずっと隠していた心が、ついに明るみに出たってわけ」

どうしてそんなことが分かるの、なぜそこまで確信があるの、とは尋ねなかった。私がジョンフンを見て、ジョンフンが私を見て、そんな私たちをアランが見ていた時、ルイは私たち三人を見ていたはずだから。うちで暮らし始めたルイが、いつからか私のことだけを見つめているのも知っていたから。私はルイの視線に気づかないふりをしながらも心のどこかで、アランではなく私を好いてくれる人が存在するという事実に有頂天になっていた。そしてなぜか心強さも感じていた。きっと私は、この優しいクマのぬいぐるみのような人に甘えていたのだ。私はそのことにようやく気がついて言葉を継げなかった。

ルイがカップを置いて立ち上がり、そばに来て私の頬を両手で包んで持ち上げた。「アナン・ケイト、君のことが好きだ。初めて会った瞬間から好きだった。澄んだ瞳と艶やかな黒髪と実直な君をずっと愛おしいと思ってきた。今日、君にどんなことがあったのか僕には分からない。今日のように、いつか話してくれればいい。その時に二人で一緒に解決しよう。でもこれからは君の兄ではなくて、恋人として、夫として君のそばにいたい。愛してる、アナン、結婚しよう」

彼の人の良さそうな大きな目をまっすぐ見つめながら私は返事をした。

「指輪もなしに済ませるつもり？」

ルイは明るく笑って、クマのように大きな体を折り曲げて私の唇にキスをした。ずっと探し求めていた故郷にやっとたどり着いたような感じのキスだった。私は、両腕を広げて彼を強く抱きしめた。

# 三章　ヨヌ

## 一

アナンおばさんに手を引かれてアメリカに来たのは四歳の時。それ以前のことはよく覚えていない。人はどこまで記憶をさかのぼることができるんだろう。生まれる前の記憶、例えば母親のお腹の中で心臓の音を聞いたという話をどこかで聞いたこともあるけど、そんなの嘘に決まってる。よほど衝撃的で珍しい経験ならともかく、人並外れた記憶力や超能力を持つ人でない限り、普通二、三歳までのことは覚えていないのでは。

経験は様々な感覚をともなって記憶に刻まれる。夏の日に汗だくになって市場から帰ってきた母親、赤いスモモが買い物袋から床に転がり落ちる場面、それを手に取って頬張った時に口の中いっぱいに広がる甘酸っぱい果汁。あるいは、冬の日のストーブの上でゆっくりと焦げていくサツマイモが放つ香ばしくて甘い香り。尻もちをついた幼い自分を、両手で抱き上げてくれた父親の広い胸や、たくましくて柔らかい肌の温もりを覚えている人もいるのだろう。

私の最初の記憶は、ママが歌ってくれた歌のメロディーだ。一人で私を育ててくれたママは、いつも何かを口ずさんでいた。毎朝コーヒーを淹れる時、リビングの掃除をする時、夕食のあと、アイスクリームを食べる私を見守りながら、汗をかいたグラスで冷たいビールを飲む時、ママはいつも歌っていた。

幼い娘のためだけではなくて、彼女は自分のためにも歌っていた。歌うのは童謡ではなくて、いつもママが好きな歌だけ。歌謡曲だったり、ポップミュージックだったり。中でもママが一番好きだった歌はＪａｕｒｉｍの『春の日は過ぎゆく』だった。どうしてこの歌が好きなのと私が訊くと、ママは微笑みながらこう言った。

「ヨヌがもう少し大きくなったら教えてあげるね」

こんなふうに言われるたびに私はヘソを曲げた。ママは答えに困る質問をされると、いつもそうやって逃げるから。私のパパはだれ？　パパはどこにいるの？　パパはどうして私たちと一緒に暮らさないの？　なぜ私とママと二人だけなの？　同じ質問を繰り返すたびに、もう少し大きくなったら教えてあげるね、とママは言った。だから待った。ずっとずっと待ち続けたのに、ママは何も教えてくれずにどこかへ行ってしまった。私の質問が難しすぎたのだろうか。

そんなやりとりを除けば、私たちは平和に暮らしていたように思う。私が四歳になると、ママは近所の英会話スクールで週二回、昼間に四時間だけ働くようになったけど、それまではずっと私だけのママだった。毎朝目が覚めるとママがキッチンかリビングにいたし、昼寝から起きて泣くとすぐにそばに来てくれた。朝はママと一緒に顔を洗って歯磨きをして、絵本や童話を読んでもらって、ママが歌うのを聴いて、きゅうりとトマトを切るママの隣で私もおもちゃのまな板と包丁でプラスチックの野菜を切って遊んだ。

近所のお姉さんが時々うちに遊びに来ていたことを覚えている。男の人みたいに声がかすれていて、大声で笑う人だった。ママが作った料理をおいしそうに食べていたお姉さん。お人形遊びをするように私の髪を編んで一緒に遊んでくれた。私は鏡に映る自分の髪がとても気に入って、お姉さんのことが大好きになった。彼女の他にも確か、背がすらりと高くてかっこいいお兄さんが遊びに来ていたと思う。ママが彼のことをソヌと呼んでいたから私もまねしてそう呼んだ。私がソヌと呼ぶたびにママと彼は大笑いした。やめなさい、とママが言うと、彼は大丈夫ですよと言いながら眩しい笑顔を私に向けた。

そしてある日、ママがいなくなった。いつもどおり朝七時に目が覚めた私は、階段を下りて一階に行った。普段ならママはその時間、リビングでコーヒーを飲んだり新聞を読んだり、ラジオから流れる音楽を聴きながらキッチンを片付けている。そして私に気づくと
「ヨヌ、起きたのね、よく眠れた？」

と笑顔で言いながら頬にキスをしてくれる。そして私はテーブルについて、ママがくれたお水を一杯飲む。

だけどその日はママの姿が見あたらなかった。夜中にずっと嵐のような雨が降っていて雷まで鳴ったから、その音で一度目が覚めたような気もするんだけど夢だったのかな。だからママもまだ寝ているのかな。それまでもママはときどき寝坊することがあって、そんな日はダイニングテーブルの上にビール瓶やワインボトルが並んでいたりした。ゆうべも

雨の音を聴きながらお酒を飲んだのかな。そう思ってママの寝室に行ってみたけどベッドで寝た形跡がなかった。幼い私はだんだん不安になってきた。

私はトイレのドアの前で叫んだ。

「ママ、中にいるの？　わたし、おきたよ！」

答えはなかった。ドアを開けると中には誰もいない。

二階に上がって、自分の部屋とウォークインクローゼットの中も捜したけどママはいなかった。ときどき二人でかくれんぼをして遊んだことがあるから、ママはどこかに隠れていて、私に見つけてもらうのを待っているのかも。

私はママを呼びながら家の中をあちこち捜し回ったけど、返事はなかった。波のように押し寄せる不安を抑えようと私は大声を出した。

「きっとママはおかいものに行ったのね。まえもそうだったよね。わたしがおひるねしてるあいだにぱっとおかいものに行ってくるねって。まってればきっとかえってくるよね」

私はいつもママがしていたように冷蔵庫から水の入ったピッチャーを取り出そうとした。私の背では届かなかったので、ダイニングテーブルの椅子を引きずって持っていき、その上に乗ってようやく取り出すことができた。冷たいピッチャーには水がいっぱい入っていて重かった。コップに水を注ぐ時に少しこぼしてしまった。椅子の背にかけてあったタオルでこぼれた水を拭いてコップの水を飲んだ。お腹が空いていたけど、きっとママがすぐにフルーツやパンを買ってきてくれると思ってじっと待っていた。そうやって一人ぼっちで三日も待ち続けたのにママは帰ってこなかった。

二

今夜も眠れない。肥大した幼虫のようにベッドの上でもぞもぞと体を動かしてみても、無情なまでに睡魔はやってこない。枕元に置いたスマホを手に取って画面を確認した。夜中の三時半。ため息をつきながら体を起こす。今夜こそ眠れそうな気がして、時計の針が十二時を指してからじっと横になっていたけどダメだった。眠れない夜にできることなんてない。不眠のつらさを知らない人は、どうせ起きているんだから本を読むなり何なりすればいいと言う。知らないからそんなことが言えるんだ。目いっぱい引っ張った弓のように全身がこわばって、誰かにネジを巻かれているみたいに頭が締め付けられて、心も体も緊張したままで暗闇の中に閉じ込められるのが不眠症だ。

音楽も耳に入らない。ドラマや映画にも集中できない。かわいい動物の動画をぼうっと見ることもできない。ただベッドに横になって暗い天井をにらみながら、忌々しい時間が過ぎ去ってくれることを祈るだけだ。一睡もできないまま夜が明け、日中はうとうとしてしまう。時々ビクッとして目が覚めると気分は最悪だ。生きているのか死んでいるのかわからない混濁した意識のまま、ゾンビのような日々を過ごしている。今日で三日目だ。

ベッドから静かに起き上がり、つま先立ちで階段を下りた。古い木造家屋の階段は歩くたびに軋む。人からはお屋敷と呼ばれるほど広い家だけど、十年以上も暮らしていれば、明かりをつけなくても何がどこにあるか隅々まで分かっている。目を閉じたままでも壁づたいに進めば問題ない。階段を降りて右に延びる長い廊下を二十歩進む。大きな四角い窓からこぼれる月明かりがキッチンの中を照らしている。おばあちゃんがこの家を買った時に大がかりなリフォームをして、レストランをいくつも経営する一家にふさわしい素敵なキッチンに生まれ変わった。

私は冷蔵庫が二台並ぶ壁の方へ行った。特大の冷蔵庫とワインセラーだ。地下にもう一つ大型冷凍庫がある。世界中の食材を買うのが好きなルイおじさんが、キッチンの冷蔵庫に入らないものをそこに入れたり、レストランで使う食材を入れたりする。私はフリーザーから、ベン&ジェリーズアイスクリームの大きな容器を一つ取り出した。大好きなクッキーアンドクリーム。おばさんがゆうべ焼いたキャロットケーキも冷蔵庫から出した。夕食後におばさんと私とルイおじさんがデザートに一切れずつ食べたから、まだ五切れ残っている。私はアイスクリームとケーキをダイニングテーブルに持ってきて食べ始めた。アイスクリームのふたを開けてまるまる一個を平らげ、好きでもないケーキを三切れ食べたところで、パチッという音がしてキッチンの明かりがついた。顔を上げると、ブルーのストライプ模様のパジャマを着たアナンおばさんが立っていた。私は反射的にうつむいてしまった。おばさんは立ったまましばらく私を見つめたあとそばへ来た。

「夜食？　私も一緒に食べていい？」

罪悪感と申し訳なさと恥ずかしさで私は何も言えなかった。おばさんは私の頭を優しくなでると、カウンタートップに置いてあるフィリップスの青いケトルにお湯を沸かし、ターコイズ色の陶器のポットにジャスミンティーの茶葉を入れてお湯を注いだ。茶葉が開くとグラスに注いで私の前に一つ置いてくれた。椅子に腰掛けたおばさんが自分のグラスを両手で包むように持ちながら少しずつ飲み始めた。テーブルの上に重い沈黙が流れ、わずかに残ったアイスクリームがゆっくり溶けていく。お茶を飲んでいたおばさんが、私のフォークを取ってケーキを口に入れた。

「今回はちょっと甘くなったけど、うん、おいしい。やっぱり夜中に食べるスイーツは最高よね」

平然を装うおばさんの声が悲しく響いて、私の目から涙がぽろぽろとこぼれた。おばさんが立ち上がってそんな私を抱きしめてくれた。

「ごめんなさい、おばさん、こんなつもりじゃなかったのに、自分でもどうしようもないの」

「分かってる、分かってるから。ヨヌの気持ちをすべて分かってるとは言えないけど、それでも大丈夫、大丈夫だよ」

大丈夫だと言ってくれるおばさんの胸で泣きじゃくった。その声で起きてきたルイおじさんは、何も言わずに私たち二人を抱きしめた。大きくてふわふわしたクマのぬいぐるみみたいなルイおじさん、優しくて温かいアナンおばさん、大好きな二人がそばにいてくれるのに心の中の悲しみが癒えることはない。私はどこに救いを求めればいいのだろう。

*

きっかけは単純なことだった。でも単純だったのは表面的な部分だけなのかもしれない。凍てついた湖の分厚い氷がある日突然割れることはない。最初は小さな亀裂だったはずだ。それに気づかない人が勇気を出して、あるいは虚勢を張って氷の上に足を踏み出すのだ。愚かな行動を真似する人が増えれば負荷はどんどん大きくなる。龍が暴れても割れそうにならなかった氷の中で、小さな亀裂が音を立てて広がり、やがて、愚か者たちはその亀裂の中に飲み込まれてしまう。

アメリカに来た当初は全てが初めてのことばかりで、幼い私は戸惑った。新しい生活になかなか慣れることができなかった私に、ルイおじさんがチェスを教えてくれた。意外と私にはチェスの才能があったらしくて、小さい頃はいろんな大会で賞をとった。そのおかげで英語もどんどんうまくなって、友達もたくさんできた。カルチャーの異なる人たちの中でもうまくやっていけるようになると、学校生活も忙しくなった。チェスよりも、水泳や陸上、文学サークルなどの課外活動に夢中で、気がつけばチェスボードにはもう何年も触れていなかった。

そんなある日、私たち一家が通う教会の牧師が、二カ月後に迫ったクリスマスの記念行事で慈善チェス大会を開こうと言い出した。実は我が家で敬虔なクリスチャンはルイおじさん一人で、おばさんと私は何度か教会について行ったことがあるくらいだ。それさえも途中でこっそり抜け出してしまい、その後はまったく通っていない。チェス大会の話も唐突だけど、青少年部の前チャンピオンだった私を招待して一般参加者が挑戦できるようにしようと荒唐無稽なことを言い出した人がいた。それが誰だったのか分かれば、今すぐ飛んで行ってそいつが失神するまで胸ぐらをつかんでやりたい。

とにかく、ルイおじさんが私の顔色を窺いながら、参加してくれないかと頼むので、私はいつものように笑顔でいいよと返事をした。愛するルイおじさんの頼みでもあるし、経済的に困窮している人たちのためのチャリティーイベントだから断りづらかったのもある。その頃の私にとってノーと表明するのは、何よりも難しいことだった。そしてそのイベントで事件は起こった。

チェスを始めて二年しか経っていない九歳の男の子に初戦であっけなく負けたのだ。私は完全に冷静さを失い、次の試合も負けた。三番目の対戦相手と向かい合ってチェスボードを目にした途端、急に息苦しくなった。呼吸ができない。冷や汗が流れ、まるでボードの上で嵐が吹き荒れているかのようにチェスの駒がぐるぐると動いて見える。ちょっと外の空気を吸ってくると言って立ち上がった私は、その場で意識を失った。

びっくりしたおじさんと教会の人たちが、アナンおばさんの勤務する病院に私を運び込んだ。心臓のほかにいくつも検査をしたけど、どこも異常はなかった。急いで駆け付けたアナンおばさんとルイおじさんに担当ドクターは退院許可を出しながら、児童精神科の受診をそれとなくすすめた。そして私はパニック障害と診断された。

それが一年前だ。以降、周期的に起こるパニック発作とひどいうつ病に苦しんでいる。私は十八歳になり、体重が二〇キロ増え、学校は休学した。最後に家の外に出たのはいつだったか思い出せない。

三

初めてパニック発作に襲われたあと、私はしばらくベッドから動けなかった。巨大な岩の下敷きになったかのように指一本動かせず、何も喉を通らなかった。しきりに喉が詰まって涙があふれた。一度涙が出ると、家中に泣き声が響き渡るほど号泣した。そのたびにおばさんとおじさんが部屋に来て、赤ん坊をあやすように泣きやむまで私を抱きしめてくれた。どうしてこんなにつらいのか、悲しいのか、体がしんどいのかまったく分からなかった。

理由が分からないのはおばさんやおじさんも同じだった。でも本当は三人とも知っていたんだと思う。いつかは爆発する時限爆弾が私の中でカチカチと音を立てていたことを。それがいつか分からず、みんな無意識に息を殺して暮らしてきたことを、それぞれが気づかないふりをしていたことを。

ママを捜しにソウルに来たアナンおばさんに連れられてアメリカで生活を始め、その半年後におばあちゃんが子宮がんで亡くなった。一クール目の抗がん剤治療を受けていたおばあちゃんは、娘が行方不明になったことと、孫娘と突然一緒に暮らすことになったことに大きなショックと喜びの両方を同時に感じていたと聞いた。アナンおばさんの話では、ずっと感情表現を抑えて生きてきたおばあちゃんが、孫娘の私を不憫《ふびん》に思うあまり、これでもかと愛情を注いでくれたらしい。おばあちゃんは病を押してキッチンに立ち、私のために鶏肉のお粥やシッケを作ってくれて、チヂミも焼いてくれた。

ママと暮らした四年間よりも、おばあちゃんと暮らした半年の間に食べた韓国料理の方が多かったと思う。おばあちゃんの愛情と期待に応えようと私も一生懸命食べた。食欲がなくても、満腹でも、おばあちゃんの前では何でも平らげた。

「おばあちゃん、すっごくおいしい！」

親指を立ててそう言うと、おばあちゃんの顔がぱあっと明るくなった。その頃からだろうか、食べ物と私の関係がおかしくなり始めたのは。

パニック発作に続いて、深刻なうつで苦しむようになった私は、虚無感と寂しさを食べることで埋めようとした。暴食に走る私をなんとかして救おうと、おばさんはあらゆる治療法を試してくれた。私の摂食障害はかなり前から始まっていたと彼女は見ていた。ママがいなくなった家にたった一人で残された私は、その数日の間に、冷蔵庫にあったバナナ牛乳を全部飲んでしまった。運悪くその中に賞味期限が過ぎたものがあって、私はお腹をこわしたと聞いた。

どうもその頃から食べ物に対して強迫観念が生じたらしい。おばさんと一緒に初めてデパートに行った日、四歳の私がジャージャー麺を二杯も平らげてからすぐに吐いた姿を見て、心の中でどれだけ泣いたのか分からないとおばさんが話してくれたことがある。でもなぜか私はまったく覚えていない。

おばあちゃんが亡くなった時は、ママがいなくなった時よりもずっと悲しくて怖かった。私が好きな人はみんな私のそばからいなくなってしまうの？　世の中に永遠なんてないの？　ずっと私のそばにいてくれる人はいないの？　ママもいない、パパもいない、そしておばあちゃんまでいなくなった。砂嵐が吹き荒れる砂漠の真ん中に一人で立ちすくんでいる気分だった。

アナンおばさんとルイおじさんは私のことを心から愛してくれているけれど、それもいつまで続くんだろう、考えると恐怖で押しつぶされそうになる。そのたび好きでもない食べ物を口に放り込んだ。中国系アメリカ人のルイおじさんは、おばあちゃんのレストラン事業の後継者らしく、中国とアメリカと韓国の料理に精通しているだけでなく、趣味と仕事を兼ねて新しいフュージョン料理の開発に熱心だった。

私はおじさんがキッチンで料理するのを手伝い、彼の作る新作料理を食べた。おじさんは何でもおいしそうに平らげる私を見て、本当に楽しそうに食べるねと言って目を細めたし、おばさんも、私がたくさん食べても太らない体質でよかったねとことあるごとに言いながらウィンクをした。私もウィンクを返した。

誰も気づかなかったのだ。太らない体質なんかじゃないってことを。おばあちゃんが亡くなって二、三年経った頃から、私は摂食障害になっていた。おじさんが作っておいた料理も、おばさんが冷蔵庫やパントリーいっぱいに入れておいた食材も果物もデザートも、時間に関係なく食べ尽くした。心臓にぽっかり穴があいたように虚しくて、寂しいときはいつもアイスクリームやチョコレートやゼリーを食べたし、朝はバターとジャムを分厚く塗ったトーストを五、六枚食べて、さらに牛乳を二杯飲んでから出かけるようになった。夕食も、おばさんとおじさんが驚くほどの量を食べた。そんな自分が嫌で、夜中に起きてはトイレで口の中に指を突っ込んで吐いた。

最初は食べすぎて胃が苦しかったからやった。でも一度やったことがいつの間にか習慣になってしまった。おばさんとおじさんには絶対に隠しておきたかったし、実際にバレなかった。あの日全てが明るみになるまでは。

パニック発作が起きる以前の私は、学校のテストで全てA評価をもらう優等生だった。水泳と陸上が得意で、友達にも人気があった。

でもそうなるまでには血のにじむような努力をした。ひとことも英語をしゃべれなかった幼稚園ではいじめられたし、その後も、どうしてパパやママじゃなくておじさんおばさんと暮らしているの？　なぜ目がつり上がってるの？　なんか変な臭いがする、などと残酷な言葉とともにからかわれることも多々あった。それでも私は誰にも言わずに一人で耐えた。韓国で暮らせないからアメリカまで来たんだ。ここで見捨てられたら他に行くところはないと思ったから。

おばさんとおじさんは立派な医者とレストランをいくつも経営する会社のオーナーで、誰が見ても完璧な夫婦だった。そして私を実の子のように愛してくれる。でもそんな二人にも苦悩はあった。子どもが欲しかったルイおじさんと、なかなか妊娠できずに悩んでいたアナンおばさんは、人工受精を試みた。経済的にも肉体的にも負担の多い治療を何度か試したがうまくいかなかった。それでも二人は希望を失わなかった。私もかわいい弟か妹ができますようにと祈った。

でも本当を言うと、私が祈ったのはそれだけではない。私はおばさん夫婦にかわいい赤ちゃんができますようにと願ったすぐあとに、やっぱりできないでほしいと祈った。二人に子どもができたら自分は後回しにされるかもしれない、ママと同じように、おばさんにも捨てられたら、と思うと怖かった。アナンおばさんが三度目の試みでとうとう妊娠したのが分かったとき、私は嬉しかったと同時にとても怖かった。

ルイおじさんは世界中の幸せを全て手に入れたかのように嬉しそうだった。彼はブランケットに包まれた赤ん坊を扱うかのごとくおばさんの体を気遣った。だけどそのあとおばさんは流産してしまった。そして私の恐怖は頂点に達した。私があんなことを祈ったせいでお腹の中の赤ちゃんが死んじゃったのかもしれない。もしかしたらママも、こんな醜い本性を知ったから私を捨てたのかもしれない。眠れない夜にはいつもそんなことばかり考えた。

　クリスマスを二カ月後に控えてチャリティーチェス大会に出場した十七歳の私は、いつも笑顔の優等生で、思春期を拗《こじ》らせていない完璧な姪だったけれど、眠れない夜にはどろどろとした黒いものが人知れず顔を出す化け物でもあった。もう限界だった。だから発作が起きるのも無理もない。いくつもの仮面を持つ人間が、たった一つの顔だけで生きていくなんてもともと無理なことなんだ。たとえ天才役者だったとしても。

# 四

　気づくとベッドの上にいた。暗幕のような遮光カーテンのせいで、部屋の中は真っ暗だ。今何時だろう。夜になっても眠れず寝返りを繰り返し、仕方なく起き上がってキッチンへ行き、冷蔵庫を襲撃する勢いで過食し、吐き気をもよおして苦しんで、お昼頃になってようやく一、二時間眠る。そんな日が何日も続いていた。体がついに降参したのだろうか。昨夜おじさんが作ってくれた夕食の残りを冷蔵庫から出して、冷たいままむさぼったあと、そのままことんと寝てしまったようだ。

「起きなさい」

　おばさんがそう言ってシャッとカーテンを引いた。いきなり差し込んだ太陽の光が眩しすぎて、私は眉を寄せながら枕で顔を隠した。

「おばさん、もうちょっとだけ寝かせて。ゆうべも眠れなかったの」

「ダメよ、起きなさい。もう夕方の四時よ。こんなことしてたら生活リズムが崩れて体にも良くないわ。さ、しんどくても起きなさい」

「もう、疲れてて眠いんだってば。あと一時間だけ」

「ダメ、起きなさい！」

ヒグマのように肥大した体をもてあまして、毎日ベッドに横になるか座ってばかりいた私をこれまでそっとしておいてくれたおばさんなのに、今日はいやに強硬だ。

「起きなさいって言ってるでしょ」

「ああもう、くっそウザいな！　眠いんだってば！」

思わず飛び出した粗暴な言葉に自分でも驚いた。唖然として二の句が継げずにいたおばさんが、いきなり私の手首をつかんで持ち上げた。その拍子にグレーのパジャマの袖がめくれて腕が剥き出しになり、リストカットの跡が見つかってしまった。眠れない夜や、ひどい抑うつ状態に陥るたびに、私は引き出しの中に入れておいたカッターナイフで自分を傷つけた。バーコードのように並んだ傷を見つけたおばさんは目を剥いた。

彼女は口を一文字に結んだまま、私の手首をさらに強く握って、寝ていた私を起こそうとやっきになった。私はこれ以上弱みを見せたくない一心で必死に抵抗した。

身長一六八センチで体重が七五キロ近い巨体の私と、一六二センチで体重五三キロのおばさんとでもみ合いになった。だけど毎朝六時に起きて近所のリバーサイドを一時間走り、夜はジムでキックボクシングを習っているおばさんと、パニック発作を起こしてから一年以上も運動どころか散歩さえまともにしていない私とでは、はなから勝負にならない。

結局おばさんは私の体を起こして座らせることに成功した。彼女は私のパジャマの上着を脱がせ、私は投げやりな気持ちでされるがままでいた。おばさんは左の二の腕に刻まれた自傷の跡を見て口を開いた。

「下も脱いで」

「おばさん」

「同じこと言わせないで。脱ぎなさい」

ため息をつきながら言われたとおりにした。太ももの内側にも、二の腕と同様にカッターで切った跡がいくつも並んでいる。憂鬱な気分がピークに達すると、周りの世界が黒いインクで塗りつぶされたように見える。その中では喜びも、悲しみも、怒りも、驚きも、失望も、絶望も、生きている実感も、生きたいと願う気持ちさえもない。以前好きだった音楽を聴いても何の感動もなく、どんなに美しいものを見ても、おいしいものを食べても、かわいい仔犬を見ても、何も感じない。

自傷行為は最後の抵抗だった。薄い皮膚にカッターを当て、力を入れて引くと血の滴がこぼれ出す。その痛みで、まだ生きていることを実感できた。それはある意味、私にとって最後の砦だったのかもしれない。死んでしまいたいと思う自分を最後の最後に救ってくれる境界線。自傷行為は声を殺した絶叫であり、私が自分に投げてやる命綱だったのかもしれない。もちろん、おばさんが高いお金を払って通わせてくれた私のカウンセラーは違う見立てをするだろうけれど。

　私の手脚をくまなく調べたおばさんは、他に怪我をしたところがないかチェックしたあと、パジャマを着せてくれながらこう言った。

「ここまで苦しんでいるなんて知らなかった。ヨヌ、ごめんね」

「おばさんが謝ることなんてない。私の方こそごめんなさい」

「どうして謝るの？」

「こんな自分が申し訳なくて。おばさんとおじさんがとってもだいじにしてくれてるのは分かってる。何不自由なく暮らしてるのに。友達もいるし、その気になれば将来を夢見ることもできるのに。私も自分がどうしてこうなっちゃったのか分からない」

　おばさんはしばらく何も言わなかった。彼女の沈黙が怖くて、普段言えずにいた言葉がついあふれ出た。

「でも、生きる理由が分からないの。恵まれた環境で、愛されて暮らしているのに、いつも何かが足りないの。いつもいつも虚しいの。しょっちゅう不安で寂しくて憂鬱なの。おばさんにこんなこと言うのは本当に悪いと思ってる。でもいくら考えても生きる理由が見つからない」

　話しているうちにまた涙があふれた。おばさんはベッドに腰掛けて私をぎゅっと抱きしめ、黙って背中をさすってくれた。私が泣くたびいつもそうするように。泣きやむとおばさんが微笑んだ。

「お腹空いたでしょ？　泣きすぎて」

一瞬呆気にとられたけど、つい噴き出してしまった。

そんな私を見ておばさんも声を出して笑った。

「さ、行って朝食、いやもう夕方か、一緒にチキンスープでもどう？　あなたの好きな中華風のチキンスープをおじさんが作ってくれたわ」

おばさんが先に部屋を出た。私はパジャマを脱いで、おじさんが好きなミッキーマウスのビッグTシャツと膝丈の黒いトレーニングパンツに着替えておばさんのあとを追った。キッチンにある茶色のオークテーブルにつくと、おばさんがグラスに水を注ぎ、ＩＨコンロの上にある大きな鍋から、スープを二杯すくって器に盛った。私たちは黙ったままおじさんが作ったチキンスープを飲んだ。昔『こころのチキンスープ』という陳腐なタイトルの本が流行ったらしいけど、本当にそういうスープがあるなら、ルイおじさんの作るスープのことじゃないかと思う。わんわん泣いて空っぽになった心を、温かいスープが優しく満たしてくれる気がした。

スープを飲み終えると、おばさんはコーヒーを二杯淹れて一杯を私の前に置いた。

「ちょっと待ってて。あなたに見せたいものがある」

おばさんはそう言って書斎へ向かった。なんだろう、いつもと違う。私がコーヒーをあまり飲まないことはおばさんも知ってるはずなのに。湯気の立つ黒いコーヒーを見つめていると、おばさんが薄茶色の分厚いフォルダーを二つ抱えて戻ってきた。

おばさんはフォルダーをテーブルに置いて言った。

「あなたがコーヒーを好きじゃないのは知ってる。でも今日はそれを飲みながらこのフォルダーの中身をじっくり読んでみて。生きる理由が分からないって言ったわよね？　このフォルダーは私が解決すべき宿題だけど、もしかしたらヨヌにとっても生きる理由になるかもしれないわ。いつかは見せてあげようと思ってた……その日がこんなに早く来るとは思わなかったけど」

いつもジョークを飛ばしてふざけているおじさんと違って、おばさんは普段から医者らしくテキパキしているのに、今の表情は悲愴そのものだ。愛する姪っ子の自傷行為の傷跡を見たせいだけではなさそうだった。なんとなくこのフォルダーの中に、うつやパニック発作や自傷や摂食障害よりも深刻な問題が記されている気がして怖気《おじけ》付いた。

この一年間、苦しみの中で足掻《あが》きながら得た唯一の収穫があるとすれば、それは打たれ強さだ。今の状態よりもっと恐ろしくておぞましい何かがフォルダーの中にあるとしても逃げ出さない自信があった。私は少し冷めたコーヒーをひとくち飲んでから、覚悟を決めてフォルダーを開いた。

# 五

よく晴れた朝だった。リビングにママがいなかったので寝室に行くと、まだベッドの中だった。白いパジャマでぐっすりと眠るママは、前にテレビで見た眠れる森の美女みたいだ。眠り続けるお姫様のように、ママも朝寝坊するときはいくら起こしても起きない。私は諦めてキッチンへ行った。ダイニングテーブルの上には、ビールの空き缶がずらっと並んでいる。リビングに戻ってテレビをつけ、毎週日曜の朝にやっている名作漫画劇場をつけた。ソファに座ってゲラゲラ笑いながらテレビを見ていると、キッチンの裏口にあるドアが開いてソヌが入ってきた。

いつ頃からか、ソヌがうちによく遊びに来るようになった。ママはそのたびに門を開けるのが面倒になったのか、門の鍵を一つソヌに渡してあった。ソヌはママがキッチンの戸締まりを忘れがちなのを知っていたから、うちに来るときはいつも、まずキッチンの裏口へ行って、もしドアに鍵がかかっていたら玄関の方へ回ってノックをした。今朝もそうやって裏口から入ってきたソヌは、リビングでテレビを見ている私に微笑みかけた。

「ヨヌ、何してるの？」

「テレビ見てるの」

「ママは？」

「ぐっすり寝てるよ」

それを聞いたソヌはテーブルの上に視線をやり状況を察した。

「お腹空いてない？」

「お腹空いた」

「ラーメン作ってあげようか？」

「うん！」

ママは体に良くないからってあまりインスタントラーメンを作ってくれない。だから、たまに食べられるとなるとすごく嬉しい。日曜の朝にラーメンなんて想像するだけでもよだれが出そうだった。ソヌがキッチンの棚を開けると、ラーメンの袋が見あたらないようだった。

「ラーメンはないね。僕が買ってくるよ」

「私も一緒に行く」

「じゃ、一緒に行こうか」

私はソヌと手をつないで家を出た。家から歩いて五分ぐらいのところの交差点にラッキースーパーがある。優しい日差しの中をそよぐ風が私の頬をなでていった。私はさっきまで見ていた漫画の主題歌を口ずさみながら歩いた。すると黄色い羽に白い斑点のある蝶が、ひらひらと飛んできた。きれいな羽に誘われて、思わずソヌの手を離して走り出した私は、道ばたの小石につまずいて転んでしまった。

「あっ」

「ヨヌ！」

ソヌが慌てて駆け寄ってきて私を起こしてくれた。擦りむいた膝には砂がこびりついて血がにじんでいた。ソヌは私を抱きかかえてスーパーの向かいにある公園まで走り、ベンチに私を座らせた。

「ちょっとだけここで待ってるんだよ。スーパーに行ってすぐに戻ってくるからね。泣かずにいたら、いいものあげるからね」

傷がヒリヒリして涙が出そうになったけど、ソヌに言われたとおり我慢した。

しばらくしてソヌが黒いビニール袋を下げてスーパーから出てきた。戻ってきた彼はトイレットペーパーと絆創膏とミネラルウォーターのボトルを取り出して、まず膝についた砂を手でそっと払った。それからミネラルウォーターでペーパーを濡らし、汚れた傷をていねいに拭いたあと、傷口に息を吹きかけながら絆創膏を貼ってくれた。顔を上げたソヌは涙でいっぱいになった私の目を見て頭をなでてくれた。

「ヨヌ、えらいね、よく我慢した」

漫画に出てくる王子様のように背が高くてかっこいいソヌが褒めてくれたことが嬉しくて、私は泣くのを我慢して「うん」と答えた。それを聞いて笑顔になったソヌは、袋から出したバナナ牛乳にストローをさして私にくれた。

バナナ牛乳を受け取ろうとして目が覚めた。自分でも忘れていた記憶が突然よみがえるなんて。昨夜おばさんから渡されたフォルダーの資料を遅くなるまで何度も読み返した。そのあとも目が冴えて、通院中の精神科でもらった睡眠薬を二錠飲んでやっと眠った。睡眠薬の副作用で、目覚めたあとも体がだるくて元気が出ない。

資料のせいか、それとも睡眠薬のおかげか。すっかり忘れていたソヌの夢を見たのは、ママがいなくなってから初めてだった。これまではいくら思い出そうとしても韓国でのことを思い出せなかったのに。おばさんの言うとおり、記憶は消えたんじゃなくて頭のどこかに押し込まれていたのだろうか。

スマホを見ると朝の五時半だった。四時間ほど寝たことになる。でも途中で目覚めることもなく、ぐっすり寝たからか気分は悪くなかった。バスルームに行って顔を洗い、一年ぶりにドレッサーの前で化粧水と乳液を塗った。鏡に映る自分の顔はまるで他人のようだ。パニック発作以降、精神科でもらう薬の副作用と歯止めの利かない過食のせいで、体重は二〇キロどころか今や二五キロも増えてしまった。私は、贅肉に埋もれて小さくなった目と鼻と口を見ながらつぶやいた。

「もうこれ以上は落ちようがないな。しっかりしろ、キム・ヨヌ。やるべきことができたよ」

立ち上がって引き出しという引き出しを引っくり返して、太った体がなんとか入るサイズのトレーニングパンツとトップスを見つけて着替えた。スニーカーも引っぱり出した。足も太ってしまったから、幅広のシューズの紐を緩めてようやく履けた。その姿で一階に下りると、早朝のランニング前にキッチンで水を飲んでいたおばさんが目を丸くした。

「いきなりどういう風の吹きまわし？　早いわね、ちょっとは眠れたの？」

驚きと期待が入り交じった表情のおばさんを改めて見つめた。いつも変わらず私を愛してくれるおばさんの前で泣きそうになるのをぐっとこらえて答えた。

「今日からおばさんと一緒に走ろうと思って。やりたいことができたからね」

おばさんが無言で私を見つめている。彼女はこれまで、引きこもるばかりの私をせめて五分でも散歩に連れ出そうと数多くの方法を試みた。それでも岩のようにびくともしなかった私が、一緒に走ると起きてきた。おばさんの目が潤むのが見えた。このままずっと見ていたら私まで涙が出そうで横を向くと、ちょうどルイおじさんがキッチンに入ってきた。

「お、なんだこの美しい光景は？　僕が最も愛する二人の女性が朝っぱらから何をしているのかな？」

おじさんはわざとおどけてそう言った。涙をぬぐったおばさんが元気よく叫んだ。

「今日からヨヌと一緒に走るの。あなたは朝食の支度をしてくれる？」

ルイおじさんは私に向かって明るい笑顔を見せた。

「もちろんさ。君じゃなくてヨヌが好きなものを作らなくちゃ」

私が先に玄関を出た。夢の中で見たように、日差しがきらきらと眩しい朝だ。風に吹かれながら思った。今日からがスタートだ。

# 六

ピリリリ、ピリリリ。

アラームが鳴る一分前に目が覚めてしばらく天井を見る。アラームが聞こえたと同時にスマホを手に取ってオフにする。軽くストレッチをしたあと、ブラジャーとショーツだけになってベッドの下からデジタル体重計を引っ張り出して体重を測る。ついに目標達成だ。私は右手の拳を突き上げて「イエス！」と叫んだ。次にレギンスとジョギングショーツをはき、トップスにはトレーニング用のTシャツと裏起毛のジャージを着た。最後に靴下をはいて一階にあるキッチンに行った。

先に来て水を飲んでいたおばさんは、私を見ると小さくうなずいた。私はおばさんに軽くハグをしてから浄水器の水を一杯飲んだ。ルイおじさんはまだ夢の国にいるようだ。

「準備はいい？」

「うん」

「じゃあ、行こう」

「ＯＫ！」

私たちはランニングシューズを履いて玄関を出た。おばさんと一緒に走り始めて半年以上になる。スタートした時はまだ風の冷たい冬だったのに、今やすっかり夏だ。私はイヤホンを耳にさしてiPhoneのプレイリストをセットしながら走り出した。おばさんも同じだ。毎朝一緒に走る一時間の間、私たちはお互いに話しかけない。一緒にいながら別々に走る。

頬をなでる風がさわやかだ。私はおばさんのスピードに合わせて走った。もともと運動が大好きで水泳や陸上に打ち込んでいたのに、パニック発作が起こってから一年はベッドから起き上がれずに廃人同様だった。でも半年前、落ちるところまで落ちてから水面に浮上した。それから一日も休まず走ったおかげで、以前とほとんど同じくらいまで回復した。二五キロも増えた体重は半年間で一五キロ減った。あと一〇キロ落とさないといけないけど、毎日朝はランニング、夜はキックボクシングで滝のような汗を流しているし、三度の食事も徹底的に管理しているからあまり気にする必要もないだろう。

問題は、昔よりも健康でタフな自分作りに集中するために後回しにしていた、おばさんとの対決だ。今朝、目標体重を達成したのを確認して少し勇気が出たものの、たかが減量したくらいでおばさんを説得できるとは思えない。とにかくこれは私の意思表明であり、目的を達成するまで決してやめないというサインでもある。全世界に向けて放つ私の決意。

一時間ほど軽く走って家に帰ると、おじさんが朝食の支度をしていた。香ばしいコーヒー、きつね色にこんがり焼いたベーグルとクリームチーズ、アナンおばさん用に完熟卵二つと私用に半熟卵二つ。トマトとリコッタチーズときゅうりとレタスとクランベリーに最高級オリーブオイルをかけたサラダと、おじさんが搾ったばかりのオレンジジュース。

私は歓声を上げてテーブルにつき、搾りたてのオレンジジュースをグラスに注いだ。アナンおばさんはおじさんの頬に愛情のこもったキスをして椅子に座った。ルイおじさんは私の背中をポンとたたいて一緒に食事をとった。運動のあとの心地よい空腹を新鮮な食材で満たしながらも、このあとに話さなくてはいけないことを考えると頭がいっぱいだった。朝ご飯を食べ終わる頃、おじさんがおばさんにコーヒーを注いでいるタイミングで言ってみた。

「私もコーヒーください」

「え、ヨヌも？」

不思議そうな表情がおじさんの顔に一瞬浮かんだが、彼はすぐに笑ってウェッジウッドのラベンダーのカップを持ってきてコーヒーを入れてくれた。おばさんのお気に入りのカップだ。コーヒーを飲みながら新聞を読んでいたおばさんはおそらく驚いただろうけど、そんなそぶりは見せない。

私は目の前のコーヒーカップを見つめてから口を開いた。

「話があります」

「何？　痩せたから新しい服が欲しいっていうならいつでも歓迎だよ。なんなら今日一緒に買いに行こうか？」

ルイおじさんはどんなときでも変わらずに優しい。

私は笑顔で答えた。

「そんな話じゃないんです。もちろん新しい服も欲しいけどね。話が少し長くなるかもしれないので、おじさんも座ってください」

新聞を読んでいたアナンおばさんがようやく顔を上げて私をまっすぐに見た。

「話したいことって？」

私は一度深呼吸をしてから話を始めた。

「今朝体重を測ったら一五キロマイナスでした。以前の体重まであと一〇キロ減らさないといけないけど、半年でこれくらい減量できたらまずまずでしょ」

「そうよ。どんなヨヌでもかわいいけど、最近ますますきれいになっているのが分かる。おじさんの言うとおり何かごほうびでもあげようか？　あなたが元気になって私たちは本当に嬉しい」

おばさんが明るい顔で言った。

「おばさん、私がランニングを始めた時に言ったこと、覚えてる？」

しばらく沈黙が流れたあとにおばさんが答えた。

「確か、やりたいことができたって言ったよね。それが何かは教えてくれなかったけど」

「うん、その時に言ってもおばさんとおじさんが止めると思って。私のやりたいことだけじゃなくて、やろうとする気持ちを信じてもらえないと思ったの。だから……時間が必要だった。私も自分を信じられるようになるための時間、私を証明するための時間がね」

二人は怪訝そうな顔をした。先に尋ねたのはおばさんだった。

「何を証明するの?」

「今からする話は途中で遮らずに聞いてほしいの。長い間ずっと考えてきたことだし、二人には初めて正直に話すことだから。いい?」

二人はうなずいた。

「初めてパニック発作を起こした時、どうしてこんなにつらくて苦しいんだろうって、そんなことばかり考えてた。私はただ懸命に生きているだけなのに、なぜ私にこんなことが起こるんだろうって。この世界も、運命も、私にだけ不公平で残酷に感じられて毎日死にたかった。何をしてもつらくて涙が出るし、死にたくて、リストカットして、過食して、吐いて、そんなふうに過ごしている私をおばさんがカウンセリングに行かせたでしょう。週に二回カウンセリングに通ったけど役に立たなかったわ。病院も、いろんな民間療法も」

その頃のことを思い出しているのか、二人の顔がゆがんだ。それを見るとまた涙が出そうになって、ぬるくなったコーヒーをひとくち飲んだ。やっぱり苦い。

「あの頃、サンディというカウンセラーと幼い頃の話をたくさんしたの。四歳の時にママがいなくなったこと、アメリカに来たばかりの頃の話、英語を覚えるのが大変だったことや、韓国で幼稚園に通っていなかった私がアメリカで初めて通うようになって、周りのお友達と仲良くできなくていつもベッドの中で泣いていたこと。おばあちゃんが亡くなって悲しかったこと。でも何もかもサンディに話したわけじゃないの。理由は分からないけど、そこまで話したいとも思わなかったし。気が向いた時だけ少しずつ話したの。

それである日サンディが、私にとってママの存在はどんな意味があるのかって訊いたの。すごく簡単な質問なのに、その時なぜか胸にナイフが刺さったように感じたんだ。その日のカウンセリングはそれでおしまいだった。私がずっと泣きやまなかったから。おばさんも覚えているんじゃないかな、私、これ以上カウンセリングに行きたくないっておばさんに言ったことがあったよね？　理由は聞かないでって言うと、おばさんが分かったって言ったあの日よ」

おばさんは静かにうなずいた。私は話を続けた。

「あれからずっと考えた。ママのこと。実はサンディに訊かれる前からよく考えてはいたんだけど、その頃から真面目に考え始めたの。そうしているうちに気づいたのよ。実はママが戻ってくるのを待たなかった日は一日もなかったって。ママがいなくなって十年以上経つけど、いつかきっと私を迎えに来てくれると信じていたの。帰ってきたママに褒められるように、帰ってきてよかったって思ってもらえるように、私はずっと頑張ってきたわ。試験勉強だって、おばさんとおじさんに隠れて薬を飲みながら寝ずにやったし、水泳も陸上も倒れるまで練習した。人間関係でもベストを尽くしたわ。ママにとって完璧な娘、おじさんとおばさんにとっても完璧な姪になりたかったの。誰も私のそばを離れていかないように、二度と捨てられないように、愛される人になろうと必死だった」

いつの間にか目を真っ赤にしたおじさんが涙を浮かべている。アナンおばさんは青い顔でおじさんの手を握りしめていた。そんな二人の姿を目の当たりにするのは予想以上に心が痛かったけれど、この話は必ず最後までしなければいけない。

「そうやって努力するうちにふと思ったの。ママが私を捨てたのは事実だし、私がいくら努力しても多分帰ってこないだろうって。私がまだ小さくてかわいい盛りなら帰ってくる可能性もあったかもしれないけど、大きくなってしまった私なんていらないんだろうなって。心の片隅で、ママは死んじゃったのかもと思ったりもした。でも想像するのは怖すぎるから、私を捨てたママがどこかで楽しく暮らしている姿を想像したわ。頭の中はもうぐちゃぐちゃだったの」

ルイおじさんがいきなり立ち上がった。おじさんがそばに来て私をハグしたら泣いてしまうかもと心配したけど杞憂だった。彼は冷蔵庫から水の入ったピッチャーを取り出して、大きなグラスに注いでくれた。それをぐいっと一気に飲み干すと、自分がとても喉が渇いていたことに気づいた。

「でもね、その時だって、おばさんとおじさんの顔を見るたびに本当に申し訳ない気持ちでいっぱいだった。私が十歳の時、おばさんが流産したことがあったよね。あの時私は神様にお願いしたの。健康でかわいい赤ちゃんが産まれますようにって。でも次の日には弟も妹もいらないってお祈りしたわ。本当は怖かったの。おばさんに赤ちゃんができたら、二人とも私を愛してくれなくなるんじゃないかと思って。もう私のことがいらなくなって、知り合いのいない韓国に帰されちゃうんじゃないかって。ごめんなさい」

私は頭を下げた。堪えていた涙がこぼれ落ちた。おばさんがそばに来て、私の顔を両手で包み私の目を優しく見つめた。

「ヨヌ、あなたはうちの娘よ。幼いあなたがそんなふうに思い込んだ気持ちは理解できるわ。あの子はこの世に生まれることができない運命だったのよ。たとえ赤ちゃんが産まれていても、私たちはあなたもその子も同じように愛したと思う。ヨヌ、ルイと私にとってあなたはどんな時でも大切な贈り物のような存在だったわ。今もそうよ」

私は涙をぬぐって息を整えた。

「ありがとう、おじさん、おばさん。今から私がしたいことを言います。二人にも手伝ってほしいことです」

ルイおじさんが言った。

「言ってみて。僕にできることならどんなことでも手伝うよ」

「おばさんは？」

顔をしかめていたおばさんが私を見て返事をした。

「まず話を聞かせて」

「韓国に行ってママを捜したいの」

静寂が流れた。おじさんが何かを言いかけるのを、私が手を上げて止めた。

「ちょっと待って、話はまだ終わってないわ。半年前、おばさんに渡されたフォルダーにあったソヌという男。ママがいなくなった四歳の頃はショックが大きすぎてあまり思い出せなかったけど、資料を見てから毎日その人のことを考えたの。ちょっとずつ思い出したわ。あの頃うちの家族と親しくしてたのはソヌだけだった。彼はママのことを愛していたと思う。ママがいなくなったことに、きっと彼が関係してるような気がする。もうずいぶん前のことだから簡単ではないだろうけど、その男を見つけ出してママについて訊いてみるつもりよ。だから二人にはそれを手伝ってほしいの」

おばさんは大きくため息をつき、空になったカップにコーヒーをたっぷり入れてルイおじさんに言った。

「ねえ、今からヨヌと二人だけで話したいんだけど、席を外してもらっていいかな。あとで全部話してあげる」

ルイおじさんはうなずき、立ち上がって私の額にキスをしてから部屋を出た。

## 七

何年ぶりだろう。仁川《インチョン》空港に降り立った私は、不思議な気分で周囲を見渡した。家族旅行で何度か海外には出かけたけど、韓国に来たのは四歳でここを離れて以来初めてだ。

十二月三十一日の夜を三人で過ごし、新年を迎えて数時間後、私たちは空港に向かった。レストランの仕事があって私たちと一緒に来られないルイおじさんは、切ない眼差しで私たちを見送ってくれた。

「僕も一緒に行けたらいいのに」

ため息をつくルイおじさんをアナンおばさんが優しく抱きしめた。

「私たちのことはあまり心配しないで。大丈夫だから。あなたこそ、ちゃんと食べて体に気をつけてね。毎日電話するって約束、忘れないでよ」

二人が離れて暮らす原因を作った張本人の私は、申し訳なくて、少し離れた場所から彼らを見ていた。ルイおじさんがそんな私を見つけて寂しそうな笑顔で手招きした。

「ヨヌ、君は幼い頃からいつも周りの大人を驚かせる子どもだった。ソウルに行ってもちゃんとやり遂げるはずだ。おばさんを頼む。愛してるよ」

「おばさんのことは心配しないで。私が守るから」

おばさんが私たち二人をぎゅっと抱きしめた。新しい年をスタートする日だけに、空港は私たちのように、込み上げる感情を隠しきれずにハグとキスを交わす人々でいっぱいだった。そうして十二時間のフライトの末に、私とおばさんはソウルに到着した。

私たちはスーツケースをピックアップしてタクシー乗り場に向かった。おばさんがタクシーの運転手にWホテルへ行ってくれと言うと、運転手はうなずいて車を出発させた。窓の外に流れる広い道路と周囲の風景を眺めている私の隣で、おばさんはシートにもたれてずっと目を閉じている。長時間のフライトで疲れているのだと思って声をかけなかった。

一時間ほどして、山の麓に建てられたホテルに到着した。クラシックな美しさと現代的なデザインが調和した素敵な建築だ。道が濡れているところを見ると、昨夜は雨が降ったのだろう。ホテルの正面でタクシーを降りると、きりりとしたさわやかな空気と氷のように冷たい風が容赦なく服の中に入り込んだ。私は慌てて黒いウールのコートの襟を合わせた。

　一階のフロントでチェックインを済ませ十五階の部屋に入った。スーツケースを部屋の隅に置いて、ベッドに寝転がった。おばさんが窓際まで歩いてカーテンを開ける。

「全部変わったけど、この景色は変わってないわ。あの時と同じようにきれい」

　おばさんは独り言のようにつぶやいた。

「おばさん、このホテルに来たことあるの？　誰と？　もしかして恋人と？」

　わざと冗談ぽく言ってみた。

「そうだったらよかったんだけどね。あはは、あなたを迎えに来た時ここに泊まったの」

　なんて返事をすればいいのか分からなかった。その時おばさんはいったいどんな気持ちで外の景色を眺めたのだろう。私が韓国に行ってママを捜したいと二人に宣言したあと、私たちはじっくりと話し合った。

　朝から夕方まで、苦いコーヒーを飲みながら、そして途中からはもう何も飲まずにお互いの話に耳を傾けた。ほとんどおばさんが話すのを私はひたすら聞いた。おばさんの不思議な能力と、私の出生の秘密とパパについて、そしてママとおばさんとおばあちゃんの間の、愛と誤解が入り交じった悲しい話についても教えてもらった。私の知らない話ばかりだった。

　これまで私は自分ほど苦しみながら生きている人は世の中にいないと思っていた。でもおばさんも私と同じくらい大変だったことにその時初めて気づくことができた。あの日から私たち三人は徹底的な調査を行い、一緒に頭を悩ませながら作戦を練り始めた。そのための準備と、休学していた高校を卒業して韓国の大学に入学するのに半年以上を費やした。私たちがどんな思いではるばるソウルまでやってきたのかを思うと、ぼうっとしている場合ではないという気がして立ち上がった。

「引っ越し荷物はあさって届くって？」

「うん。明日はいくつか用事を済ませてから買い物をして、あの家にはあさって行けばいいわ。注文しておいた家具は明日搬入予定よ。細かい修理も明日には仕上がるって。インテリアデザイナーが全部手配してくれることになってる。私たちはあさって行って、荷物だけ整理すれば大丈夫よ。今日はゆっくりしよう」

「うん、ママ」

ママと呼ばれたアナンおばさんはちょっと驚いていたけど、すぐに微笑んでくれた。懐かしくて切ないママという言葉。私を産んで四歳まで育ててくれたのがアランママなら、アナンおばさんはそのあと私の体と心を育ててくれた二番目のママだ。ひょっとするともっと前からおばさんをママと呼ぶべきだったのかもしれない。私はおばさんを抱きしめてからバスルームに行った。

白と黒とだけを使ったバスルームは最高級ホテルにふさわしくラグジュアリーな雰囲気のインテリアが施されていた。私は黒い大理石の棚の上に着替えを置いて、金色の蛇口のある洗面台で手を洗いながら鏡を見た。おばさんをママと呼ぶのがまだ少しぎこちないように、この顔にもまだ慣れない。でも少しずつ適応しつつある。ママという呼び方も、新しい自分の顔も、この体も、ジェスチャーと表情も。

シャワーを浴びてバスルームから出ると、冷蔵庫の中にあったハイネケンを飲んでいたおばさんが私に言った。

「明日あいさつに行くから」

「誰に？」

「私たちの計画に決定的な役割をしてくれる人」

「私の知ってる人？」

「どうだろう、そうとも言えるかな」

おばさんは意味ありげな笑みを浮かべてビールをひとくち飲んだ。おばさんがこう言うときは、これ以上聞いても無駄だ。ビールの缶を奪って私もひとくちもらった。冷蔵庫から出したばかりなのか、冷たくておいしかった。

# 八

翌朝、おばさんとホテルの周りを走った。ランニングを始めてから一年になる。初日はシューズの紐さえきちんと結べなかったけど、毎日走ったかいあって元の体重に戻ったばかりか、さらに五キロ痩せた。それに近所のジムで毎日キックボクシングのトレーニングに励んだおかげで腹筋も割れてきた。でもあまり鍛えすぎるとこれから実行する作戦に支障が出ると思って、ボクシングのレッスンは中断することにした。私が当分の間休むと伝えた時、コーチはとても残念な表情をして見せた。再開したら今度は選手になってみないかと誘われたけど、そんな先のことまで計画している余裕はない。

ホテルの一階にあるベーカリーカフェで朝食を簡単に済ませ、おばさんが予約しておいてくれた清潭《チョンダム》の美容院に向かった。ギャラリーのように優雅で格調高い建物のガラスドアを開けて受付カウンターへ向かうと、ベージュのワンピースを着たスリムな女性が笑顔で私たちを迎えてくれた。ショートカットにゴールドのイヤリングがよく似合っている。

「午前十一時にご予約いただいたお客様ですね？　本日ヘアカットをなさるのはキム・ジア様でしょうか？」

「ええ、そうです」

私がうなずくと、彼女はキャビネットからグレーのガウンを取り出した。

「ではコートとバッグをお預かりいたします。こちらのガウンをお召しください。ご一緒にいらしたのはお母様でしょうか」

「はい、そうです」

「ヘアセットをご希望ですか？」

「いいえ、私は結構です」

「ではお母様はあちらのソファでお待ちくださいませ。すぐにお飲み物をご用意いたします。お嬢様はこちらの方へどうぞ」

ショートカットのヘアデザイナーは、慣れた手つきで私のかばんとコートをキャビネットに入れて席に案内してくれた。

「今日はどのような髪形になさいますか？　ご希望などは？　もしなければ私がおすすめいたしましょうか？　お客様の輪郭にぴったりなスタイルもございますが」

「実は写真を持ってきているんです……これと同じにしてください」

「拝見します」

私は写真を取り出して彼女に見せた。ママの写真だ。長い黒髪に水玉模様の茶色いワンピースを着て、白いカーディガンをはおったママがカメラに向かって明るく笑っている。

「まあ、昔撮った写真ですか？　今より少し幼い感じですね。お召し物も少しレトロっぽくて。流行は繰り返しますからね」

私は鏡を見ながらにっこり笑った。

「写真に写っている人が私に見えますか？」

彼女は目を凝らしてもう一度写真を見てから鏡の中の私に目を移した。

「あら、よく見るとお客様じゃなくて別の方ですね。もしかして双子の妹さんかしら？　それともお姉さん？　とても似てらっしゃいますね。こんな感じがご希望ですか？」

「はい。同じ長さにして、少しだけウェーブを出してください」

「かしこまりました。お客様は面長でおきれいですから、とってもお似合いだと思います」

ヘアデザイナーとアシスタントが、腰まであった私のロングヘアをカットして、緩いウェーブを出すパーマの作業で忙しく手を動かしている三時間の間、おばさんもまた、コーヒーを飲みながらどこかに電話をかけたり、マックブックを広げて仕事をしたりと忙しくしていた。ようやく完成した私の髪形を前にデザイナーが尋ねた。

「いかがでしょうか？」

そばに来たおばさんが鏡を見ながら言った。

「とっても気に入りました。私たちが望んでいたとおりのスタイルです」

私とおばさんは顔を見合わせて笑った。

＊

美容院で三時間も座っているのは思った以上に体力を消耗した。ヘトヘトの状態でおばさんとデパートに向かい、冬のコートを何着かみつくろって、ブラウスとスカートとジーンズ、そしてかばんと化粧品も買った。アメリカでは口紅さえつけなかったけど、韓国で大学生活をするには、化粧くらいした方がよさそうだ。ショッピングのあと八階のレストラン街にある中華料理店に入った。ジャージャー麺とチャーハンと酢豚を頼んだ。悪くはなかったけど、ルイおじさんの作るものとは比べものにならなかった。

両手で持ちきれないほどの買い物袋と一緒に、タクシーに乗ってホテルに戻った。ようやくひと息つける、そう思ったところでおばさんが言った。

「買ったものはあとで整理して、とりあえず一階のカフェでコーヒーでも飲まない？」

「ちょっと疲れてるから、ルームサービスにしようよ」

「あっちの方が広々としていて雰囲気もいいじゃない。そういうところで飲む方がコーヒーもおいしいの」

「そう？　じゃあママの言うとおりにする」

ベッドで伸びていた私が起き上がると、いきなりおばさんに抱きしめられた。

「何この突然のハグは？」

「あなたがママって呼んでくれるから嬉しくって」

「こんなに喜ぶんだったらもっと早く呼んであげればよかった。ごめんね、ママ」

「何言ってるの。さ、行こうか」

私たちは腕を組んで一階に下りた。カフェに入ると、真っ白なシャツに蝶ネクタイを締め、黒いベストを着たウェイターが出迎えた。彼の案内で窓側の席に向かうと、誰かがすでに座っていた。年は六十代前半くらいで、グレーのツーピースを着た気品のある女性だ。水の入ったグラスを前に、窓の外をぼんやりと見ていた彼女は、私たちの姿を見て立ち上がった。

「こんにちは、パク・ユンヒさん」

おばさんが笑顔で先にあいさつした。私は状況が飲み込めず、ただ頭を下げた。彼女はおばさんに向かって微笑んだあと、複雑な表情で私の顔を見た。

「あなたがヨヌ、いや、ジアさんですか？」

「あ、はい。こんにちは。キム・ジアと申します」

「初めまして。お母様には以前何度かお目にかかりましたが、お嬢さんには初めてお会いできましたね」

「そうなんですか」

早く説明してほしくて、おばさんの方を見ながら適当に返事をした。するとおばさんが私をまっすぐ見ながら話し始めた。

「パク・ユンヒさんは、あなたも知ってる人のお母さんよ。キム・スジンさんのお母さん。あなたが小さい頃、お向かいのお家に住んでいたお姉さんを覚えてる？　よく家に来て一緒に遊んでくれたお姉さんよ」

私は小さく声を上げて目の前の女性を見つめた。背が低くて小柄だけどしっかりした感じの人だ。切れ長の目と、団子鼻、浅黒い肌と丸い顔。記憶の中のスジンさんとはあまり似ていない気がする。スジンさんは眩しいくらい活気にあふれた人だったけど、この女性はどちらかといえば疲れていて、どこか冷たそうにも見える。私が覚えているスジンさんはとても温かくて優しい人だったのに。

「そうでしたか。スジンさんのことはもちろん覚えています。初めまして」

彼女は黙って私の顔を見つめたあと静かに言った。

「スジンのことを覚えていてくれたなんて。それにしてもお母様に似てらっしゃるのね。ご本人だと言われたら信じてしまいそうです」

「スジンさんはお元気ですか？　もう長いことお会いしてなくて」

笑顔でそう言うと、彼女の顔が曇った。

「うちのスジンは……ずいぶん前に亡くなりました」

## 九

やっとこの家に帰ってきた。ここで暮らした時間より、アメリカの家で暮らした時間の方がずっと長いけど、それでも家という言葉を耳にするたびにこの家のことを思い出した。私の人生における最初の記憶、嬉しいことも悲しいことも、つらいことも怖いことも、全てここにあるからだろうか。この家に戻ってきたのはママを捜すためだけど、ひょっとしたら私は最初からこうしたかったのかもしれない。自分でも変だと思う。おぞましいことが起こった場所だから、本当はできるだけ遠くへ行く方がいいかもしれないのに。どうしてこの家がそんなに懐かしかったんだろう。ママはここでいなくなったから、ママを捜すのもここから始めなければと無意識のうちに思ったんだろうか。

でもそんな考えは門を開けた瞬間に消えてしまった。ルイおじさんが見つけてくれた韓国のデザイナーによってフルリノベーションされた家は、骨組みだけを残して完全に新しく建て替えられていた。門を開けるとすぐに見える小さなテラスはそのままだったけど、よくママが乗せてくれたスウィング・チェアはなくなっていた。スティール製のティーテーブルとラタンの椅子も消え、代わりに最近流行りのガーデンテーブルと椅子のセットが置いてある。悪くはないけど、ありきたりのデザインだった。

　玄関の前まで来ると、いきなり吐き気がして目を瞑った。おばさんが私の手をぎゅっと握ってくれた。目を開けるとおばさんが優しい眼差しで私を見つめていた。大丈夫、できる、必ずやり遂げる。おばさんに渡された鍵で玄関のドアを開けると、リビングも一新されていた。色褪せてあちこちひびが入っていたダークブラウンの床は、明るいヘリンボーンのフロアに変わり、壁には黒い丸形のウォールクロックと、私とおばさん二人の写真が額縁に入って飾られている。

　リビングの中央を占めているのは黒いレザーソファとガラスのテーブルだ。キッチンには最新式の家電が揃っていて、まるでモデルハウスのようだった。一階の寝室はおばさんが使うことにして、私は荷物を持って二階へ上がった。幼い頃使っていた部屋、つまり、子ども部屋だったところを私の寝室にリフォームしてある。

　ドアを開けるとベッドがあった。艶のあるオーク材のデスクとシンプルなドレッサー、そしてクローゼット。かばんを床に置いて窓を開け、真向かいに見える窓を眺めた。あの男の部屋だ。

今は休暇中と聞いている。おそらく数日したら帰ってくるだろう。彼が私を見てどんな顔をするのか見ものだ。

*

この家に来て十日目にソヌが休暇から戻った。彼が毎年冬に京畿道《キョンギド》にある別荘で何週間か一人で過ごすことは、パクさんから聞いている。ソヌが帰る予定の日は一日中何も手につかなかった。日が暮れると二階にある自分の部屋から向かいの家ばかり見ていた。とうとうソヌの姿を見るんだと思うと、おばさんが作ってくれた夕食も喉を通らず、高倍率の双眼鏡を手に持ったまま、ずっと外の通りを凝視していた。

夜七時頃、通りの向こうから青いボルボが一台、ゆっくりとこちらに向かってくるのが見えた。息が止まりそうになった。急いで双眼鏡を覗いた。ガレージの前まで来たボルボは自動ゲートがうまく開かなくて停車している。予定通りだ。実はあらかじめ細工をしておいた。しばらくして車のドアが開くと、背の高い男の後ろ姿が見えた。あたりはもう暗かったけれど見えないほどではない。

白いオックスフォードシャツにジーンズをはき、厚めの茶色いセーターを着た彼は、車の外に出ると寒いのか肩をすくめて、ガレージゲートのあちこちを見ている様子だった。歩く時に右足を少し引きずっている。ガレージのゲートは自動開閉システムが作動しない場合に備えて、手動で操作するボタンが付いていた。彼がそれを押すとゲートが開いてガレージに明かりがついた。

車の方に向き直った彼の顔が双眼鏡のレンズに飛び込んできた。あれから長い歳月が流れたというのに、ソヌはほとんど変わっていなかった。いつも私に優しかった少年が時を経て青年になっただけに見える。三十代半ばだから青年と呼ぶには無理があるか。まるで少女漫画の主人公のような顔に少し深みが加わって大人っぽく見える。長時間の運転に疲れたのか顔色が悪かった。この一年間、資料ファイルに載っている彼の写真を毎日見ながら、何度も浮かんだ疑問を独りごちた。

「あなたなの？　ママがどこにいるのか知っているの？　ママはいったいどこなの？」

十

休暇から戻ったソヌが外出するたびに尾行した。彼はあまり家から出ないタイプなので、チャンスを逃がさないように気をつけた。雨や雪で道が滑りやすくなる日を除いて、彼は毎日同じ時間に杖をついて町内を一周する。それ以外の時間はほとんど家で過ごしているようだ。冬休み中は大学に行かず、たまに車でデパートへ行き、紳士服売り場でシャツを一、二枚買ったり、ネクタイや靴を見てから書店で本を買ったり、オーディオ売り場のスタッフと話しをするくらいだった。

散歩をしたあとは近所のコンビニに寄って缶コーヒーを買い、向かいにある公園のベンチに座って飲む。週末の朝はウェンズデーというカフェでブランチセットを注文し、いつも肩にかけている黒いレザーのクロスバッグから手帳と万年筆を取り出して何かを熱心に書く。ダイアリーだろうか。外出するときは必ず持ち歩いているらしく、何が書かれているのかはパクさんも知らないという。

毎日観察しているうちに、資料にはなかった部分が少しずつ見えてきた。彼は青とグレーが好きでシャツやスーツもその系統の色が多い。読書は主に詩集と推理小説。書店に寄るといつもそれらの新刊を一冊買い、店員が入れてくれる紙袋を持って歩く。事故からずいぶん経つので杖をついて歩くことにも慣れたように見えるが、日によっては普段より足を引きずることがある。そうなると歩く速度も遅くなるので尾行が難しい。

ウェンズデーで彼が手帳に何か記録しているときは、遅れて私も店に入り、離れた席でジュースを飲みながら観察した。何を書いているのだろう。詩？　それとも小説？　それともただの落書きだろうか。その割には真剣に書いているように見える。

ある週末、彼はいつものようにウェンズデーでブランチセットを注文した。私はやや遅れて店に入り、奥の席に座ってアイスアメリカーノを注文した。その日は特に混雑していて、子連れの人たちも多かったせいか店内は騒がしかった。二人しかいないホールスタッフはオーダーをとるのと料理やドリンクを運ぶのに忙しそうだった。

ソヌは周りの喧騒を気にとめることもなく読書に集中していた。ところが、私が注文したドリンクを持ってきたスタッフが、おもちゃの車で遊んでいた男の子とぶつかった拍子に転んでしまった。よりによってソヌのテーブルのそばだったので、グラスの中身が彼の服にかかった。ざわざわしていた店内が一瞬シーンとなった。

幸いグラスはテーブルの下に転がっただけで割れなかったけど、ソヌはアイスアメリカーノを全身に浴びた形になった。男の子は自分のせいで起きた事態に怯えて泣き出した。スタッフが慌ててソヌに謝ると、ゆっくり立ち上がった彼は足を引きずって男の子に近づき、頭をなでながら言った。

「けがしなかった？　大丈夫？　泣かなくていいよ。もうこんなところで遊んじゃダメだよ、分かった？」

男の子はこくんとうなずいた。親が来てその子を抱きかかえた。ソヌは申し訳なさそうなスタッフに向かって、大丈夫だから、テーブルを拭いてくれるかと言い化粧室に入った。チャンスだと思った私は、立ち上がって彼のテーブルの横を通るふりをしてその手帳を覗き見た。「会いたい」と書かれた文字が目に入った。もっと詳しく見ようとした瞬間、化粧室のドアが開く音がした。私は足早に店を出て路地の角に隠れた。

しばらくして、コーヒーの染みが付いたシャツの上に黒いカーディガンをはおり、クロスバッグを肩にかけたソヌが杖をついてカフェから出てきた。店の外まで出て謝罪する店長とスタッフに、ソヌは笑顔で大丈夫だと言い、むしろ相手を気遣っていた。その姿を見て、昔の彼の面影が頭に浮かんだ。ママやスジンさんの冗談に笑い、アイスクリームを買ってくれとせがむ私をからかったあの頃の顔。ここ数日の尾行では無表情な顔しか見ていないせいで、昔とはずいぶん変わったような印象を受けたけど、ソヌのあの表情は昔のままだ。あの頃と違うのは、今は笑っていても悲しそうに見えること。でも彼の顔を見て、なぜか負けたくないという気持ちが湧いてきた。いつか、あの顔にありとあらゆる感情が浮かんで爆発するのを見てやるんだ。それにしても「会いたい」ってなんだろう。誰に会いたいんだろう。

＊

今日は初めてソヌと真正面から対峙する日だ。彼が教鞭をとる大学の英文科に入学はできたものの、彼の講義をとるには熾烈な競争を勝ち抜く必要があった。彼の人気は予想以上で、狂ったようにマウスをクリックしてやっと受講登録に成功した。毎週水曜日、午前十一時から午後一時までの二時間の講義だ。

私は朝早く起きてシャワーを浴び、軽く化粧をした。白いセーターとブラックジーンズ、そして、鮮烈な印象を与えるために真っ赤なミドルコートを着てトートバッグを肩にかけた。よし、準備完了だ。一階に下りると、ソファに座っていたおばさんが私を見て立ち上がった。彼女の緊張が伝わってくる。

「ママがそんなに緊張してたら私も緊張するじゃない」

「そうね。力を抜いてって言おうと思ったのに。ごめんね、ジア」

私は両手でおばさんの手を握って言った。

「心配しないで、ママ。私、うまくできるから」

「うん、ジアならできる」

玄関を出ようとする私におばさんが声をかけた。

「雨が降るってさっきニュースで言ってたわよ。傘を持って行った方がいいわね」

「うん」

玄関の傘立てから赤い傘を取り出して外へ出た。心配しないでと口では言っても、傘を持つ手が震える。ソヌの目をまともに見られるだろうか、素知らぬふりで接することができるだろうか、気づかれたらどうしよう。この日に備えて緻密に計画を立ててきたとはいえ、予想外のこともあるはずだ。

パクさんによると、ソヌは整備のために車をディーラーに預けているから、今日はタクシーに乗るだろうということだった。私は路地の角でソヌを待ち伏せることにした。彼が家から出てくるのが見えると、体を壁にぴたりとくっつけて隠れた。手のひらに汗がにじんでくる。ソヌは片手に杖を持ち、もう片方の手には薄くて黒いブリーフケースを持ったままゆっくりと大通りへ向かっていた。彼が手を上げると一台のタクシーが止まった。タクシーが出発するのを見るやいなや、私も急いで大通りに出てイライラしながら次のタクシーを待った。幸いすぐにタクシーがつかまった。後部座席に乗り込んで、すぐ前を走るタクシーを指差して言った。

「あのタクシーを追いかけてください。あまり近づきすぎないようにお願いします」

袖の汚れた青色のユニフォームを着た白髪の運転手が、いやらしい目で私を見ながらニヤリとした。

「かわいいお嬢さんが彼氏の尾行でもしてるのかい？　彼氏が浮気でもしたの？」

私はため息をついた。

「はい、最悪の男なんで絶対逃さないでください。現場を押さえないとダメなんです！　間に合ったら二倍払います」

そう言うと運転手は無言で前のタクシーを追いかけることに集中した。ぽつりぽつりと雨が降り始めた。ソヌが乗ったタクシーを見失わないかはらはらしたけど、なんとか間に合った。校門から少し離れたところでタクシーを止め、焦るあまり料金の二倍より多い額を投げるように相手に渡して降りた。傘を広げてソヌの方を見ると、彼は想定外の雨に困っている様子だ。でもすぐに校門の中に入って行った。

少し離れて歩き始めた私は、心臓が爆発しそうになるのを必死で抑えていた。ソヌに近づくのが怖い。でもグラウンドの真ん中あたりまで来ると、ようやく勇気を振り絞って足早に彼に近づいた。

「あの、よかったら傘、一緒に入りませんか？」

そう言ってソヌの頭の上に傘をかかげると、驚いた彼が振り返った。そして私を見るなり顔色を変えた。ソヌは魂が抜けた人のように呆然として、杖から手を離した。これよ、この顔を見たかったのよ。

「いきなり声をかけちゃって驚かせてしまいましたね。すみません」

私が努めて平気なふりで杖を拾って渡すと、彼の頬が赤くなった。(意外と少年みたい)と思ったけど、油断は禁物だ。

私たちはそのまま歩いて講義棟まで行き、あいさつをして別れた。彼は幽霊でも見たかのような顔でなんとか礼だけを述べ、足を引きずりながら自分の研究室へと向かって行った。痛々しいほど歩きにくそうだ。私はトイレで雨に濡れたコートをハンカチで拭きながら呼吸を整えた。落ち着こう、今からスタートよ。

鏡の前で化粧を直して講義室に向かった。中に入り、後ろの席に座ってしばらく待っていると、濡れた服と髪を適当に乾かしたらしいソヌが講義室に入ってきて出席をとり始めた。「キム・ジア」と呼ばれた私が後方の席から返事をすると、彼の顔から再び血の気が引いた。ママにそっくりな私を見てここまで驚くということは、きっと何か理由があるはずだ。ママに関することか、もしくは他の秘密が。彼が本当に記憶を失っているのかどうかにかかわらず。

# 十一

アナンおばさんと私は、計画通りソヌと会う回数を少しずつ増やして、彼の警戒心を解いていった。まず、彼が散歩に行く時間に合わせて私たちも門の外に出て、偶然会ったふりであいさつを交わした。講義室で毎週ソヌと会う私と違って、昔の交通事故以来久しぶりにソヌを見たおばさんは、彼に対して思ったより自然な雰囲気で接し、近所にオープンしたペインクリニックの名刺を渡した。

けれど彼はクリニックに来なかった。治療を口実に彼の記憶を探る計画は水の泡になった。でもそれくらいのことは想定内だ。時間はまだある。問題は意外なところで起きた。

ある日私は、ソヌの散歩ルートを覚えるために一人で町内を一周した。小さな町とはいえ一周するのに一時間ほどかかった。喉が渇いたので公園の向かいにあるコンビニに入った。幼い頃、確かここはラッキースーパーだったはず。ドリンクの並んだ冷蔵庫からバナナ牛乳を手に取ってレジに向かった。いつもは私と同じ年くらいのアルバイトの女性しかいないレジに、今日は不自然なほど髪を黒く染めてパーマをかけた六十代後半くらいの女性が立っていた。真っ赤な口紅を塗っている。

私がバナナ牛乳を差し出すと、彼女がそれをスキャンして一四〇〇ウォンですと言った。私のカードを受け取った女性は会計をせずに、私の顔をじっと見ている。目が合うと、彼女は仰天して声を上げた。

「ひょっとして、ヨヌじゃない？」

突然の質問に虚を突かれた私は返事に詰まった。

「ねえ、ヨヌでしょ？　あらまあ、お母さんにそっくりね！　さっき入ってきたとき、どこかで見た顔だと思ったけど、やっぱりそうなんだ。小さい頃はお母さんにあんまり似てなかったけど、今はどこから見てもそっくりよ。私のこと、忘れちゃった？　あなた小さい頃にうちの店によく来てたでしょ、確かお母さんが……」

興奮気味に話していた彼女が、あっ、という顔で口をつぐんだ。ようやくこの人のことを思い出した。そして頭の中が真っ白になった。どうしよう、私は束の間悩んだ末に決めた。

「お元気でしたか、おばさん」

「ほら、やっぱりヨヌだったのね！　私の記憶は正確なのよ。他のことはともかく、人の顔だけはよく覚えているの。ちょっと見ない間にすっかりお嬢さんになったわねえ。きれいになって。あははは」

そこまで鈍感でもないのか、ママのことはそれ以上聞いてこなかった。私は心のなかでホッとした。

「ところでいったいどうしたの？　あれからどこかへ行っちゃったでしょ？　おばさんに引き取られたって聞いたけど、アメリカだったかな、それとも日本？」

「はい、今はアメリカで暮らしています。用事があってちょっとだけ韓国に来たので立ち寄りました。おばさんがここでずっとお店をしていらっしゃるとは思いませんでした」

　バナナ牛乳なんてほったらかしてすぐに店を出たかった。おばさんのおしゃべりに適当にうなずいて支払いを終えたらすぐに出ようと思っているのに、彼女は私のカードを持ったままなかなか会計をしてくれない。もどかしい気持ちで店の外に目をやった瞬間、心臓が止まりそうになった。ソヌが杖をついてコンビニに向かってくるのが見えたからだ。

「他にできることもないからねえ。ここでスーパーをやってたんだけど、コンビニが流行り出したからすぐに乗り換えたのよ。まあタイミングが良かったのか、ここ以外にも二カ所でコンビニを出したのよ。ここはバイトで回してるんだけど、今日はバイトの学生が急に病気で来れないって言うもんだから、久しぶりに来たってわけ。店を三つも管理するのは楽じゃないわ。うちは江南《カンナム》に引っ越したからここまで来るのは大変でね。いい値段で買ってくれる人がいれば、すぐにでも手放したいんだけど」

　彼女は「江南《カンナム》」という単語を強調して、聞いてもいない自分の近況を延々としゃべり続けた。そうしている間にもソヌが近づいてくる。どうしよう……何と言ってここから抜け出そう……。

「あ、私ったら。久しぶりに会った子をつかまえてつまんない話をしちゃったわね。ところで、昔からバナナ牛乳を好きだったけど、今も相変わらずなのね。あ、そうだ、ソヌのこと覚えてる？　時々二人で来てたよね？　牛乳とかアイスクリームを買ってくれたお兄ちゃんがいたでしょ？　あのソヌはまだこの町に住んでて独身だよ。たまにこの前を歩いてるのを見かけるんだけどね。あなたが戻ってきたことを知ったらきっと喜ぶだろうに」

「そうですか。あまりよく覚えてなくて……」

「まあ、そうなの？　そりゃそうだよね。あの頃は確か三つか四つくらいだったものね。とにかく会えてよかったわ」

ちょうど他のお客さんが私の後ろに並んだのでおばさんのおしゃべりはそこで終わった。彼女は私のカードを機械に差し込んで、また遊びにいらっしゃいと言った。私がうなずくと同時に、ソヌがドアを開けて入ってきた。向かい側の陳列台に向かってゆっくりと歩いている。私はカードとバナナ牛乳を受け取って平静を装いながら店を出るやいなや、一目散に走った。自宅に着いて玄関のドアを閉め、リビングのソファに倒れ込んだ私の姿に、キッチンにいたおばさんが目を丸くした。

「どうしたの？　何かあったの？　汗かいてるわよ」

「ママ、どうしよう」

「どうしたの？　言ってごらん」

私はおばさんに一部始終を伝えた。コンビニでスーパーのオーナーだったおばさんに私だと気づかれた上にソヌの話まで出てきたこと、その最中にソヌがお店に入ってきたけど、幸いばれずに無事に抜け出したことも。でもそのあと彼女がソヌに私の話をしたかどうかは分からないと付け加えた。おばさんはうなずきながら私の話を聞いたあと、落ち着いた調子で言った。

「コンビニが三カ所あるって言ったわよね。それでこっちのコンビニは手放したいって？」

「うん、どうして？」

「手放したければそうさせてあげよう。今後はあなたとソヌが一緒に行くこともありえるでしょ。彼女がソヌに口を滑らせた瞬間、私たちの計画は水の泡よ。心配しなくてもいいわ。これは割と簡単に解決できる問題よ。さ、夕食の支度を手伝って」

たいしたことはないと断言するおばさんの顔を見てようやく震えが止まった。そうだ、この先どんな難関が待ち受けているのか分からない。たかがこれしきのことで大騒ぎするわけにはいかない。おばさんの落ち着いた態度を見習わなければ。その夜、おばさんはアメリカにいるルイおじさんとこの問題について話し合った。

数日後、おじさんが指定した代理人が町の長老とも言える不動産屋のキム社長を訪ね、例のコンビニを買収したいという意向をほのめかした。相場より五〇パーセントほど高い対価を支払うつもりがあると伝えると、取引はあっという間に成立した。こうしてルイおじさんのビジネスに韓国のコンビニ事業が加わった。

## 十二

次の作戦に移ることにした。ここに来るまで必死で準備してきたんだ。ソヌの授業をとれたからって、まさか勉強だけして時間を無駄にするわけにはいかない。この間、血のにじむような努力の末に体重が戻ってむくんでいた顔もスッキリした。おばさんとおじさんは私が成長するにつれてママに似てきたと言うけれど、アメリカの家にあったアルバムの中のママは、私の顔とはまだちょっと違うような気がした。

輪郭や全体的な雰囲気はママと同じだけど、丸い鼻はおばさんがくれたパパの写真と似ているし、何よりも目が違う。ママは一重で切れ長の大きな目が魅力的なのに、私の目はパパに似てくっきりとした二重だった。私はおばさんとおじさんの反対を押し切って美容整形外科へ行き、ママの写真を見せてこれと同じにしてほしいと頼んだ。手術後、腫れが引いた私の目を見たおばさんとおじさんは、納得したようにうなずいていた。

ここまでやったんだ。ソヌの記憶が戻るのを待ってばかりはいられない。こちらからもそれとなくつついたほうがよさそうだと思った。私は水曜午前の講義時間に合わせて路地のあたりでソヌを待ち伏せた。彼がたった今ガレージを出たというパクさんのメールを受け取ると、イヤホンをつけながらできるだけゆっくりと大通りに向かって歩いた。予想通りソヌは私を見て車を止めた。やった、もし私に気づかず通り過ぎていたら、また次のチャンスを狙わないといけない。

ソヌに大学まで乗って行くかと言われてすぐに車に乗り込んだ。彼は私の積極的な態度に少し驚いた表情だったけど、たちまち笑顔になった。この何カ月か彼を観察し続けて、初めて見る笑顔だった。暗い夜空に明るい満月がぽっかりと浮かんだような微笑み。思わずつられて笑ってしまいすぐに後悔した。

（ダメだ、しっかりしなくちゃ）

私は気を引き締めた。そしてボルボについて、青色について、英詩の講義で扱う十九世紀ロマン主義の詩人について話した。ソヌが好きなテーマであることを知っていてわざと選んだ話題だったけど、思ったより楽しかった。私もパニック発作を起こす前までは文学が好きだったし、お小遣いをもらったらいつも本を買っていたような子どもだったから。

誰かと、それも男の人と本や詩人について話し合えるのは不思議な感じがした。これまでにデートした相手や、何度かキスしただけで別れたボーイフレンドたちとは違って、ソヌと一緒にいるとすごく楽だ。昔を知っているからだろうか。もちろん彼は私を覚えていないし、私もそんなには覚えてはいないけど。

無駄なおしゃべりをしているうちに大学に着いてしまう……と焦り始めたとき、ソヌがこちらにとっては助け舟になるようなことを言った。

「そういえばさっき何か聴きながら歩いてたようだけど？」

「あ、私が好きな曲なんですけど、先生も聴いてみます？」

私はソヌの返事も聞かず、かばんからスマホとイヤホンを出して、片方のイヤホンを彼の右耳につけプレイリストを再生した。私が何げなくソヌの体に触れて、彼がビクッとしたのと同時にメロディーが流れ出した。ソヌの反応は期待以上だった。

もしシートベルトをしていなかったら、急ブレーキのはずみで体がフロントガラスを突き破るところだった。彼はひどく当惑しながらひたすら謝っていた。歌のタイトルを尋ねるソヌに何食わぬ顔で返事をした。彼はひどく動揺していたけど気づかないふりで通した。大学に着いて人文学部の講義棟の前で私を降ろし、教員用の駐車場に向かう彼の顔は真っ青だった。

＊

韓国に戻ってソヌを見つけると宣言したあの日、私とおばさんはポットにたっぷり入ったジャスミンティーが空になるまで話しを交わした。あの歌についての話もその時に聞いた。ママは私を産む前の数年間、バンドのボーカルとして各地をツアーで回っていた。移動ばかりの生活に疲れたママは、結局自宅に戻り、韓国人が経営するミュージッククラブで歌うようになったらしい。

ある日おばさんの彼氏だったジョンフンのバースデーパーティーがそのクラブで開かれることになった。でも医大生だったおばさんは勉強に忙しくてそのことをすっかり忘れていたらしい。ケーキの箱を手にずいぶん遅れて店に入ったおばさんは、舞台の上であの歌を歌うママを客席から見つめるジョンフンの熱い視線に気づいてしまった。おばさんは店を出ようとジョンフンの腕を握った。その時に見てしまったのだ。彼の記憶に、おばさんではなくママと彼が一緒にいる場面を。しばらく経ってママの妊娠が発覚した。

私は知らなかった。二人で暮らしている頃、なぜママがその歌ばかり歌っていたのかを。むずかる私に子守唄として歌うだけでなく、幼い私をチャイルドシートに乗せてドライブに行くときも、リビングを掃除するときも、テーブルに向かい合って私はバナナ牛乳、ママは缶ビールでふざけて乾杯するときも、いつもあの歌を歌っていた。

ママにとっては一種の「花様年華」、つまり、自分の人生で最も美しかった時代の主題歌のようなものだったのだろう。ずっと片思いしていた男性が、姉ではなく自分を見つめてくれた、あの忘れられない夜に歌った歌。

ソヌはきっと知らない。その歌がママにとってどんな意味があったのか。ママはそんな深い話を人前でそう簡単にするような人じゃない。でも、気が向いたときにはギターを弾いてソヌにも歌ってあげたから、彼もその曲を忘れられないはずだ。今日ソヌが狼狽するのを見て、彼が全ての記憶を失ったわけではないと確信した。ひょっとすると彼自身が考えるよりも多くのことを覚えているかもしれない。

## 十三

おばさんが二本目のワインを開けた。今夜はいつもの何倍も疲れて見える。今日、とうとうソヌがクリニックに来た。開業してからほぼ毎日受付を手伝ってきた私も、ようやくほっとした。ソヌは白いコットンパンツにブルーのシャツ姿で杖をついて恐る恐る入ってきた。待合室の中をじっくり見回していた彼は、ピンク色のユニフォームを着た私を見つけると、まともに目も合わせられなかった。シャツの青色が彼の白い肌に合っているとふと思った。

「ママ、今日どうだった、ソヌ」

「それが……予想通り難しかったわ」

「診察する時に何か見えた？」

「前にも言ったけど、誰かの腕や身体の一部を触ったからといって、その人たちの記憶が全部見えるわけではないの。身近な人か、その人と関係がある人の記憶だけが見える。それでも見えるのは一部だけ。見たいという私の気持ちが強すぎるとか相手の記憶が強烈だと、私の意思とは関係ないものが見えるの。ママを失った幼い頃のあなたの記憶とか、あの日信号の前に立っていたソヌの記憶とかがそうよ。私の意思もある程度は作用するけど、二人とも抱えていた記憶が衝撃的で、自然に私に伝わってきたのよ」

「なるほど、すれ違う人の記憶が全て見えても困るわよね。全部見えないっていうのも、ある意味でママを守ってくれるシステムなのかもしれない。もちろんママはそんなつもりはないだろうけど」

「うん。それに、親しい人たちの記憶が見えるのはつらい場合もあるわ。むしろ見たくなかったって思うことが多い。それに、記憶がいつも一〇〇パーセント正しいわけじゃないってことはあなたも分かるでしょ。例えば、あなたと私が何かを一緒に経験したとしても、あなたと私の記憶は同じではない。昔のことならなおさらよ」

「そうね。一緒に経験したことでも、人によって違う形で覚えていることは多いよね。まったく同じ記憶として残る方が不可能なのかも。それぞれの経験と立場と感情なんかがごちゃごちゃに混ざった結果が記憶だから」

「だから人の記憶を信じ込んでしまうのも危険だと思う。とにかく、今日はソヌを触診しながら、それとなく彼の記憶を見ようとしたけど……全然見えなかった」

「何も？」

「うん。記憶に厚いカーテンがかかっているようだった。もしかしたらソヌが無意識に思い出さないようにしているのかもしれない。昔見た彼の記憶は鮮明だったのに。今日は一時間近く体を触ったけど、水のように透明なものしか見えなかった。何も映っていないの。こんなケースは初めて」

　おばさんは深いため息をついた。

「それはそれで変よね。いくら記憶喪失だとしても、記憶の断片は残っているはずよ。この前私がママに扮して看病した時は、何かを思い出したような様子だったわ」

「そのときソヌがあなたを見て何て言ったのかもう一度教えてくれる？」

「熱にうなされていたからただのうわ言だったのかもしれないけど、私が濡れタオルを額にのせたら急に目を開けたの。ママじゃないのがバレそうで少し怖かったけど何くわぬ顔で見つめてやったわ」

「そうしたら？」

「まるで夢を見ているような目つきだったのに、ハートのネックレスが目に入った途端、いきなり私の手を握ってきたの。病気なのにすごい力だったことを覚えてる。振り払いたいのを我慢してじっとしてたらこう言ったんだ。アラン、僕と一緒に行くよね？　今度は本当に一緒に行くんだよね？　お願いだ、僕を置いて行かないでって。そう言ってまた眠ったわ」

「アランとどこかへ行こうとしたけどアランが嫌がったのかな。絶対この男が何か関係しているはずなんだけど、それが何なのかさっぱり見えない」

「ママ、あまり気にしないで。まだチャンスはあるから」

「そうね……今日はちょっと疲れたわ。そろそろ寝ないと。キッチンの後片付けお願いしてもいい？」

「うん。おつかれさま。ゆっくり休んで」

おばさんはうなずいて寝室へ向かった。

*

少し歩いただけで額に汗がにじむ。夏が始まった。いつもソヌの研究室にいて邪魔だった助手のソンチョルが、夏休みで釜山《プサン》の実家に帰った。おかげで二カ月あまりの時間が手に入った。私はソヌの研究室の前でうろうろしながら彼を待ち伏せた。廊下の壁に貼られたアルバイト募集の掲示を見るふりをして、偶然を装って研究室に入ることに成功した。おまけにお金が要るという口実でソヌの英詩翻訳プロジェクトの作業を手伝うことになった。これで毎日ソヌを近くで観察しながら彼をいろんな方法で揺さぶることができる。

私たちは彼の研究室でテーブルを挟んで座り、詩選集に入れる詩を一緒に選びながら、どの詩人のどんな作品がいいか話し合い、私の翻訳に対する彼のフィードバックを聞き、教員用食堂や大学近くのレストランで一緒にご飯を食べた。翻訳作業に行き詰まると、最近インスタで人気のカフェに出かけてデザートを食べたり、キャンパス内を一緒に散策したりした。

夏季集中講義を受講する学生や就職活動などで図書館に来る同じ学科の子たちが、私たち二人のことを噂しているのも知っていたけれど気にしなかった。今はソヌとのスキャンダルを心配している場合ではない。むしろ私とおばさんの作戦に役立つかもしれないと思ってわざと気づかないふりをした。

この間ソヌは私に対して終始一貫して礼儀正しかった。彼は教員と学生の線を決して越えようとしない。私に関心がないのかと思ったがそうでもなさそうだ。プリントを読むのに集中していた私がふと顔を上げた時、さっと私から視線を外す彼の仕草や、作業中に二人の手や腕が触れた時の反応を見ると、私に関心があるのは明らかだ。

でもそれ以上はなかった。うまい訳が浮かばなくて悩む私にいくつも例を挙げてくれたり、家まで車で送ってくれたり、ご飯やお茶をご馳走してくれたりするけど、指一本触れてこなかった。仕方ない。山が動かないならムハンマドが山に向かうしか。

ある日私は、半袖の白いポロシャツにデニムのショートパンツをはき、素足にサンダル姿でいつもより早く大学へ行った。昨日降った雨のせいでグラウンドは湿っている。完璧だ。まず研究室の壁にかかっているアンテロープ・キャニオンの写真を入れた額縁に隠しカメラを設置した。その額縁は翻訳アルバイトを紹介してくれたソヌへのお礼に私がプレゼントしたものだ。それから講義棟の裏側にある階段に出た私は、大きく深呼吸をした。一回、二回、三回、そしてもう一回。

そこから階段を六段上がり、わざと足を踏み外して階段の下に転がり落ちた。本能的に両腕で顔を覆ったせいで、石の階段に肘を激しくぶつけてしまった。高圧線に感電したようなショックが全身に広がるのと同時に、尖った石に引っかかって裂ける布のように、膝と太ももに鋭い痛みが走り、思わずうめき声を上げた。

覚悟はしていたけど想像の何倍もの激痛でしばらく動けなかった。地面に両手をついてゆっくり体を起こし、恐る恐る怪我をしたところを見た。音がするほど激しくぶつけた肘は涙が出るほど痛かった。周りの皮膚の色が変わってきたけれど、血は出ていない。膝と太ももには縦に長い擦り傷ができて血まみれな上、土や砂もついてひどいありさまだった。ひょっとして誰かに見られたかもと周りを見回したけど、夏休みの早朝だからか、幸い誰もいなかった。私はポケットに入れておいたハンカチを取り出して土を適当に払い、足を引きずりながら研究室まで歩いた。

　中に入った私はソファでうずくまってソヌを待った。いつもより遅れて来たソヌは、私の姿を見ると慌てて駆け寄ってきた。普段は音もなく流れる水のように静かな表情の彼が、私の傷を見て顔をしかめた。

「いったいどうしたんだ？　こんなに血が……大怪我じゃないか！」

「さっき学科長室に資料を取りに行って、戻ってくる時に階段で滑ったんです……急に目まいがして……」

「ちょっと待ってて。救急箱がどこかにあったはずだ」

　骨折したわけでもないのに、彼は大騒ぎで研究室の隅にあるキャビネットから救急箱を取り出し、傷口を脱脂綿で拭いて消毒してくれた。傷にふうふうと息を吹きかけているのを見て笑いをこらえるのが大変だった。いつも真面目そうな顔をしている彼が慌てる姿は思ったより面白かった。彼は私の太ももに包帯を巻き終えると、隣に座って私の頭をなでながら言った。

「ジア、えらいね、よく我慢した」

　めったに感情を表さない彼が優しい表情を見せたことに驚いた。彼も思わず言ってしまった言葉が恥ずかしかったのか下を向いて戸惑っていた。ふと、私が幼い頃に転んで怪我をした時、こんなふうに頭をなでて褒めてくれたことを思い出した。あの頃の私たちは本当に楽しかったのに。あの頃の私たちには何の心配もなかったのに。

うつむいているソヌの顔をじっと見つめていると、彼が頭をもたげた。私は彼に近づいて、彼の唇に自分の唇を重ねた。一瞬こわばった彼の体から、またすぐに力が抜けた。彼は両手で優しく私の頬を包み、唇を離さなかった。キスをしている間、私の頭の中は空っぽだった。ママのことも、おばさんのことも、何も考えなかった。ソヌと私、二人だけの時間だった。

## 十四

最近よく眠れない。ベッドに入ってからも次から次へといろんなことを考えてしまって、一晩中まんじりともせずに朝を迎えることが続いている。朝食のテーブルでおばさんが尋ねた。

「最近どうしたの？」

「うん？　大丈夫だよ。なんで？」

「最近あまり寝てないでしょ？　顔色も悪いし。もしかしてまた……うつっぽくなった？」

心配そうに私の顔を覗き込んでいる。私はおばさんの顔を見ながら答えた。

「違うよ。最近ソヌと一緒にやってる翻訳作業がちょっと大変なだけよ。一日中机の前に座ってるから運動不足になっちゃって。多分そのせいでよく眠れないのよね」

「そっか。毎日暑いしね。でも時間を見つけてウォーキングするなり、近所のジムに行くなり、動いた方がいいわ。毎食ちゃんと食べなさいよ。最近まともに食べてないでしょ。ソヌの調査もだいじだけど、私にはあなたの方がだいじなんだから」

「了解！」

私はおどけて敬礼してみせた。おばさんは微笑んでくれたけど、目を見れば心配しているのがありありと分かった。

「こんなことしてたら遅刻しちゃうよ、ママ。あとは私が片付けるから早く行って」

おばさんが出勤したあと、お皿を洗いながら数日前にソヌと公園で会った時の会話を思い出していた。あの日のキスのあと、私たち二人の距離は少しずつ縮まっている。というより、ソヌが勇気を出して近づいてきているといった方が正しい。そうさせることがもともとの作戦だった。でも計画通り進むにつれて、嬉しいというより怖くて頭がこんがらがってくる。ソヌの好意を利用して、彼の持つ昔の記憶と秘密を掘り起こせる可能性が高くなるのは好都合だけど、一方で彼が私に対してどれくらいの感情を抱いているのかが気になった。

昨日公園で会ったのは偶然ではない。ソヌの気持ちをそれとなく探るためにわざと待ち伏せて、私も以前は男の子たちに人気があったと言ってみた。病気になる前は私を追い回す男子もけっこう多かったから、まったくの嘘でもない。今の私にはソヌしか見えないという言葉も事実だ。あんな若造たちに比べればソヌは大人の男性だし、何より彼は私のターゲットであり獲物だから。ただ、ママを連れ去って殺したかもしれない男に対する私の気持ちが今後どうなっていくのか、自分でも分からないのが問題だ……。

最近ソヌは定期的にクリニックで治療を受けている。おばさんは彼を夕食に招待するつもりだと言った。その日は必ずソヌの記憶を引き出さなければならない。少なくとも証拠になるような話を。夕食の準備のためにおばさんと二人でデパートに行き、高級ワインを何本か買って食材も調達した。私の服も何着か買った。あくまでも作戦に必要なアイテムだ。ソヌが私の姿にママの面影を見て動揺させるための。

約束の日、私は朝から、買ってもらった服をベッドに広げて何を着るべきか悩み、化粧をして、家の掃除をして、料理をして、と一日中忙しかった。ソヌは約束の時間ちょうどにインターホンを鳴らした。門を開けると、パッと見ただけでも重そうなバラの花束とワインのボトルを持ってソヌが立っていた。片方の手には杖を持ち、もう片方の手でワインを持って、花束は脇に挟んでいる姿が大変そうに見えた。額に汗がにじんでいる。私は素早く花束を受け取って大げさに喜んで見せた。

なんとなく暗かったソヌの表情が、一気に緩んだ。私は彼を引っ張って家の中に入った。自分たちを付き合い始めたばかりの恋人同士だと思っている彼は、二人きりになったとたん私をソファに座らせてキスをした。ちょうどその時におばさんが家に入ってくる音が聞こえた。助かった。

夕食自体は楽しかった。普段は口数の少ないソヌも、今夜はおばさんにすすめられるままワインを飲み、アメリカの大学で教えていた頃の話を面白おかしく聞かせてくれた。私は彼にこんな社交的な面もあったのかと見直した。彼は完璧な食事の相手だったし、センスのあるゲストとして振る舞っていた。おばさんはそんなソヌを相手に、次々と話を引き出していった。二人と一緒にワインを飲み続けているうちに私も酔いが回ってしまった。おばさんがそれに気づいて、こっそり目配せをしながら言った。

「先生、音楽お好きですか？」

「はい、好きです」

「じゃあ、ジアの歌、聴いてみます？」

「ジアの歌ですか？」

「ええ、この子、歌もうまいしギターの腕もなかなかなんですよ。ほら、二階からギター持ってきなさい」

「えー、先生の前で？　恥ずかしいよ」

私は脚本どおり恥ずかしがるふりをした。ソヌが微笑みながら言った。

「聴かせてくれないか、気になるなあ」

「もう仕方ないなあ。じゃあギターを持ってきます」

私は渋々という感じで立ち上がった。ソヌの視線がずっと私を追っている。その隙におばさんがソヌのワイングラスにこっそり何かを入れるのが見えた。えっ？　白い粉がサッと赤ワインに溶けた。あんなことは計画になかったのに！　不審に思いつつも、平静を装って二階に上がった。

ギターを持ってリビングに戻ると、おばさんとソヌは何かについて話を交わしていた。私がそばにいなかったせいか、ソヌが少し不安そうだ。ちょっと気の毒になったけど、計画は計画だ。私はJaurimの『春の日は過ぎゆく』を歌った。このために何カ月も歌のレッスンを受けてきた。その時間は決して無駄ではなかったようだ。ソヌは先日車の中でこの曲を聞いた時よりも青ざめた顔で椅子から立ち上がったのだから。

「すみません。急に気分が悪くなって。おいしくて食べすぎたようです。この辺で失礼します」

「え、いきなりですか？　顔色が良くないようですけど、少し休んでからお帰りになっては？　うちに薬がありますから」

おばさんはソヌの表情を注意深く探りながら彼の腕をつかんで引き止めようとした。だけどソヌは彼女の手を振り払って、椅子の横に立てかけておいた杖をついて立ち上がった。

「いえ。早く帰って家で休んだ方がよさそうです」

見送ろうとする私に、ソヌは座っていなさいと手を振って、足を引きずりながら出て行った。おばさんと私は黙って顔を見合わせた。ソヌが玄関のドアを開けて歩いていく音が聞こえた。

「おばさん、さっきワイングラスに何を入れたの？」

「たいしたことないわよ。彼、普段から静かだし、今日もこれといった話をしてくれないかと思って、ちょっと気分が良くなる薬を入れただけよ。別に害はないわ」

「本当に害はないのね？　ひどい顔色だったけど、その薬のせいじゃないの？」

「ジア、私は医者よ。わざと人に害を与えるようなことはしないわ」

「おばさん、いくらなんでも一線は越えないようにしようよ。私たちはソヌの記憶を探りたいだけで、彼を傷つけたいわけじゃないでしょ。ソヌがママを殺した犯人だという証拠もまだないわ。なのにおばさんはソヌが犯人だと決めつけているみたい。もしかして、あの交通事故に対して罪悪感を感じてるんじゃないの？」

興奮したせいで、言ってはいけないことを思わず口走ってしまった。

ワインでほんのり赤くなっていたおばさんの顔が一瞬にして蒼白になった。

「あなたこそちょっと興奮しすぎじゃない？　ソヌのワイングラスに入れたものはそんな強いものじゃないって言ったでしょ？　私を信じられないの？　それにさっき私をおばさんって呼んだけど、どうして？　私たちの約束を忘れたの？」

私は動揺した。申し訳なくて言葉を失った。

「あなた、まさかソヌに対して特別な感情があるんじゃないでしょうね。ここまでするのはママを捜すためでしょ？　そもそもあなたが言い出したことよ。キム・ヨヌ、しっかりしなさい！」

いつものおばさんらしくない厳しい口調だった。

「違うわ。まだ決定的な証拠もないのに、誰かに危害を加えることになってはいけないからよ。それに、ルイおじさんからおばさんの面倒を見てほしいって頼まれたのよ。私のことでおばさんが一線を越えるのはイヤなの。悪いけど、酔いが回ったから今日はもう寝る。片付けは明日の朝やるから」

今夜はこれ以上おばさんの顔を見たくなかった。お酒のせいにして自分の部屋に戻り、ベッドに寝転がった。私のために杖をつきながら汗だくでワインと花束を持ってきたソヌを思い出すと、突然涙があふれた。この感情は何？　いったい私はどうしたんだろう。頭が混乱して何がなんだかわからない。私は自分の頬をたたいた。

恋愛なんてしてる場合？　ママを愛した男と？　ママを殺したかもしれない男を好きになったの？　全て自分が立てた作戦だってことを忘れたの？　だめだ、だめだ、目を覚まさなくては。

## 十五

あの夕食以降、ソヌとの距離は縮まった。でも彼がどんどん積極的になるのに対して、私の警戒心は次第に大きくなっていく。おばさんに怒られたせいもあるけど、これまでただ優しかったソヌが、男性として私に接してくることに怖さも感じていた。私が望んでいたのは、ただ彼を誘惑して青少年閲覧可の恋愛ごっこをするところまでだった。私を求める彼のスキンシップが激しくなるにつれて、彼と二人きりになるのが億劫になった。

でもこの相反する二つの気持ちはなんだろう。善良なソヌに会うたび彼に惹かれていく。

ママではなく私のことを見てほしいと思いながらも、おばさんと私が仕掛けた罠に引っかかる彼の姿や動揺している様子を見るとスッと冷めていく。私が深く悩むほど、おばさんの心配も大きくなっていった。

何よりもう時間がない。翻訳プロジェクトもそろそろ終盤だし、もうすぐ冬休みが始まってしまう。その間も彼の監視を続けるためにはどんな口実を作ればいいだろう。一年近くもソヌのことだけに集中してきた私とおばさんは疲れ始めていた。アメリカに一人でいるルイおじさんの我慢もそろそろ限界だろう。この辺で勝負に出なければ、そう思っていたタイミングでたまたまソヌの友人に会うチャンスが巡ってきた。

ソヌの中学・高校の同級生というミョンス。研究室でソヌが彼と電話で話すのを聞いて、わざと二人の会話に入ったのが功を奏して、彼らが飲みに行く場に加わることができた。店でミョンスに会った私は、どこかで見た顔だと思った。そうだ、デパートでソヌを尾行した時に見た男だ。確かオーディオ売り場にいた。

お酒を飲みながら私とミョンスの会話をそばで聞いているソヌの表情は、いつもよりずっと穏やかだった。単にアルコールが回ってというよりは、好きな人たちと共に過ごす時間を心から楽しんでいたのだろう。幸せそうなソヌの表情を見て、心が揺さぶられた。トイレから戻ってきた時に何げなく二人の会話を耳にした。お前もそろそろ幸せになってもいい頃だろというミョンスの言葉に少し躊躇していたソヌを見て、私はここで勝負に出なければと思った。

一番気になっていた質問をソヌにぶつけるチャンスだ。私はミョンスが席を外したタイミングを狙って、ソヌに朝まで一緒に過ごしたいと告げた。それまで彼からの愛情表現に積極的に応えなかった私がそう言うと、彼は目を見開いた。いいホテルをとろうかという彼の提案をさえぎって、もう少し静かなところがいいと答えた。

静かで誰にも邪魔されない場所。つまり、彼の醜悪で残酷で恐ろしい秘密を隠すことができる場所。これは最初から計画していたことだ。もちろんおばさんは、私がソヌと二人きりでそんな場所に行くことに反対だったし、この段階に至るまでに全てが解決することを願っていた。

京畿道《キョンギド》Ａ市に別荘があるとソヌが言った。だったらそこへ行ってやる。それが京畿道《キョンギド》じゃなくて地獄の果てでも行ってやる。私は初めて過ごす夜をロマンティックにしたいからクリスマスイヴに行こうと提案した。ソヌはもちろんすぐにＯＫした。その日私はクリニックの手伝いがあって夕食前に到着すると言うと、ソヌが先に別荘へ行って片付けをしながら私を待つことになった。私にはその日、やるべきことがある。パクさんと一緒に。

当日。ソヌが別荘に向かったというパクさんからの電話をもらった私は、すぐにソヌの家に行った。この前ソヌが高熱を出した時も、パクさんに連絡をもらってから、ママがよく着ていた茶色の水玉模様のワンピースとまったく同じ服を着て、ママと同じヘアスタイルのウィッグをかぶってソヌの部屋へ行った。あの日はソヌの看病をしながら記憶を揺さぶるという目的があったけど今回は違う。必ず見つけたいものがあるのだ。

ソヌから決定的な証言を引き出すことができなかった場合に備えて、おばさんと私は確実な証拠を探すことにした。ママがいつもしていたハートのネックレスだ。アメリカにいたおじいちゃんが肝臓がんで亡くなる何カ月か前に、おばさんとママにプレゼントしたものだという。すぐにケンカする双子の娘たちのためにわざわざ宝石商に作らせたものだ。

二十四金で作ったネックレスは、ハートの左半分をママが、右半分をアナンおばさんが持つことになった。ママのネックレスの裏にはアナンおばさんの名前の略「ＡＮ」が、おばさんのネックレスの裏にはママの名前の略「ＡＲ」が刻まれている。二つのネックレスを合わせると完璧なハートになるデザインだ。おじいちゃんは二人の目の前でハートを半分に分け、片方ずつ娘たちの首にかけてやりながらこう言ったそうだ。

「お前たちは母さんのお腹にいた時からずっと一緒だが、いつかはそれぞれの道を行く日が来るだろう。でも忘れないでほしい。お前たち二人は血を分けた姉妹だということを。このネックレスはその証しだ。いつも身につけておくんだよ」

死を目前にしたおじいちゃんの真剣な言葉に、二人とも神妙な顔でうなずいた。そして言われたとおり、ずっと身につけていたという。だからママがいなくなったあとにあのネックレスを持っている人がいたら、その人物がママの行方の鍵を握っているはずだと思った。

私はパクさんと一緒にソヌの部屋を隅々まで調べた。普段のソヌは外出する際、いつも自分の部屋に鍵をかける。そのためパクさんは勝手に部屋に入ることができなかった。ソヌとクリスマスイヴの約束をした日、私は彼とキスしながらクロスバッグに手を伸ばして、中にあった鍵をこっそり抜き取った。そして後日コピーして気づかれないように戻しておいた。

彼の部屋のクローゼットや机の引き出しを全部引っくり返して探していると、突然私のスマホが鳴った。ソヌからの電話だ。私は静かに、とパクさんに目配せをして、大きく深呼吸をしてから電話に出た。

「もしもし」

「ジアかい？　もう出発した？」

「いえ、まだなんです。スキーに行く友達が、同じ方向だから乗せてってくれるんですけど、仲間の一人がちょっと遅れるらしくて。今、家で待っているところです」

「そうか。天気が悪くてひどく雪が降ってるよ」

「あ、じゃあやっぱりホワイトクリスマスですね、あはは」

「ああ、そうなればって君が言ってたね」

その時、ソヌのベッドの枕元にある目覚まし時計がいきなりカッコーと鳴り出した。あれこれと探しているうちに手が触れてしまったんだろうか。私も、パクさんも飛び上がるほどびっくりした。電話の向こうが静かだ。しばらく沈黙が流れた。永遠に続くかと思うほど長く感じられた。

「何の音？」

「あ、私の目覚まし時計の音です。荷造りしてて触っちゃったのかな。うっかりして」

「そうか。僕の時計と同じ音だ」

「え、本当ですか？　嬉しい偶然だなあ」

「そうだな……本当に驚いた。とにかく、そのお友達には運転気をつけろって伝えて。ジアが怪我したら大変だ」

「分かりました。早く行きますね。会いたいなあ、あはは」

私はバカみたいに笑ってから電話を切ると、へなへなと床に座り込んだ。パクさんがそばに来て私の背中をさすりながら慰めてくれた。出発の時間が迫っている。早く移動しなければ。自宅に戻って、用意しておいた旅行かばんを持って出た。いつもよりクリニックを早めに閉めたおばさんが家の前に車を回してくれていた。後部座席にはパクさんが乗り込み、私たちは黙ってソヌの別荘に向かって出発した。

「ジア」

「うん、ママ」

「私にとって一番大切なのはあなたの安全よ」

「分かってる」

「今夜、どんな結末に終わってもここまでにしよう。何があっても、そのあとアメリカに帰るのよ」

「分かった、ママ。私も……ここまでやって気が済んだ」

「そう。えらいわ」

おばさんは私の頭を優しくなでてから、前に向き直って運転に集中した。これから起こることを暗示するかのようにどんよりとした雲が広がっている。別荘のあたりは吹雪いているらしい。恋人と初めて過ごすクリスマスがホワイトクリスマスだなんてロマンティックなこと。虚しさを感じながらそんなことを考えた。

降り出した雪について私たちは何も言わなかった。三人それぞれが窓の外だけを眺めていた。吹雪の中を進み続けてようやく別荘の近くまできた。おばさんとパクさんの姿をソヌに見つかってはいけない。車から降りた私は、かばんを持って別荘へと向かった。元の建物はどうだったか知らないけれど、雪の中で見るソヌの別荘は、他の別荘とは少し離れていて現代的な外観が際立って美しかった。木材とコンクリートを使ったお洒落な平屋建てで、リビングの一面がガラス張りになっている。ソヌを驚かせようとこっそり窓の方に近づくと、大きなガラス窓の前に深刻な表情で立っているソヌが見えた。どうしてあんなに怖い顔をしているのだろう。

私は気を引き締めて、コンコンと窓をたたいた。こわばった表情で考えにふけっていたソヌが私を見て一瞬驚き、すぐに笑って玄関に回るよう手招きした。外は相変わらず吹雪いている。玄関のドアを開けたソヌは、雪だるまのようになった私を見て笑い、私の頭に積もった雪を払ってくれた。私はそんな彼を力いっぱい抱きしめた。こんなことができるのもあとわずかだ。ソヌは私を見て明るく微笑んだ。

私たちはパクさんが手間をかけて作ってくれた料理を堪能した。二人で食事をするのはこれが最後だと思うと、食欲は湧かなかったけど、無理をしていつもよりも食べるようにした。食事のあと私たちは、窓の外に降り積もる雪をじっと眺めていた。何もかもが完璧だった。ソヌが私にキスするまでは。

きっとこうなることは分かっていたし、これまで何度も想像した。でも想像と現実は違った。彼は私を後ろから抱きしめ、うなじにキスをしながら耳たぶを軽く噛んだ。彼の息づかいを感じながら、この旅の本当の目的を思い出していた私は全身が硬くなるのを感じた。

この旅行を、二人の愛を確認する儀式だと思っているソヌと、彼の記憶か証拠を見つけ出そうとしている私。徐々にエスカレートする彼の求愛行為にブレーキをかけなければ。いつ、どうやってストップさせればいいのか焦っていると、彼が不器用な手つきで私のブラウスのボタンを外し始めてハッとした。

まずい。午後にソヌの部屋を調べている最中にいきなり電話がきてバレそうになったせいで、ネックレスを外してくるのを忘れてしまった。ソヌに見られる前に早く隠さなければ。私はブラウスのボタンを外そうとする彼の両手を押さえながら言った。

「焦らないで。冬の夜は長いわ」

彼はわずかにためらったあと、いつもの優しい笑顔でささやいた。

「そうだね、夜はまだ始まってもいない」

私は内心ほっとした。

「シャワー浴びてきますね。歯磨きもしたいし」

急いでバスルームに向かった。勢いよくシャワーのお湯を出したまま洗面台の前に立ち、両手を首の後ろに回してネックレスを外そうとしたけれど、手の震えがおさまらなくてチェーンの後ろの留め金がつかめない。何度も失敗してようやく外せた。でもどこに隠そう……ここはソヌの別荘だし、彼に見つからない場所を探すのは難しいと思って、とりあえずスカートのポケットにネックレスを入れ、手を洗ってからバスルームを一旦出ることにした。

ところがその時、ソファの上に置いてあった私のバッグをソヌが開けているのが見えた。私たちの姿が撮れる角度にセットしたカメラが入っているのに！　私が立っている場所からは彼の背中しか見えないけれど、絶対に中を見られたと思った。まずい、どんな言い訳をしてもダメだろう。心臓の鼓動が一気に早くなった。息が浅くなる。このままだとまたパニック発作が起きそうで深く息を吸った。ふと、ソファの肘掛けに杖が立てかけてあるのが目に入った。私は気づかれないように彼の後ろに近づき、その杖を手に取った。

「何してるんですか？　私のバッグを勝手に開けて」

その声にソヌが振り向くと同時に、私は持っていた杖をソヌの頭めがけて力いっぱい振り下ろした。彼はウッと短く叫んで倒れた。杖が当たったところから噴き出した血が、彼の顔を伝って流れ出した。それを見て私の鼓動はさっきの何倍も速まり、今にも爆発しそうになった。目の前がくらくらする。このままだと私の方が先に死んでしまいそうだ。バッグからスマホを取り出しておばさんの番号を押した。一回の呼び出し音でつながった。

「おばさん、早く来て！」

「分かった、すぐ行く！」

　おばさんとパクさんが来るのを待つ間、ソファの横に立ってただ震えていた。もしかしてソヌが死んでしまったのではと首筋に触れてみたが、幸い脈はあった。私はかろうじて息を吸い込んだ。そして彼の傷の深さを見ようと額に手を伸ばした時、床の上で何かが光っているのが見えた。

　何だろう？　床にまで流れだした血に触れないよう、注意深くつまみ上げたそれは、温白色のライトに照らされて再びきらめいた。ハートのネックレスの片割れだった。右半分ではなく、左のハート。裏を見なくても分かる。そこにはＡＮと刻まれているはずだ。

# 四章　別荘の夜

## 一

父の葬儀を終え初七日も済ませた。一人になった僕を気の毒に思ったのか、カン弁護士夫妻がうちまで来ていろいろ手伝ってくれた。身寄りがないと聞いていたスジンさんの葬儀も同時に行うつもりでいたが、彼女の遠い親戚だとかいう人が突然現れ、葬儀は自分たちがやるからと言って彼女の遺体を引き取って行った。何年も一緒に暮らしたスジンさんとの縁は、そうしてあっさりと切れてしまった。弁護士のおじさんは、明日アメリカに発つ僕に忘れ物がないようにしなさいと気遣ってくれた。高校の卒業要件を満たしていた僕は、卒業式を待たずに渡米して、現地の大学ですぐに学生生活を始めることになっていたからだ。自宅は当分の間おじさんが管理してくれることになった。

二人が帰ってから、僕はしばらくキッチンのテーブルの前にぼんやりと座っていた。おばさんが全部片付けてくれたので、僕がすべきことは何もなかった。なんとなく冷蔵庫を開けてみたが、ひんやりした冷気で侘しさが増すような気がしてそのまま閉めた。自分の部屋に戻ってベッドに横になってみたものの、張り詰めた心はまったく落ち着かない。僕は起き上がって窓の方へ歩いた。昼頃から降り始めた雨は勢いを増し、口笛のような風が吹いている。雨に煙る暗闇の中にアランの家の明かりが見えた。僕はその明かりに誘われるように我を忘れて部屋を出た。玄関を飛び出した僕は、アランの家のインターホンを押した。モニター越しに僕の姿を確認したアランは、何も言わずに門を解錠してくれた。

傘も持たずに出てきたせいで、喪服を着たままの僕はずぶ濡れになり、髪の毛から雨の滴がしたたり落ちた。玄関の方からアランがゆっくり歩いてきてそんな僕を抱きしめてくれた。僕はアランにしがみついて、彼女の黒く艶やかな髪に顔をうずめた。このまま時間が止まればいいのに。このまま死んでしまえたらいいのに。激しい雨に打たれながら、僕はそれだけを思っていた。

＊

冷水を浴びせられて目が覚めた。この水は何だ？　雨か、それとも自分の涙か？　さっきまで見ていたのは夢だったのか？　それよりもここはどこだ？　霧の中にいるように頭がぼうっとしている。右耳の上あたりがズキズキする。何だかベタついているような気がして触ろうとしたが動けなかった。どうしてだ？　顔を上げてみると、体が縛られていた。正確には、座った状態で椅子にくくりつけられた上に、ロープで後ろ手に縛られている。この椅子は別荘のキッチンにあったものだ。じゃあこのロープは？　いったいどこから出てきたんだ？

今この状況でこんな些細なことが気になる自分に思わず笑いが出た。僕はぐっしょりと濡れて色の濃くなった自分のシャツを見下ろしたあと、視線を前に向けてみた。目の前に人がぼやけて見えるが、まだ焦点が合わない。首を振って凝視しても、画質の悪いモニターのようにぼんやりしている。もう一度強く首を振って何度かまばたきをすると、酔っぱらいのように揺れていたシルエットが静止した。女だ。

意識を失う前まではジアと一緒にいたはずだ。だが今、目の前には、死神のような顔をしたケイトが立っている。ケイト……この名前は本名だろうか？　今にも僕の心臓をえぐり出さんばかりの目つきでこっちをにらんでいる。どうしてだ？　純真な娘をもてあそんだオオカミだとでも思われたのか。それにしては、醸し出す空気があまりに殺伐としていないか。いったいどんな理由でここまで陰鬱な表情でにらみつけるのか。

意識が戻った僕にケイトが近づいてきた。片手に空のグラスを持っている。中にあった水を浴びせたのか？　ジーンズに黒いタートルネックセーターを着た彼女の両目は、いつもと違って気味が悪いほどぎらついていた。正常と狂気の境界にいるような目つきに戦慄した僕は、ごくりと唾を飲み込んだ。その時、背後から声がした。

「お目覚め？　ぐっすり眠っていらしたようですが」

ジアの声だ。そしてジアが視界に入った。さっきまで着ていた真珠色の細かいボタンが付いたブラウスと紺色のスカートではなく、白いスウェットにブラックジーンズ姿だった。ジアもいつもとはまったく違って見える。愛らしくてはつらつとして、時折見せる凛々しい表情が魅力的な彼女の顔が、今は異様にこわばっていて、一文字に結ばれた唇には冷たい空気が漂っている。

　不意打ちを食らったショックで僕の脳に異常が生じたのか、この状況がまったく理解できない。ジアと僕は付き合い始めたばかりの恋人で、二人だけの時間を持とうとしていた。ただそれだけだ。僕が疑心暗鬼になってジアのバッグの中を見てしまったのは悪かったが、杖で頭を殴るほどのことだろうか。些細な誤解は話し合えば解決できるはずだ。お願いだから二人とも僕のことを虫ケラのように見ないでくれ。良識ある大人として話し合おう、そう言いたかった。しかしさるぐつわを噛まされていて話せなかった。

　僕が唸っているとケイトがジアに目配せした。ジアが近づいてくると甘い香りがふわりと漂った。僕が彼女に贈ったクロエの香りに胸が締めつけられた。ジアがさるぐつわを手荒にほどくと、乾いた咳が出た。どれだけの時間意識を失っていたのかは分からないが、我慢できないくらい喉が渇いている。口を開いても声が出ない。それを見たジアが水を持ってきて口元にグラスを当ててくれた。水を飲みながら目を合わせようとしたが、彼女はずっと僕の視線を避けていた。

「ちょっとは目が覚めましたか、ソヌさん？　何やら感動的な夢でも見ていたようですね、涙まで流しながら」

　さっきかけられた水よりも冷ややかな声でケイトが言った。やはりあれは夢だったのか。永遠でなくてもアランともう少し一緒にいたかった……。

「さあ、水も飲んだことだし、これから本格的に話し合いましょうか」

「いったい何の真似ですか⁈　僕が何をしたっていうんですか？　早くほどいてください！　それにどうしてバッグの中に隠しカメラなんか入れてあったんですか？」

「たくさん気になることがあるのね。でも今はあなたじゃなくてこっちの疑問を明らかにするのが先なの。私たちはずいぶん前からあなたのことを知りたかったんですから」

「ずいぶん前？」

「ええ、あなたが思う以上に」

「さっぱり分からない。だから何の話ですか。気になることがあるなら普通に聞けばいいじゃないですか。どうしてここまでするんですか、これは犯罪ですよ。脅迫に暴行まで」

「私たちはこれまで何度も尋ねたのに、ソヌさんがしらを切り続けるからもうこの方法しかないんです。悪いのは私たちじゃなくてあなたでしょう」

「知りたいことっていったい何ですか？」

「いいわ。無駄話はやめて本題に入りましょうか。さあ、これをあなたが持っているのはなぜ？」

　両手を腰に当てて顔をしかめたまま話していたケイトがジアを見てうなずいた。するとジアがソファの前にあるテーブルから、何かをつまみ上げて僕に見えるように差し出した。ハートのネックレスだ。半分に割れたものではなくて、完全な形のハート。

　ジアはハートの表面をまず見せてから裏返した。片方にはＡＮ、もう片方にはＡＲという文字が刻まれていた。それを見た瞬間、額に脂汗がにじんで息が浅くなった。ケイトがタートルネックの袖をまくりながら目の前まで歩いてきた。

「あらあら、まだ始まったばかりなのに、これしきで驚くなんてがっかりだわ。背中でもさすってあげましょうか？」

僕は首を横に振り、目を閉じて深呼吸をしたあと再び口を開いた。

「あなたが……アランのお姉さんだったのか」

ケイトの片目がぴくぴくと痙攣した。

「知りたかったのはこのこと？　あの日夕食の席で向かいの家に住んでいた女について訊いた理由は、結局これだったんですね」

僕はそう言って深いため息をついた。

「どうしてあなたがこれを持っているの？　これはアランのネックレスよ。交通事故に遭って記憶を失ったと言いながら、こんな辺鄙なところにこれを隠しておいた理由は何？　全てが怪しいのよ。それに私、見たんだから。あなたとアランは普通の仲じゃなかった。いや、はっきり言って、あなたはアランに対して近所のお姉さん以上の感情を持っていた」

「見たって？　何を？　アメリカにいたのに何をどうやって見たんだ？　アランがいなくなる前に彼女から何かを聞いたのか？　姉妹だからそれもありえるだろう。ああ、そのとおりだ、僕はアランを愛していた」

そう言い返したとき、背後で小さな悲鳴にも似た息遣いが聞こえた。ケイトと話すのに必死なあまり、ジアのことまで気が回らなかった。彼女を見たくても椅子に縛りつけられて振り返ることができない。わずかに漂う彼女の香りに心が乱れた。

「もしかして、あなたがアランのお姉さんということは、まさか……ジアは……いや、違う、そんなはずがない！」

激しく狼狽する僕の視界にジアが現れた。ずっと目を合わせるのを避けていた彼女が、まっすぐ僕を見ている。初めて会った時のように何の感情も読みとれない彼女の瞳を見てようやく分かった。これまでジアに会うたびにどうして懐かしい感じがしたのか。なぜこれほどまでに一緒にいたいと思ったのか。

「君が……君が……ヨヌだったのか。すまない。もっと早く気づくべきだった。幼い頃とはずいぶん顔が変わったから、まさか君だとは思わなかった」

ジアは押し黙っていた。僕はケイトにいきなり頰をたたかれて我に返った。

「くだらないこと言ってないで、私の質問に答えて。どうしてあなたがアランのネックレスを持っているの？　アランは何があってもこのネックレスを外さないわ。私には分かる。アランと一緒にネックレスもなくなったの。だからそれを持っている人間が犯人に違いない」

目の前のケイトは、これまで僕が見てきた女性――ジアの母親で僕を治療してくれたドクター――と同じ人だとは思えなかった。僕をにらみつけているその目は、今にも僕の肌を焼き尽くしかねないほど恐ろしくぎらついていた。

「アランからもらったんだ」

「何ですって？　アランは絶対にそんなことはしない！」

「アランのことを全て知っているとでも思っているのか。僕だってあなたと同じくらいアランを愛した。いや、あなたよりもっと愛していた。あなたがアランと絶縁したあと、アランの家族はあなたではなく僕だった。だからアランはお別れのプレゼントとしてそれを僕にくれたんだ」

「ありえないわ！」

「妹を見つけたい一心でこんな極端な手段をとったところまでは理解できる。でもヨヌまで巻き込むなんてやりすぎだ。たかがこれだけのために、ヨヌの名前まで変えて僕に接近したわけか？　ああ、おかげさまで僕はこの数カ月幸せな気分を味わわせてもらったよ。まるでアランが帰ってきたみたいだったさ」

「こ、こいつ！」

ケイトはまたもや僕の頬をひっぱたいた。目の前がチカチカした。ケイトが息を切らして再び振り上げた手を、ジアが優しく握って言った。

「私のこと思い出した？」

ジアの顔を見上げると心臓が張り裂けそうになった。もっと早く気づくべきだった。今まで彼女は僕を見ながら、どれだけ苛立ち、悩んだことだろう。どれほどもどかしくて不安だっただろう。できることならジアと二人で話し合いたい。しかし今は無理だ。ここで彼女たちのペースに巻き込まれるわけにはいかない。

「ジア、いや、ヨヌ。これまで気づかなくてすまない。あの小さかった子がこんなに大きくなったなんて。本当に、君だとは夢にも思わなかったんだ」

僕はケイトを見ながら言った。

「全てを仕組んだのはあなただったのか。おかげでアランとの懐かしい思い出もかなり思い出せたから礼を言うべきかな。でも残念ながら僕にはあなたたちに聞かせてやれる話なんてないんだ。僕だってアランの行方を捜していたけど今まで何の手がかりも見つからなかった。それにしても、僕の記憶を探るためだけに、姪を巻き込んでここまでするなんて、大人として恥ずかしくないのか？　隠しカメラで動画を撮って僕を脅すつもりだったのか。姪の名誉と未来まで犠牲にして」

僕の言葉にケイトが愕然とした表情を見せた。するとジアが落ち着いた口調で言った。

「勘違いしないで、キム・ソヌ。自惚れるのもいい加減にしたら。これは最初から私が望んだことよ。あくまでもママの行方を捜すために全部私が計画して実行したことだから。おばさんは私を手伝ってくれただけ」

強がってはいるが、ママ、と言ったジアの声がかすかに震えるのが分かった。それを聞いた僕の心にも大きな亀裂が入った。

「時間をかけてあなたのことを調べたわ。ママが行方不明になるまで一番親しかったのは、スジンさんとあなただけだった。でもスジンさんは事故で亡くなった。あの事故だって怪しいと思ってる。その直後にうちのママまで行方不明になったのよ、あなたの周りで立て続けに人が死んだり行方不明になったりすること自体、普通じゃないでしょう。誰でもあなたを疑うはずよ。それに、ママが消えた日の夜、あなたがうちに来たのを覚えてる。あの日、夜中に目が覚めて泣いていた私をあなたがなだめようとした」

ジアは僕から目をそらさずに、力を込めた声でそう言った。ジアと一緒に過ごした時間が脳裏に浮かんだ。澄んだ眼差しで僕を見つめて微笑んだジア。キスのあとにほんのり赤らんだ頬。僕のジョークを聞いて楽しそうに笑った表情。あの顔、あの眼差しは、本物だったと信じたい。その結末が、杖で僕を殴ることになったとしても。

「二人でかなり調べたんだな。ご苦労なことだ。しかし何の糸口も見つからないから僕を犯人に仕立てるのか。まるで僕が犯人でなければ困るみたいに。ネックレス一つをもって証拠だと言い張るのはあまりに無理がある」

ケイトの表情がゆがんだ。

「ふてぶてしい。ずっとお人好しのふりをしていたのね。証拠、証拠と言うけど、じゃあ、これはどう？」

「また何かをこじつけるつもりか？　そうしたい気持ちは分かるが、今のこの状況は到底納得できない」

「納得できないですって？　じゃあ別の話を聞かせてあげるわ」

「好きにしてくれ。冬の夜は長い。夜はまだ始まってもいないからな」

僕の言葉にジアがビクッとするのが分かったが、気づかないふりをした。

「あなたの父親は有名な小説家だったわよね。キム・ソンジュン氏」

僕は答えなかった。

「キム・ソンジュン氏はジャンルを超えて活躍する小説家だった。おもに陰謀論を扱う社会小説や政治小説を書いていたけれど、恋愛小説や、時には推理小説も書いた。残念ながら推理小説は反応がイマイチで何冊かでやめたわね。でもそのうちの一つに、作風が普段とかなり違うものがある。まあ新しいスタイルを試みたのかもしれない。ところが」

ケイトはしばらく間をおいて僕の顔を見下ろした。僕は無関心を装って彼女を見返したが、心臓の鼓動は少しずつ速くなっていた。

「その小説はあなたの父親が亡くなる三年前に発表されて、千部も売れずに絶版になった。でも運良く一冊手に入ったから読んでみたわけ。興味深かったわ。別荘でガス爆発事件が起こるところが特に」

僕は何も言えなかった。

「人気小説家の父親が亡くなって、あなたは莫大な遺産を相続した。不幸な事故で孤児になったあなたに周りの人たちは同情したけれど、誰も知らない秘密があった。その時スジンさんはあなたの父親の子をみごもっていた。もしスジンさんが生き残って子どもを産んだら、その子も遺産を相続できたはずよ。つまり、その事故で最も利益を得た人は他でもない、あなた。もう一人の相続人である腹違いのきょうだいと父の内縁の妻を一発で片付けてから、あなたはアメリカへ留学に行って一生涯贅沢に暮らせるようになったってこと」

「へえ、思った以上の想像力だな。スジンさんが父親の子を妊娠していたなんて、ドラマじゃあるまいし」

その時寝室のドアが開き、中から一人の女が出てきた。

二

「先生、こんなところでお会いすることになりましたね」

「ど、どうしてあなたがここに……」

ケイトのそばまで歩いて来たのはパクさんだった。黒や茶色のスカートにシャツを着て白いエプロンをつけている普段の姿とは違い、グレーのウールのツーピースを着ている。こんな姿は初めて見た。何カ月か前に熱を出した時、彼女がジアと二人で門のところにいるのを窓から見たことを思い出した。そういうことか。僕は全身の力が抜けそうになった。最初からこの三人はグルだったのか。

「なぜ私がここにいるのか知りたいでしょう。でもあなたが本当に気になっているのは別のことですよね？」

話し方まで変わったパクさんは完全に別人のようだった。

「あなたはいったい……？」

「よく考えてみてください。私たちは去年初めて会ったわけではありません。ずっと前に一度会っています」

まるで口の中に大量の水が流れ込むように、とめどもなくあふれてくる未知の情報に溺れ死にそうだ。

混乱している僕の顔をじっと見ていたパクさんが言った。

「私はスジンの母です」

「あなたがスジンさんの母親だって？　スジンさんの両親はいないはずだ」

パクさんは弱々しい笑みを浮かべながら話し出した。

「実の母ではありません。スジンが四歳の時に養子に迎え、十歳で養子縁組を解消しましたから。私たち夫婦には子どもがおらず、スジンを孤児院から引き取ったんです。最初は幸せでした。でもスジンが八歳の時、子どもができたんです。奇跡だと思いました。息子を産んでからもこれまでどおり一緒に暮らしましたが、いつの頃からか夫が変わったんです。スジンを邪険にして息子だけをだいじにするようになって……ある日スジンと息子が二人だけの時に、息子が小さい怪我をしました。スジンのせいじゃないことはあとになってわかったのですが、夫は激怒して……結局スジンを離縁しました」

そこまで話したパクさんは大きなため息をついた。ケイトとヨヌはすでに知っていたのか黙っている。僕はよどんだ空気に押しつぶされそうになった。

「そんなことしておいて、母親だ？　情け容赦なく捨てておきながら、今になって母親だと名乗り出るなんて恥ずかしくないんですか、パクさん」

「あんたに何がわかるっていうの！」

パクさんが声を上げた。

「息子のヒョンウは……ヒョンウは事故で死んだのよ。憔悴した夫はがんで死ぬ前に言ったわ、天罰だって。スジンを捜して今からでも面倒を見てやってくれって。私だってスジンを忘れたことはない。スジンを見つけた時、あの子はもうあんたの家で暮らしていたわ。その頃からスジンとは連絡を取り合っていた。だからスジンがあんたの父親の子をみごもったことも知ってたのよ。スジンがどれだけ喜んでいたか分かる？　今度こそお腹の子を産んで育てるんだって。子どもを産んだら私と一緒に暮らそうって言ってくれた。なのに……スジンが、あんなふうに逝ってしまうなんて……」

パクさんは涙をこらえようとして言葉を継ぐことができなかった。息を整えてから再び口を開いた彼女が言った。

「スジンの遺体を引き取りに行った時よ、あんたを初めて見たのは」

僕はケイトに向かって言った。

「徹底的に調べたことは認めるよ。で、僕が父親の小説にあったトリックどおりに二人を殺したとでも言いたいのか？」

「あの小説を知っている人はほとんどいないわ。そしてあなたは父親を憎んでいた。事故に見せかけて殺すには好都合ね」

ひとことずつ吐き出すような口調だった。

「パクさん」

僕が呼ぶと、目に涙を浮かべた彼女が体をこわばらせてこちらを見た。

「あのことは僕とスジンさんだけの秘密だと思っていた。こうなったら仕方がない」

「何のこと？」

ケイトとパクさんが同時に声を上げた。ジアも目を見開いている。

「ジア、いや、ヨヌ。頼みがある。あの部屋に机がある。三番目の引き出しの中に手紙が入っているはずだ。それを持ってきてくれ」

ジアは黙って僕を見つめていたが、寝室の方へ向かった。誰も口をきかなかった。ジアが色褪せた封筒を手に戻ってきた。

「パクさんに渡してくれ。自分で読んでみてください」

パクさんは今にもこぼれそうなほど涙を浮かべた目で封筒を見た。表にスジンさんの筆跡で、ソヌへ、と書かれている。彼女は震える手で便箋を広げた。

「ソヌ、ちゃんとご飯食べてる？　私の言ったことをちゃんと聞いていたなら、今頃冷蔵庫の中のこの手紙を見つけているはずね。君はいつも無愛想でクールなふりをしているけれど、本当は心の温かい子だってこと、私は知っている。

一つ秘密を教えてあげようか？　一つ屋根の下で長い間一緒に暮らしてきたから、今さら秘密なんてないけどね。君が先生と書斎で喧嘩したあの日、実は私、部屋の外で全部聞いていたの。君がアランさんを好きなのは気づいていたけれど、それでも驚いた。まだまだ子どもだと思っていたのに、いつの間に青年になったのかしら。

先生は……先生がどんな人なのかは分かっていたけど、そのろくでもない人間を愛している自分は何なんだろうと思う。この手紙を書いている今も、彼の全てを欲しいのだから。でもね、彼はいつか私を捨てて新しい女を作るわ。だから私が先に手を打とうと思うの。どうせやるなら痛快にね。

知ってる？　何年か前に出たあの推理小説。あれは私と先生が一緒に書いたんだよ。そこに出てくる殺人トリックも私のアイデアだったの。

あの小説がヒットしたらちゃんとデビューさせてやるって言われたのに、結果は散々だったわ。やっぱり私には才能がなかったんだなって。とにかく、自分で思いついたアイデアで二人の最後を飾るなんて最高だと思わない？　私の赤ちゃんを殺した彼に対する復讐にもなるしね。まさに詩的正義だと言えるはずよ。

ソヌ、一人でもたくましく生きるのよ。でも忘れないで。愛は必ず君を失望させることを」

パクさんは手紙を落として床に座り込み、がっくりとうなだれた。ジアがそんな彼女の肩に手を置いた。パクさんは両手に顔をうずめたまま何もしゃべらない。ジアは床に落ちた手紙を拾ってケイトのそばへ行き一緒に読んだ。

「どうしてこの手紙を警察に渡さなかったの？」

ケイトが尋ねた。やすりのようにざらざらした声は相変わらずだったが、さっきより少し力が抜けたように聞こえた。

「スジンさんのためだ。死んだあと、殺人犯より事故の犠牲者として人々の記憶に残る方がいいと思った。その手紙は事故の翌日に冷蔵庫の中で見つけた」

「そんなだいじな手紙をこんなところに保管するなんて妙に都合のいい話じゃない？」

ジアが訊いた。僕がまっすぐに見つめるとジアはしばらく僕の目を見ていたが、すぐに視線を外して顔を背けた。その直前にジアの瞳が動揺しているように見えたが僕の勘違いだろうか。

「父のことは憎んでいた。でもスジンさんは僕にとって大切な人だった。別荘を建て直した時、彼女の遺品もここに保管するのがいいと思った。ここへ来るたびに何度も読み返した」

「スジンさんの件は私たちの誤解だったとしても、だからといってこの問題が簡単に終わるとは思わない方がいい」

ケイトが続けた。

「僕がやったはずだとさっきまで言い張っていたくせに。それこそ都合がよすぎるじゃないか」

　ケイトが近づいてくると反射的に慄《おのの》いた。彼女の口元が痙攣している。笑っているのか怒っているのか分からない不思議な表情だった。

「もうやめたらどうだ？　そろそろ僕の腕もしびれてきたし、手首も痛い。それに頭の右側がべたべたするのが気持ち悪くてね。僕がここで死んだら君たちだって困るだろう？」

　するとケイトが冷たく言い放った。

「私が医者だってこと、忘れたのね。あんたが本当のことを言うまで死なせないから」

「本当のこと、じゃなくて、そっちが聞きたいことだろう。なら聞いてやろうじゃないか、僕がアランの行方不明に責任があるというあなたの理屈を」

　僕がわざと理屈という単語に力を込めると、ケイトは鼻で笑った。

「第一に、アランが行方不明になった日、あんたはアランに会いに行った。それから口論になった。否定しても無駄よ。その日夜中に目が覚めたヨヌをあやしたあなたの右手には血がついていた。怪我もしていない手にどうして血がついているわけ？」

　それを聞いて僕が呆れると、ケイトの顔に、ほら見ろと言わんばかりの表情が浮かんだ。

「それをどうやって知ったのかは分からないが、よく聞いてくれ。見れば分かるだろうが、今、僕は決して体調がいい方じゃないから簡単に説明するよ。あの夜、僕はアランにプロポーズしようと思って行ったんだ」

「えっ？」

　ジアの叫び声に心が痛んだ。

「ずいぶん前から計画していたことだった。アメリカ留学には、アランとヨヌを連れて行って三人で暮らすのが僕の夢だったから。アランとのことを反対していた父親も死んだから、僕を止める人は誰もいないと思った。本当はアメリカでそれなりに実績を積んで、帰国してから正式にプロポーズしようと思っていた。でもいざ一人きりになると、寂しくて、いてもたってもいられなくて……」

僕は深呼吸をして、昂る気持ちを抑えながら続けた。

「あの夜は大雨だったことを覚えている。アランに会いに行って結婚しようと言った。僕が先にアメリカに行って一緒に暮らす家を探し、二人を迎えに来るつもりだと言ったら、アランが」

「……」

ケイトが吐き捨てるように言った。

「もちろん断ったはずよ。アランにはあんたと一緒にいる理由がないわ」

僕は大きく息を吐いた。

「アランがあんたのプロポーズを断るのは当たり前のことよ。でも失礼になるといけないから一応は訊いてあげるわ。断った理由は何て？」

ケイトの皮肉を無視しようとしたが、縛られた両手に思わず力が入った。

「アランは、アランは……好きな人がいると言った」

まったくの予想外だったのか、ケイトは答えに詰まっていた。僕を凝視していたジアの瞳が大きく揺れた。ケイトが近づいてきて、片手を僕の右脚の上に置いた。怪我をした方の脚だ。彼女はそのまま僕の太ももを上から強く押さえつけた。

鋭い痛みが僕を襲った。たまらず激しく抵抗したが無駄だった。今日は朝からあまりにも多くの出来事があった上、怪我まで負っている僕の体は言うことを聞いてくれなかった。脚が押さえつけられると、筋肉が少しずつ裂けるような痛みが下半身に広がった。額に汗がにじみ始めた。固く目を閉じて歯を食いしばっても喉の奥から声が漏れる。

「忘れっぽいようだからもう一度分からせてやるわ。私はあんたを診察していた医者だってことをね。少しでもでたらめを言えば、この椅子から永遠に立ち上がれないようにすることだってできるんだから」

息がかかるほど顔を近づけてくるケイトをにらみつけた。すると、暗い水に音もなく浮かび上がってくる鯨の背中のように、脳裏に何かが浮かんでくる気がする。何だろう、この女、どこかで見たことがある。どこで？　いつ？　その時、ケイトが僕の脚をさらに強く押さえつけた。

「ううっ！」

僕の悲鳴を聞いてジアの顔から血の気が引いた。ジアは何かを言いかけてすぐにやめた。

「あの英会話スクールの講師さ！　アランはあいつに惚れていたんだ！　二人で町を出るって言ったんだ！」

僕は大声を上げた。ケイトが僕の脚から手を離した。

「そんなわけないわ！　ママが私を置いて他の男とどこかへ行くわけないじゃない！」

ジアが僕の肩を激しく揺さぶりながら叫んだ。涙を必死でこらえようとして唇を尖らせている彼女を見て、心が張り裂けそうになった。

「すまない、ヨヌ。でも本当なんだ。アランはしばらくどこかへ行くつもりだと言ったんだ。自分がいなくなればアメリカから家族が来て、ヨヌ、君の面倒を見てくれるって」

それを聞いたジアはショックで床に座り込んだ。ケイトが慌ててジアに駆け寄ったが、ジアが手を振った。

「それであんたはアランを殺したのね？　だから手に血がついてたってわけか。アランの血だよね。あんたの手にその時の傷跡が残っていること、私が気づいてないとでも思ってた？」

ケイトはロープで縛られた僕の右手をねじり上げた。そこには、十五年前の夜、持っていたカップが割れた時に怪我をした傷跡が残っていた。

「ああ、その時のことをどうして知ってるのか知らないが、そうさ、アランの言葉を聞いて我慢ならなかったよ。ずっと愛していた女が、他の男の元へ行くというんだ。平気な男がどこにいる？　気が狂いそうで、持っていたコップを床にたたきつけて怪我したんだ。でもアランには指一本触れていない。愛しすぎていたからね。死ぬほどつらかったけど、僕は分かったと答えた。その時アランがあのネックレスをくれた。お別れのプレゼントと、小さい頃ヨヌの命を救ってくれたお礼だと言ってね。アランはすでに荷造りを終えていて、彼女のスーツケースがリビングの隅に置いてあった」

「ヨヌを助けたって？」

ケイトの声はひび割れていた。

「昔、車に轢かれそうになったヨヌを助けたことがある。それがきっかけでアランと親しくなった」

最後の力を振り絞って言った。ケイトに脚を痛めつけられて永遠にこの椅子から立ち上がれなくなっても、もうどうでもいい。

「じゃあアランはどこに消えたの？　アランはユン・イヒョンという男と逃げていないわ。彼とは行ってないのよ」

「僕が知るわけないだろう！　あの夜アランと別れてから、翌日にアメリカへ行ったんだ。あれ以上韓国にいたくなかったからね。愛する人がいない場所に居続ける理由なんてないだろう。それくらいは調査済みなんだろ？」

僕は嘲笑を込めた目でケイトを見ながら言った。ケイトがそばへ来て僕の首を締め上げた。

「べらべらとよくしゃべるけど、何一つ信じられない。本当のことを言いなさいって！」

細い体のどこからそんな力が出るのか、ケイトの握力は凄まじかった。僕は息ができなくて必死にもがいた。怯えたジアが駆け寄ってきてケイトの手を引き剥がそうとしたができなかった。

「さっさと言いなさいよ！」

ケイトが甲高い声を上げた。

「ぼ、僕が……」

首を絞め上げられた状態では言葉にならなかった。

「おばさん、やめて、お願い」

ジアが泣きながらケイトの腕を引っ張った。床に座り込んで両手に顔を埋めていたパクさんが、驚愕の表情で僕たちを見ていた。その時、ケイトがわずかによろめいて後ろに退いた。どこか遠くを見るように彼女の視線が泳いだ。まるで幽霊を見たかのような表情だ。僕の咳だけが部屋に響いた。パクさんとジアが心配そうな顔でケイトを見つめている。ジアが小さな声でケイトを呼んだ。青ざめたケイトが振り向くと、ジアは近づいて彼女を抱きしめた。ケイトの目から涙がこぼれた。ジアは彼女の涙を拭いてやりながら言った。

「もういいよ、おばさん。私たち、やれるところまでやったよ。スジンさんが亡くなったのは事故だったって分かったじゃない。ソヌが私を助けてくれたという話も事実よ。小さい頃、ママから何度も聞いたわ。むしろこれでよかったのよ。ママはひどい目に遭ったんじゃない、ソヌの言うとおり、ママが自分の意思でどこかへ行ったなら、それでよかったのよ」

「ヨヌ……」

ケイトはヨヌの頭をなでながら涙声で呼んだ。

「いいかげん僕のことを解放してくれないか。今夜のことは忘れてやるよ。おかげで僕もヨヌに会えたから」

　ケイトはヨヌの体を放して僕の方に向き直った。

「最後にもう一つだけ教えて。今まで覚えてないって言ってたくせに、どうしてこんなにスラスラと話せるわけ？」

「手帳」

「何？」

「事故のあと十五年間、ずっと手帳に記録し続けた。断片的に思い出すことを全て。そうやって一つ一つ重ね合わせてきた。アランを見つけたくて、君たちと同じくらい僕も切実だった。さっきも言ったが、アランを思う僕の気持ちが君たちより軽いとは思わない」

　ケイトが息をついた。

「ヨヌ、あなたの言うとおり、ここでの仕事は全て終わったみたいね」

「うん」

　二人はリビングにある自分たちの荷物をまとめて帰り支度をした。ケイトが僕の方に向き直り、ポケットから何かを取り出してジアに渡した。ケイトが部屋を出ると、ジアが近寄ってきて、しばらく僕の顔を見つめていた。彼女は涙を堪えている僕の手にカッターナイフを握らせた。

「これで最後ね。さようなら、ソヌ」

ジアが出て行き、玄関のドアが閉まる音が聞こえた。カッターナイフでロープを切って立ち上がると、体がふらついた。このまま床に倒れ込みたい気持ちを抑えて窓のそばまで行った。三人の女が車に乗ろうとしている。パクさんが後部座席に乗り込み、運転席にジアが、助手席にはケイトが乗った。

僕はケイトを見た。黒いタートルネックセーターに黒いコートをはおっている。丸い額、高い鼻、固く閉ざした薄い唇。そうだ、思い出した。ケイトは十五年前の事故の直前、僕の腕をつかんだあの女だ。アランと同じハートのネックレスをつけていた女。視線を感じたケイトが僕の方に顔を向けた。

僕はケイトを見据えながらつぶやいた。聞こえなくても口の動きで伝わるだろうか。十五年前、信号の前でケイトに言った言葉をもう一度声に出した。ケイトが眉をひそめると同時に、ジアが車を発進させた。

＊

ジアも、ケイトも、パクさんも行ってしまった。あれからどれほどの時間が経ったか分からない。ジアが振り下ろした杖で怪我をした頭部の傷は思ったより深くはなかった。この程度で気絶したとは我ながら情けないな。傷はたいしたことないがさっきから頭痛がひどい。別荘に来るのは久しぶりで、鎮痛剤までは持ってこなかった。薬代わりにワインを飲むことにした。

　今夜ジアと飲むつもりで持ってきたデザートワインのモスカート・ダスティに続けて、赤ワインを開けた。一口飲むたびにジアを、ケイトを、スジンさんを、そして誰よりもアランを思い出した。ふとカン弁護士のことが思い浮かんで、ソファに置きっぱなしだったスマホを探して電話をかけた。

「おじさん？　メリー・クリスマス！　どうしたって？　あいさつしたくて電話したんですよ。ええ、酔ってます、少しだけ、ハハハ」

　僕はワイングラスを口に運びながら尋ねた。

「おじさん、一つ気になることがあるんです。今日書斎の掃除をしていて、昔の罰金の告知書を見つけたんです。これはおじさんが処理してくれたんですか？」

　僕はおじさんの説明を聞いた。

「そうですか。はっきり覚えてないんですが、僕が運転していたんですね。アメリカに行く前にもう一度別荘を見ておきたかったのかな。ああ、だから焦って運転したんでしょうね。分かりました。あ、これまでお願いしていた調査も終わりにします。おじさんの言うとおり、忘れることにしました。これまで本当にありがとうございました」

　電話を切ってボトルを持ち上げるとやけに軽かった。目を細めてよく見ると空っぽだ。じゃあ次はウィスキーか。洋酒の瓶を見ると父を思い出す。粗野で冷たくてろくでもない人間。コンプレックスの塊のような男のどこがよくて女たちが群がったのだろう。あんな浅ましい人間が書いた小説なんかを称賛する人たちの気が知れない。ケイトの言うとおりだ。自分はそんな父親の遺した金で贅沢をして、そんな父親の血を引いている。そのせいか、切羽詰まるとでたらめがスラスラと出てくる。結局僕は父親から、嘘つきの才能まで受け継いだのか。

グラスを持ち上げると雨の音が聞こえた。振り向いて窓の外を見ると、さっきまで降り続いていた雪はいつしか雨に変わっていた。霧雨のように静かな雨ではなく、地面をたたきつけるような激しい雨だ。まるであの夜のように。

ケイトがどうやって調べたのかは分からないが、右手の傷の話が出た時はもうおしまいかと思った。だが彼女が知っていたのはそこまでだった。あの夜、僕とアランに起こったことは、今も僕だけの秘密だ。アランが僕だけのものであるように。

口に含んだウィスキーが喉を伝うと、胸のあたりに焼けるような痛みが広がった。なぜだ。ワインとちゃんぽんにしたせいか？　水でも飲んだ方がいいかもしれないな。

立ち上がったとたん、ガクンと膝が折れた。さっきまで椅子に縛り付けられていたせいだろうか。しばらくこのまま床の上で脚をさすっていれば起き上がれるだろうと思った。片脚に手を置くと、鼻血がぽたりと落ちた。それに続いて、とげだらけのボールが激しく回転しながら心臓を突き破ってくるような激しい痛みに襲われた。胸が苦しい。いったいなぜだ、変なものでも食べたか？　さっきの食事が傷んでいたのか？

とっさに、エビのビスクが思い浮かんだ。普段ならパクさんは、ムール貝や牛肉を入れてスープを作るが今日は違った。だからスープジャーを開けた時意外に思った。エビアレルギーがあるジアはひとくちも飲まなかったので僕だけが飲んだのだ。パクさん……高熱で伏せっていた僕を見下ろしたあの冷たい目つきを思い出した。つまり、パクさんが謀ったわけか。

ククク……おかしくてたまらないな。肩を震わせながら狂人のように笑った。鼻血が止まらない。馬鹿なやつらだ。僕がやってもいないのに娘の復讐のため毒を盛ったパクさんも笑わせてくれるが、僕がやったのに気づきもせず出て行ったケイトも笑わせてくれるよな。ジア、いや、ヨヌのことを思うと胸が痛むが、あのたくましさがあればこれからもしっかり生きていけるだろう。すまない、ヨヌ。君のことを愛しているが、アランは永遠に僕だけのアランでなければならなかったんだ……。

事故のあと病院で目覚めると、スタッフが、身分証と現金の入った財布と一緒にアランのネックレスを返してくれた。運び込まれた時、僕はそのネックレスを身につけていたらしい。ネックレスを見た僕は心臓が止まりそうだった。なぜ自分がアランのネックレスをしていたのか思い出せずに戸惑った。退院して何カ月か経った頃、食事に行った韓国料理店でアランの行方不明事件についての新聞記事を見かけた。彼女が行方不明になったことはその記事で初めて知った。恐怖がますます大きくなった。

行方不明になったアランのネックレスをなぜ自分が持っているのだろう。僕は何かだいじなことを忘れてしまったに違いない。その時からだ。ネックレスを隠すことにしたのは。リハビリが終わる頃に杖をオーダーして、その中にネックレスを入れようと思った。はっきりした理由は思い出せない。だが、僕に残されたアランの唯一の持ち物だ。大切に持っていたかった。事故から一年以上経ち、ようやく日常に戻れるようになると、僕は韓国にいるカン弁護士にアランを捜してくれるよう頼んだ。手帳を使い始めたのもその頃だ。アランの夢を見るたびに、アランのことを思い出すたびに、記憶の糸を手繰り寄せて記録した。階段を上がるアランの手を僕がつかんだ途端に階段が崩れてしまう夢をなぜ何度も見るのか分からなかったが、結局その夢のラストを見せてくれたのはジアだった。

　ジアが振り下ろした杖に当たって気を失っている時に見たアランは、ユン・イヒョンと一緒にこの町を出るときっぱり僕に言った。ヨヌのことを彼に話して、一緒に連れて行くつもりだと。だからプロポーズなんて突拍子もないことを言わずに、アメリカに留学して一生懸命勉強して、素敵な女性に会うのよと彼女は言い放った。

　僕がどれだけすがりつこうと、泣きながら懇願しようと、アランは態度を変えなかった。その時だ。アランが首にかけていたネックレスを外して僕にかけてくれた。彼女は僕に向かって、君を家族のように愛しているけれど、男として見たことは一度もない、ただ弟のように思っていたとささやいた。その言葉に耐えられなくなった僕は、彼女が淹れてくれたお茶のカップを思いっきりたたきつけたはずみで怪我をしたが、アランの反応は普段とは違って冷たかった。

正気を失う寸前の僕の耳に、ヨヌの泣き声が聞こえた。階段を上がろうとするアランのあとを、僕はとっさに追いかけて引き止めた。ただもう少しだけアランと話したかった。もう少しだけ僕の話を聞いてほしかった。それだけだった。僕の腕を振り払って二階へ上がろうとしたアランが、足を踏み外して転がり落ちた。アランの首元からにぶい音がした。

　鼻血が止まらない。目からも出血しているのか？　目の前が濁ってきた。玄関のドアが開く音がしたが幻聴だろうか。誰かの手が僕の頰に優しく触れている。霞んでいく視界の先にいるのは……アランだ。

「許してくれ、アラン……。あれはわざとじゃないんだ。ただ君を……引き止めたかっただけなんだ……」

「ソヌ！　ソヌ！」

「アラン……ヨヌは大きくなったよ……まるで君を見ているようだった。君がこの世を去って僕はとっても寂しかったんだ。ヨヌに会えて束の間幸せだったよ……君といて幸せだったように……」

　アランは何も言わなかった。

# エピローグ

「おばさん、さっきはどうしたの？　何か見えたんでしょ？　そうよね？」

暗い夜道、土砂降りで視界が悪い中、運転に集中していたヨヌは、雨足が弱まるとわずかに緊張が緩んだ表情で私に尋ねた。

「うん……クリニックでは一度も見えなかったのに。あいつの首を絞め上げた瞬間に見えた。よりにもよってあんな時に。もう遅いけど見えてよかったと言うべきか」

ここまで言うとため息が出た。

「何が見えたの？」

淡々とした声だった。でも私には分かる。今ヨヌの心の中は、今夜の雨より激しい嵐が吹き荒れていることを。

私は、ハンドルを握っていない彼女の右手をぎゅっと握った。

「あの夜に、アランがネックレスを外してソヌに渡している姿よ。アランはソヌを弟のように思って愛していたのね。アランの目を見て分かったわ。ソヌもつらそうだったけど納得していた。手の怪我は、持っていたカップが割れたせいだった」

「そうだったんだ」

ジアも小さなため息をついた。その時後部座席からうめき声がした。振り向くとパクさんが両手を握りしめて青ざめている。

「パクさん、大丈夫ですか？　ソウルに戻ったらうちでゆっくり話をしましょう」

そう言うと彼女は静かにうなずいた。今にも倒れそうで心配だけれど、彼女もなんとか耐えている。

前に向き直った。

「おばさん、まだ何か気がかりなことがあるの？」

ヨヌは、再び強く降り出した雨に眉をしかめている。

「うーん、さっきソヌが私の方を見て何を言ったのか考えてるんだけど」

「ソヌが何か言ったの？」

「別荘の前で車に乗る時、リビングの窓際に立っていたソヌが、私の顔を見ながら口を動かしたの」

「そうなの？　あ、パクさん大丈夫ですか？　さっきから顔色が」

ヨヌはルームミラーでパクさんをちらっと見て言った。振り返って後部座席を見ると、パクさんはパニックを起こさんばかりに全身を震わせていた。

「えっ？　大丈夫ですか？　もう少しで着きますから我慢してくださいね。着いたらすぐに鎮静剤を打ちましょう」

「い、いえ、大丈夫です」

今夜のことはパクさんにとってもショックなはずだ。私は手を伸ばして彼女の肩をさすり再び前を向いた。窓の外に広がる闇を見ていた私は、ある瞬間にはっとした。その拍子に思わず手のひらで膝を打った。強くたたきすぎて声が出た。

「何？　どうしたの？」

「ヨヌ、引き返して！　別荘に戻って！」

「どうして？」

「とにかく早く！　急いで！」

「何なのよ」

「着いたら言うわ、とりあえず引き返して！」

私の表情からただごとではないと悟ったヨヌがすぐさまUターンした。後部座席のパクさんは真っ青だったが、それにかまっている場合ではない。

別荘に戻り、急いで中に入ると、ソヌは目と鼻から血を流して倒れていた。ヨヌが悲痛な叫び声を上げて泣き出した。彼女がソヌの流れる血を拭いてやると、彼は消え入りそうな声でヨヌに何かをつぶやいた。そして静かに息を引き取った。

「うそよ！　ソヌが、自白したなんて！」

動転したヨヌが叫んだ。

「そうよ、この男は十五年前、交通事故に遭う直前に私に向かって何かをつぶやいたの。ただ、あの状況では聞き取れなくてずっと気になってた。でもさっき車に乗り込む私を見てソヌが何かを言ったのよ。あの時と口の動きが同じだった。ようやく分かったわ。この男があの時言ったのは……」

私は深呼吸をして息を整えた。その時外で車のエンジンをかける音がした。振り返ると、部屋まで一緒に入ってきたとばかり思っていたパクさんが、車の運転席に座っている。彼女はじっと私の顔を見たあと、視線を外してうつむいた。そのまま走り出した車を、私とヨヌはただ呆然と見送るしかなかった。

「ソヌはこう言ったの。『あれは事故だった』」


それからずいぶん長い間、私とヨヌはひとことも言葉を交わさなかった。夜が明けてから警察を呼んだ。私たちは一部始終を説明した。もちろん全てを言ったわけではない。パクさんはすぐさま指名手配されたけれど、行方は分かっていない。別荘の前庭が掘り起こされ、アランの遺体が発見された。私たちはアランを火葬し、遺灰をアメリカに持ち帰って母さんの眠るお墓のそばに撒くことにした。

アメリカに戻る前日、カン・ジェヨンという弁護士から電話があった。少し前にソヌが遺言状を作成したらしい。全財産とこれまで記録した手帳をジアに残したという。弁護士の事務所に出向いたヨヌは、遺産の全額をシングルマザー支援団体に寄付してほしいと依頼し、手帳だけを受け取って家に帰ってきた。

「どうする？　ここを離れる前に読んでみる？　それともアメリカに持って帰って読む？」

「ううん、ソヌとのことは全部終わりにしたい。アメリカに戻る前にちゃんとけじめをつけたくて持ってきただけ」

「分かった。あなたのものだから、あなたが決めなさい」

私たちは庭の真ん中に置いたドラム缶に、ソヌが記録しつづけた十冊の手帳を放り込んで石油を注ぎ、火をつけたマッチを投げ入れた。

勢いよく燃え上がる炎を見ながら、私はヨヌを抱きしめた。泣いているとも笑っているともつかないヨヌの表情が、炎に包まれる記憶の前で、陽炎とともに揺れていた。

## パク・サノ

英韓翻訳者、エッセイスト、インタビュアー。推理小説やYA小説など、ジャンルを越えて執筆する小説家でもある。

著書に『単語の裏切り』(二〇一七)、『某翻訳家の日常』(共著、二〇一八)、『大人にも大人が必要だ』(二〇一八)、『思ったよりうまく生きている』(二〇二〇)、『私たちは今、サマー』(共著、二〇二二)、『小説の使い道』(二〇二三)、『今日もジョイフルに!』(二〇二四)、『そのまま生きても大丈夫』(共著、二〇二四)、『肯定の言葉たち』(二〇二四) などがある (全て未邦訳)。

韓訳書にマックス・ブルックス著『WORLD WAR Z』、トム・ロブ・スミス著『Child 44』、オースティン・ライト著『Tony and Susan』、ニック・ドルナソ著『Sabrina』、アリス・オズマン著『HEARTSTOPPER』シリーズを含む小説やグラフィックノベルなど一〇〇冊以上。

## 柳美佐 (りゅう みさ)

韓日翻訳者。京都大学大学院 人間・環境学研究科博士後期課程単位取得退学。

第六回「日本語で読みたい韓国の本 翻訳コンクール」で最優秀賞受賞。

訳書に金薫著『火葬』(クオン、二〇二三)、パク・キスク著『図書館は生きている』(原書房、二〇二三) 等。

# 君をさがして

2024年9月12日 第1刷発行

著者 パク・サノ
訳者 柳 美佐
カバーイラスト 遠田志帆

発行者 西山哲太郎
発行所 株式会社日之出出版
〒104-8505
東京都中央区築地5-6-10
浜離宮パークサイドプレイス7階
企画編集室 ☎03-5543-1340
https://hinode-publishing.jp

デザイン 坂野公一（welle design）
編集 久郷 烈

発売元 株式会社マガジンハウス
〒104-8003
東京都中央区銀座3-13-10
受注センター ☎049-275-1811

印刷・製本 株式会社光邦

「春の日は過ぎゆく」JASRAC出2406145-401



ISBN978-4-8387-3287-6 C0097